Céline de Roany

Céline de Roany est franco-australienne. Auteure de romans policiers, elle est titulaire d'un doctorat en droit international et enseigne à l'école de droit à l'université de Griffith. Ses deux premiers romans ont tout d'abord été publiés en autoédition, avant d'être réédités aux Presses de la Cité. Le premier, finaliste du Grand Prix des Enquêteurs en 2019, a paru ensuite sous le titre *Les Beaux Mensonges – Une enquête de Céleste Ibar* (2021). *De si bonnes mères – Une enquête de Céleste Ibar* a été finaliste du Prix Maison de la Presse en 2022. Elle fait partie du collectif d'auteures « Les Louves du polar ».

LES BEAUX MENSONGES

CÉLINE DE ROANY

LES BEAUX MENSONGES

ROMAN

Les Presses de la Cité

Ce roman a paru en 2019 sous le titre :
Spécial K.

ISBN 978-2-266-32703-9
Dépôt légal : février 2023

Je suis furieuse contre une société qui m'a éduquée sans jamais m'apprendre à blesser un homme s'il m'écarte les cuisses de force, alors que cette même société m'a inculqué l'idée que c'était un crime dont je ne devais jamais me remettre.

Virginie DESPENTES,
King Kong Théorie

Prologue

Au début, ça résiste. On a l'impression que ça va céder, et puis non.

Il faut forcer un peu, pousser, attendre, recommencer jusqu'à ce que ça s'écarte. Si on force trop, ça crève.

Concentre-toi. Concentre-toi.

Mon cœur bat si fort que mes mains en tremblent. Est-ce que je vais être à la hauteur ?

Je respire à fond, je renforce ma prise. J'entends les grillons chanter. Des odeurs d'herbe coupée me parviennent par vagues. Les basses d'une musique sourde se répercutent dans le sol et les murs jusqu'à moi. Je pense à ma mère (« Aie confiance en toi »), je pense à mon prêtre (« Dieu n'envoie que des épreuves qu'on peut surmonter »).

Je peux le faire, je peux y arriver.

On compte sur moi. Je ne peux pas faillir.

En continuant à pousser, je réussis à m'introduire complètement. C'est étroit. J'ai à peine la place de bouger. Je m'arrête un instant. J'entends des cris. Des bruits de pas. Je dois me dépêcher. Dieu est au bout du chemin. Je respire un grand coup et je reprends le pilonnage.

La charge de l'épreuve aurait pu m'assommer ou m'écraser, mais je me rends compte qu'elle me grandit, qu'elle me donne de la force. Je trouve mon rythme. Suffisamment soutenu pour parvenir à mes fins et suffisamment contrôlé pour être durable. J'ai été prévenu. Ce sera difficile et je devrai persévérer. Rester focalisé sur ma mission. Ne pas me laisser détourner par mes sensations. Trop de choses en dépendent.

Les cris se rapprochent. Je ferme mon esprit à tout ce qu'ils évoquent. J'augmente la cadence. Mes muscles sont chauds. Ils pourront la supporter. Je suis galvanisé par la grandeur de mon objectif. Je commence à haleter. De la sueur coule dans mon dos. Ça doit s'ouvrir en deux. Il faut trouver le point exact et marteler sans cesse jusqu'à ce qu'une fissure apparaisse.

J'ai avec moi une batte de base-ball qui m'aidera à ouvrir la fissure une fois formée. Elle est à portée de main. Son bois luit à la lueur de la lune pendant que je m'active. « Donnez-moi un levier et je soulèverai le monde. » Qui avait prononcé cette phrase ? Un instant déconcentré, je bascule en avant. Je tombe sur les mains, mon menton cogne. Mes dents coupent ma langue. Un goût de sang m'envahit la bouche. Le mien. Je crache. Un mouvement brusque me projette en arrière, cette fois, et je perds l'équilibre. Ça se réveille. Je me cramponne où je peux pour ne pas tomber. Je m'agrippe aux cheveux, me retiens à une hanche. Une vague brûlante m'inonde. M'aveugle. Je martèle plus fort. Un, deux, un, deux, un, deux. Le rythme de nos marches sur les landes bretonnes s'impose.

Continue, continue. Il faut que tu y arrives.

Une force guide mes mouvements, comme une urgence qui me pousse à accélérer. C'est Lui qui me guide. Je résiste de toutes mes forces à mon humanité. Je pense à mes serments, je pense à l'uniforme dont ma mère est si fière, je pense à Dieu, je pense à la France. Mon sacrifice ne sera pas vain. Je fais cela pour eux tous. Je n'ai plus de mal à m'introduire par l'ouverture, maintenant. Encore un dernier coup, encore un. Depuis combien de temps est-ce que je me trouve comme ça, à percer le corps du diable de mon piolet triomphant ? Je ne saurais le dire. Au moment précis où je sens que je ne vais pas pouvoir m'empêcher de souiller cette ouverture, la fissure apparaît. Je saute à bas du lit et j'empoigne la batte. C'est gros et encore plus difficile à introduire, mais c'était la seule solution pour ouvrir le diable en deux. Les instructions me résonnent aux oreilles comme un scintillement : « Pilonne jusqu'à ce qu'une fissure apparaisse, ouvre-la, sans prendre garde au sang, et extrais la Bête. » Je continue de pousser. Cette fois-ci, il faut que ça cède. Je pousse, je force.

Et puis plusieurs choses arrivent en même temps.

D'abord, ça rentre. Comme ça, d'un coup. J'entends un cri fort, intense. Quelque chose de chaud coule sur mes doigts. Du sang ? Je retire la batte, qui tombe sur le sol avec un bruit mat. Une porte rebondit contre un mur avec un claquement. Un bruit sourd, une exclamation étouffée. Des bras qui m'enserrent, qui me tirent vers l'arrière. Des paroles indistinctes. Personne ne m'a parlé d'alliés du diable qui m'empêcheraient de mener à bien ma mission. J'aurais pris la précaution de fermer à clé si j'avais su ça.

La pression des bras s'est faite plus forte.

— Tu t'en occupes ?

Murmure à peine audible. Je ne reconnais pas la voix.

— Oui, je m'en occupe, libère-moi, dis-je sur le même ton à mon interlocuteur.

Il ne me libère pas. Au contraire, il me saisit par le bras et me fait sortir par la porte-fenêtre ouverte sur la terrasse.

Je frissonne. Je suis à demi nu, mon pantalon baissé limite mes mouvements. Mon assaillant s'en aperçoit. Il me force à m'accroupir et à le remonter puis, d'une nouvelle bourrade, me pousse jusqu'au parking. La voiture dans laquelle je monte sent le chien mouillé. Je connais cette odeur, mais je ne parviens pas à l'associer à un souvenir.

Je m'affaisse sur la banquette arrière. Lorsque la voiture recule brusquement, je roule entre les sièges, incapable de me relever. Et je sombre dans un trou noir.

1

Samedi 25 mai

Anne

Aujourd'hui, c'est le grand jour.

Je ne peux penser à rien d'autre pendant que j'enfile ma robe. Je n'ai pas eu l'impudence de la prendre blanche. C'est de la soie grège, une étoffe douce et délicate dont la nuance est parfaitement assortie à ma carnation. Il m'a fallu près d'une heure pour étaler mon fond de teint. Mes mains tremblent, mes genoux tremblent. Je dois m'asseoir pour appliquer correctement le mascara. J'aimerais que Mère soit là pour voir tout ça. Est-ce qu'elle serait fière de moi ? Est-ce que je suis le pur produit de son éducation ? Je crois que oui. J'ai appliqué ses principes à la lettre. Et aujourd'hui j'en signe l'apothéose.

Snow a réussi à se faufiler dans ma chambre, bien que j'aie fermé la porte. Il frotte sa fourrure soyeuse contre mes jambes. Je le laisse faire pour profiter de la caresse. J'ai tellement envie d'être touchée que je pourrais crier. Je veux. Maintenant. Tout de suite.

J'étais la plus impatiente des petites filles. La plus avide de vivre, disait Paola en me donnant des biscuits que je grignotais en les faisant durer. Je n'ai jamais été capable de résister aux palets au beurre de Paola, et attendre l'heure du goûter était une torture. Puis je n'ai plus été capable de résister à l'appel d'une cigarette, d'un verre de vin, d'un joint, d'un fix, d'une queue bien raide. J'ai eu une jeunesse heureuse, cédant à toutes mes envies sans me laisser emporter, submerger, effacer. Je les ai toujours tenues en laisse. Mère pourrait être fière de moi.

J'enfile mes pantoufles de vair, des ballerines en agneau couleur crème, beaucoup plus pratiques que les escarpins proposés par la vendeuse. Je suis déjà bien assez grande, lui ai-je dit avec un petit rire de gorge. Elle a répondu de la même façon. Le langage universel de la bourgeoisie tient dans quelques coups de glotte bien placés.

Je me lève avec précaution, contourne le tabouret de ma coiffeuse et me plante devant le miroir en pied de ma chambre. L'image que j'y vois me plaît. Mes cheveux, noués en un chignon lâche, couleur de miel et de soleil. Mon bronzage. Ma bouche rouge comme une balafre. La naissance de mes seins. Mes cuisses longues. Ma peau veloutée. Je jette un coup d'œil à la pendulette sur ma table de nuit. Il va s'écouler plusieurs heures avant que je revienne.

La frustration de l'attente et le plaisir de l'anticipation me tordent les tripes. Je me sens plus vivante à cet instant qu'à n'importe quel autre, seule dans mon immense chambre. Tout ce qui va arriver, je l'ai voulu, je l'ai choisi, et l'idée me ferait presque défaillir. Je n'ai pas de doute.

23 h

Céleste

Une rafale tiède. Céleste Ibar descendit les quelques marches du Cinématographe et s'engagea sur le trottoir de la rue de Strasbourg en s'empêchant de boitiller. Les poings enfoncés dans les poches, elle tourna à gauche dans la rue du Château. Un bruit de pas calqués sur les siens, derrière elle, la fit ralentir instinctivement. Une femme d'une vingtaine d'années portant de lourds anneaux d'or et des talons vertigineux la dépassa sans la regarder.

Une bourrasque s'engouffra dans les ruelles, faisant voler des papiers qui traînaient par terre. Quelques couinements de filles, sans doute des jupes qui s'étaient relevées. Des rires, des voix aiguës, des voix graves. C'était samedi soir et les terrasses des cafés qu'elle longeait étaient bondées. Les vitrines des magasins fermés renvoyaient l'image de joyeux groupes de filles et de garçons chahutant derrière elle. Sa solitude lui sauta à la gorge.

L'air était chargé, lourd, épais. L'orage promis n'allait sans doute pas tarder à s'abattre sur la ville. Un jeune homme avait escaladé la statue d'Anne de Bretagne et se dressait à califourchon sur ses épaules, chantant *La Blanche Hermine* d'une voix grave. Plusieurs tables reprirent le refrain à l'unisson tandis que Céleste s'éloignait en direction du parking.

Un couple qui se disputait la fit se retourner. Un éclair stria le ciel. Son téléphone vibra. Bernier malade. Je prolonge ma garde jusqu'à demain matin. De la joie d'être mariée à un médecin. Céleste soupira. Devant un bistrot, une foule dense bloquait la rue au son d'une musique électro. Juste des gens qui parlaient, riaient, buvaient un verre. Elle hésita un instant à s'y fondre, puis renonça et fendit la foule en jouant des épaules. Le bruit l'assommait. Un autre éclair et, cette fois, le tonnerre qui dominait le bruit de la musique.

Un homme était assis sur les marches qui descendaient vers le parking. Céleste l'observa du coin de l'œil. Le couple était toujours derrière elle, à bonne distance. Elle allongea le pas, priant pour que la pluie arrive.

Elle dépassa un autre homme, adossé à un arbre, qui observait les alentours. Il se redressa et fixa Céleste. Le poing refermé sur ses clés, elle essaya de localiser sa voiture au milieu du parking.

Comme elle s'était immobilisée, le couple s'était rapproché et elle entendit la femme vociférer. Elle lutta contre l'envie de regarder derrière elle et se força à respirer profondément. Le parking était désert à présent.

Le type sous son arbre recula dans l'ombre. Céleste repéra enfin sa vieille Porsche et se dirigea vers elle. De grosses gouttes de pluie s'écrasèrent sur les capots des voitures et les gravillons surchauffés. Ça sentait le chaud, le soleil, la promesse de l'été, et le cerveau de Céleste était tout entier occupé à interpréter les sons qui lui parvenaient. Epuisant.

Est-ce un coup qu'elle venait d'entendre ? La pluie s'intensifiait, le tonnerre grondait. Elle savait que oui, se persuada que non. Une femme poussa un cri de rage. Une porte claqua. Pas encore.

Si Céleste avait dû introduire une clé dans la serrure de sa portière, elle aurait rayé la peinture. Elle regarda ses mains comme si cela pouvait arrêter le tremblement. La sécurité de la Porsche se débloqua avec un petit bip.

Un bruit plus fort que les autres retentit. Céleste se retourna. A trois emplacements de là, de l'autre côté de l'allée, une Renault Scénic tanguait sous la pluie.

Alors que ses tripes lui hurlaient de partir en courant, elle s'élança vers la voiture qui oscillait. Une douleur vrilla dans sa cuisse et se diffusa dans toute la jambe.

Dans l'habitacle du monospace, un homme assis à la place du conducteur secouait comme un prunier une femme qui se débattait. Sa tête alla cogner la vitre. Céleste entendait crier : « Pute, pute, pute ! » Elle ne comprit pas la réponse de la femme, qui continuait à lutter bec et ongles. L'homme abattit son poing sur la cuisse de la passagère. Le sang battait fort aux tempes de Céleste, saisie d'un vertige si léger, si ténu, qu'elle n'eut pas à faire beaucoup d'efforts pour lui résister. « C'est ton métier. C'est ce que tu sais faire. Fais-le. » Elle battit des paupières comme si cela pouvait chasser la pluie et donna un coup de poing sur la vitre.

Le conducteur suspendit son geste et pivota vers elle. Malgré l'eau qui dégoulinait sur le verre, elle le distinguait parfaitement. La trentaine soignée, des cheveux bruns coupés court, un visage tanné par le soleil, des sourcils épais et des yeux sépia injectés de sang. Un agriculteur ou un voileux. Quelqu'un qui passe du temps dehors. Joues creuses, mâchoires saillantes, lèvres pleines. Des bras musclés, des épaules larges, des cuisses épaisses. L'esprit de Céleste fonctionnait à toute vitesse, analysant la force en présence. Elle n'était guère consciente du processus, seul le résultat comptait. En un quart de seconde, elle devait décider si elle allait intervenir ou appeler du renfort.

Le menton pointé vers elle dans un signe de défiance, l'homme cria, assez fort pour qu'elle l'entende par la vitre fermée :

— Casse-toi !

La femme hurla.

Voilà, on y était. Fuir ou combattre. Tu retrouves ta vie d'avant, pensa-t-elle. L'eau lui coulait dans le cou et elle sentait son dos se mouiller.

Elle saisit la poignée côté conducteur et ouvrit la portière en grand, plongea sa main à l'intérieur, agrippa l'homme par le col de sa chemise et le tira vers elle. Du tissu céda avec un bruit sec. Surpris, déstabilisé par la rapidité et la violence du geste, l'homme dut relâcher un peu sa prise sur les cheveux de sa passagère, qui se recroquevilla sans un mot. Elle avait le visage rougi, son maquillage coulait. Un bleu apparaissait sur sa pommette gauche.

L'homme tomba lourdement sur le sol trempé, et Céleste heurta de sa mauvaise hanche la voiture garée à côté. Sans lui laisser le temps de se ressaisir, luttant contre l'envie de lui balancer un coup de pied, elle le retourna sur le ventre et tira ses bras en arrière.

Au moment où les menottes claquaient sur ses poignets, l'homme glapit :

— Arrête, je suis de la maison !

Céleste le retourna.

— Quoi ?

L'homme luttait pour reprendre son souffle.

— Je suis de la maison, reprit-il péniblement. Capitaine Joubert, police judiciaire.

22 h 30

Jeanne

Inconsciente du tonnerre qui roulait et grondait au loin, Jeanne Destouches mastiquait pensivement sa salade d'oranges en contemplant la voisine de table de son époux. Tout à fait son type, estima-t-elle. Son masque vénitien bleu (une merveille en soie, dentelle et paillettes) était découpé pour mettre en valeur des yeux de biche qui devaient autant à la nature qu'à un savant maquillage.

Le mari de Jeanne, qui venait d'arriver, très en retard, était l'incarnation du quinquagénaire fringant. Grand, les épaules larges, un torse puissant et la mâchoire carrée, il cumulait tous les critères de virilité. Sa barbe courte tranchait avec ses cheveux châtains et adoucissait son visage. La touche de sophistication venait de ses dents, impeccablement alignées et d'une blancheur hollywoodienne. Il avait la manie de se mordre la lèvre inférieure, et ses interlocutrices, même les plus réticentes, fondaient littéralement dès qu'il utilisait ce truc.

Pour l'heure, les yeux plongés dans ceux de Masque Bleu, il feignait de l'écouter attentivement. A voir ses doigts caresser sa cuiller, Jeanne savait pourtant que son esprit était ailleurs. Dans le soutien-gorge d'une des serveuses croisées en arrivant ? Dans la culotte de cette grande rousse assise un peu plus loin ? Ou bien dans celle de la brune ? Aucune femme ne lui résistait et Jeanne était toujours aux premières loges pour le constater. Il s'en faisait un point d'honneur.

Etouffant un soupir, elle reprit sa fourchette et porta à sa bouche un peu de cette délicieuse salade d'oranges si flatteuse pour l'haleine. Suivant le plan de table habituel, qui réunissait huit convives, le partenaire de la grande rousse était son voisin de droite. Elle avait oublié son prénom ; de toute façon, personne ne donnait son vrai nom, ici. Ils avaient échangé quelques plaisanteries. Il n'était pas spécialement beau, mais dégageait cette sensualité animale qui nimbe les meilleurs amants. Il sentait bon, ses ongles étaient propres et bien coupés, ses mains soignées. Seul écueil aux yeux de Jeanne, son défaut de langage qui jurait avec sa voix de basse et son allure virile. Le défaut de la cuirasse peut-être. Elle l'avait imaginé en action (« Oh oui, Jlleanne, cll'est bon ! ») et espérait qu'il se tairait.

Son voisin de gauche, le mari de Masque Bleu, était quant à lui un homme rigide qui semblait avoir du mal à encaisser les manœuvres de séduction de sa femme et ne la quittait pas des yeux. Ça arrivait, parfois.

Jeanne ricana en silence et planta sa fourchette dans un dernier morceau d'orange. Si cela n'avait tenu qu'à elle, elle aurait appelé un taxi et serait rentrée. Elle avait une flopée de dossiers à potasser, et cette perspective était bien plus excitante que celle de se faire sauter dans une pièce aveugle tendue de velours parme. Mais son mari serait déçu et ne s'en cacherait pas. Sa présence faisait 50 % du plaisir, lui rappelait-il à chaque fois. Et si elle n'était pas là, il aurait l'impression de la tromper. Or il n'était pas un de ces hommes qui trompent leur femme.

Un violent coup de tonnerre au-dessus de leurs têtes fit sursauter Masque Bleu, qui poussa un cri strident. Reposant brutalement ses couverts sur la nappe immaculée, elle adressa un pauvre sourire à l'assistance.

— Je déteste les orages, dit-elle de sa voix haut perchée.

Le vacarme et les éclairs qui se succédaient au-dehors avaient comme aspiré les conversations des convives. Un sourire contraint plaqué sur le visage, chacun se regarda par-dessus l'énorme bouquet de roses rouges au centre de la table. Une bien mauvaise idée, d'ailleurs, leur parfum était entêtant et gâchait la saveur des mets. Jeanne avait vu son époux tordre le nez en direction des fleurs. Non pas qu'ils soient réunis ce soir pour la qualité de la cuisine, ironisa-t-elle *in petto*. Peut-être allait-on pousser jusqu'au digestif ? Elle en doutait. Elle avait entendu à plusieurs reprises, derrière la porte fermée de leur salle à manger pour VIP, le tintement étouffé de la sonnette de l'entrée. Les premiers participants arrivaient, les choses sérieuses allaient commencer. Un frisson lui courut le long de la colonne vertébrale, comme un ongle ébréché sur la peau.

Son mari lui adressa un clin d'œil complice et posa sa main sur la table. Une belle main, grande, soignée. Quelques poils noirs en accentuaient la virilité. Jeanne connaissait cette main-là par cœur. Elle savait comme elle était chaude, comme elle était puissante.

Il ne portait pas de cravate, et, par l'échancrure de sa chemise ouverte, on voyait sa peau mate, gorgée de soleil. Ses yeux sombres profondément enfoncés dans leurs orbites luisaient d'un éclat formidable. Sa capacité à hypnotiser son auditoire était toujours quelque chose de fascinant à contempler. Jeanne se souvint d'avoir un jour observé une araignée sur sa toile. Comme elle s'était précipitée vers la mouche qui s'y était engluée. Comme elle l'avait prestement enrubannée de son fil de soie. Le pauvre insecte n'avait eu aucune chance.

Son mari recula sa chaise et se dirigea vers la grande rousse. Ce fut comme s'il absorbait tout l'air de la pièce. Les regards convergèrent vers lui. Jeanne en profita pour gober son comprimé et le faire descendre d'une rasade de vin.

Il leva la main et glissa un doigt dans le décolleté violet, l'enfonçant suffisamment pour toucher un mamelon. La rousse se mordit la lèvre.

C'était sans doute le signal que tous attendaient. Une tension palpable s'installa et, lorsque l'hôtesse se dressa sur ses talons pour inviter les convives à passer au salon « ou dans le reste de la maison », on pouvait presque voir les petites culottes voler.

2

Lundi 27 mai

7 h

Nadia

Nadia Lévesque n'aimait pas les lundis.

Debout devant le miroir de sa salle de bains, elle se pencha en avant pour appliquer son mascara. Elle battit des paupières pour le faire sécher et recula. Les rides de son visage ne masquaient rien de son âge, mais elle avait la chance d'avoir une belle structure osseuse et de vieillir avec grâce.

Elle sourit à son reflet et quitta la pièce.

Le dos appuyé contre un oreiller, Gilbert sourit à son tour, d'un air appréciateur.

— Tu es sûr que tu ne veux pas que je t'aide ? insista-t-elle tendrement en caressant la cuisse de son mari.

— Sornettes, bougonna-t-il. Je me débrouille parfaitement bien tout seul. Encore quinze jours et je remarche.

Nadia consulta son petit bracelet-montre. Elle devait se hâter, en effet. Un gros travail l'attendait. D'abord, dépendre tous les rideaux de l'appartement pour les emporter chez le teinturier. Mademoiselle s'absentait suffisamment longtemps pour que ce dernier ait le temps de laver en profondeur le lampas de soie blanc fabriqué sur commande en Italie. Nadia s'assurerait également que tout était prêt pour le nettoyage des parquets prévu le lendemain, après le départ de Mademoiselle. Elle se demanda si elle allait trouver du sang sur les draps et le linge, cette semaine encore.

Assise toute droite dans sa Mini rouge, cadeau de Mademoiselle, Nadia laissa dériver ses pensées vers son mari tandis que la petite voiture filait à bonne allure vers la ville. La circulation était moins dense que d'habitude. Gilbert s'était cassé la cheville la semaine précédente et son immobilité forcée le rendait dingue. La veille, il avait assisté au baptême de sa petite-fille dans un fauteuil roulant qui maintenait sa jambe tendue à hauteur de hanche. Il avait enragé que les photos l'immortalisent dans la position qu'il détestait le plus au monde : assis à ne rien faire. Le curé avait promis de passer dans la matinée lui changer les idées. Nadia lui faisait confiance pour distraire son mari ; ils allaient échanger leurs histoires d'Afrique, où elle-même n'avait jamais mis les pieds – et ne le ferait jamais.

Le relâchement de Nadia ne dura pas. Un camion de déménagement bloqué à l'angle de la rue Henri-IV et de la rue de Richebourg paralysait la circulation. Elle monta le son de la radio et posa son coude sur la portière. Les minutes s'égrenèrent lentement. Des coups de klaxon de plus en plus appuyés retentirent. Les premières voitures derrière le camion tentèrent bien de reculer, mais aucune intelligence collective ne réussit à résoudre le problème. Nadia se trouvait à proximité d'un passage protégé, dans une rue à sens unique. La voie de bus était immobilisée. Elle ne pouvait tout de même pas abandonner sa Mini au milieu de la rue ! Elle ne pouvait pas non plus faire marche arrière. La cacophonie de klaxons et de vociférations devenait insupportable. Elle remonta la vitre.

Enfin, le camion parvint à effectuer son virage. Mais, malgré tous ses efforts et même une intervention divine – trouver à se garer à deux emplacements de la sortie du parking Cathédrale relevait de la grâce de Dieu –, c'est avec presque dix minutes de retard que Nadia inséra sa clé dans la serrure de la porte d'entrée de l'appartement de Mademoiselle. Elle attendit quelques instants, le temps de retrouver un rythme cardiaque normal. La transpiration était arrivée d'un coup, elle avait les joues en feu et ne voulait pas surgir rouge et échevelée sur son lieu de travail. D'un mouvement souple de la main, elle lissa ses cheveux. Professionnelle, aurait dit Mme Millicott, qui l'avait formée à Londres. Puis elle entra chez Mademoiselle.

Les coussinets de ses pattes martelant le parquet avec régularité, Snow se précipita à sa rencontre puis se jeta dans ses jambes. Avec un sourire, Nadia se pencha pour caresser ses longs poils doux comme de la soie. Le chat se mit à ronronner, ce qui ne pouvait signifier qu'une chose. Nadia se débarrassa de son trench gris perle, qu'elle accrocha au portemanteau de l'entrée. Ce faisant, elle remarqua que Mademoiselle avait oublié son pardessus. Nadia s'étonna de ce brusque accès d'optimisme météorologique, peu conforme au caractère de Mademoiselle.

Dans la cuisine, les écuelles de Snow étaient vides. L'air songeur, Nadia y versa de l'eau, sur laquelle le chat se précipita. Puis elle ouvrit la porte du réfrigérateur et s'immobilisa. Il y avait beaucoup trop à manger dans ce frigo. Beaucoup plus que prévu. Trois portions de viande pour chat en trop, et la moitié des plats cuisinés qu'elle avait laissés pour Mademoiselle étaient toujours à leur place. Les sourcils froncés, elle prépara le repas du chat et y ajouta de l'huile de poisson avant de poser le bol par terre. L'animal ne fit pas de manières et se rua sur la nourriture, qu'il se mit à dévorer en ronronnant comme une chaudière.

Mue par un pressentiment qu'elle n'aurait su définir, elle posa les couverts dans l'évier sans les laver et abandonna son tablier sur le dossier d'une chaise avant de grimper à l'étage supérieur. La porte de la chambre de Mademoiselle était grande ouverte, comme chaque lundi matin, et Nadia faillit rebrousser chemin en se reprochant sa nervosité. Puis l'odeur lui frappa les narines.

8 h 45

Ithri

Ithri Maksen n'avait pas fait deux pas dans le commissariat qu'il savait déjà que « la nouvelle » avait mis les pinces à Joubert. De surprise, il posa un peu brusquement les deux *latte* qu'il rapportait du coffee shop voisin et une goutte crémeuse vint se fondre sur sa peau chocolat.

Katell se pencha vers lui en baissant d'un ton pour que personne ne l'entende. Son haleine sentait le chewing-gum à la chlorophylle qu'elle mastiquait en silence. Sa haute taille offrit à Ithri une vue plongeante sur son décolleté. Malgré toute la rigueur qu'elle portait à sa tenue d'uniforme, Katell réussissait à la rendre sexy. Gardant sur le nez ses lunettes de soleil, Ithri s'efforça de reluquer un peu plus de peau laiteuse. Qu'elle soit dupe ou non du subterfuge, Katell continua :

— J'avais honte pour lui. Se faire ramener ici par une collègue… En plus, il avait un gros coquard sur l'œil. Et sa femme suivait en vociférant comme une sorcière.

Katell s'interrompit alors qu'un individu s'approchait. A cette heure matinale, les plaignants n'étaient pas nombreux. Ithri passa machinalement la main dans ses cheveux, masse bouclée dont les pointes viraient à l'auburn avec l'été.

— C'est la nouvelle qui lui a fait ça ? demanda-t-il à mi-voix.

Katell haussa les épaules et gonfla les joues.

— Je ne sais pas. Elle m'a juste montré sa carte, elle m'a dit qu'elle remplaçait Marchandeau et qu'elle prenait officiellement ses fonctions aujourd'hui, et si je pouvais lui indiquer un bureau pour la déposition de « ce monsieur qui prétend être flic à la PJ ici ».

— Et qu'est-ce que tu as fait ?

— Qu'est-ce que tu voulais que je fasse ? Je l'ai escortée jusqu'à une salle d'interrogatoire.

— Et Joubert ?

— Il était penaud. Il avait l'air sonné. Je ne sais pas ce qui s'est passé, mais il n'en menait pas large.

— Ça changera un peu. Et Quémeneur ?

— Il m'a dit ce matin de la lui envoyer dès qu'elle mettrait un pied ici. La pauvre. Elle commence bien. Se mettre à dos Quémeneur et Joubert quand on bosse à la PJ… Elle va se sentir comme un poisson pourri.

Ithri haussa les épaules.

— Ça n'empêche pas de bien bosser.

— Et tu en sais quelque chose.

Katell le considéra avec attendrissement. Avec sa belle gueule et son allure décontractée, Ithri se faisait passer pour la réplique berbéro-camerounaise de Sonny Crockett, son idole de *Deux flics à Miami*.

Il approuva.

— Je ne sais pas si je dois me réjouir de l'arrivée d'une nouvelle tête de Turc ou si elle va se transformer en compagne d'infortune… Elle est comment ?

Katell éclata d'un rire aussi chaleureux que le reste de sa personne. Elle avait beau avoir presque soixante ans, Ithri la regarda avec envie. La mousse du *latte* faisait une moustache d'une finesse exquise au-dessus des lèvres pleines et rouges de la policière, qui passa dessus une langue gourmande. Ithri s'efforça de ne pas la fixer.

— C'est plutôt le style haricot vert, comme toi, mais un haricot vert blindé, tu vois. Et elle a une alliance.

Ithri hocha la tête en silence. Il s'apprêtait à prendre congé lorsque les yeux de Katell glissèrent au-dessus de son épaule. La brigadière se redressa brusquement, tendit au lieutenant de police son gobelet encore à demi plein et se faufila précipitamment vers son poste aux côtés d'Agnès.

Ithri se retourna. Une femme inhabituellement grande et mince traversait la file d'attente. Ses cheveux étaient si blonds et si courts qu'on devinait son crâne. Malgré la température clémente, elle portait une longue parka kaki, un jean brut et des bottes de moto. Elle s'adressa à Katell. Elles échangèrent quelques mots, puis Katell quitta l'accueil, ouvrant la marche. Un éclat mat accrocha l'œil d'Ithri, celui d'un Sig Sauer dans son étui. C'était la nouvelle.

Les deux femmes se dirigèrent vers les bureaux de la brigade judiciaire. Depuis une semaine, des murmures bruissaient dans l'open space du commissariat, parlant d'une ex du RAID, ou de la BRI, bref, d'une dure à cuire, si bien qu'Ithri avait fini par se forger une idée précise de la nouvelle capitaine. Un peu hommasse dans son attitude, lourdement musclée, une démarche énergique, et des cheveux attachés pour conserver un peu de féminité sans gêner ses mouvements. Il n'y était pas du tout. L'autorité dégagée par sa nouvelle collègue n'avait rien de masculine ni d'imposante. Il y avait quelque chose de félin chez elle, pas tant dans sa démarche, élastique et pourtant un peu hésitante, que dans la tension qu'elle dégageait, comme un animal ramassé sur lui-même.

Curieux de connaître la suite des événements, il leur emboîta le pas avec désinvolture. C'était la direction de son bureau, de toute façon. Il adressa à ses collègues quelques discrets signes, mais l'attention de la brigade était dirigée sur « la nouvelle » et son transfert immédiat vers le bureau du taulier. Des murmures hostiles accompagnèrent le passage des deux femmes.

Ithri se demanda ce qui allait lui arriver. Un gros savon ? Une mise à pied ? Un retour à son ancienne affectation ?

Il posa les cafés. Il ne savait plus lequel était à qui maintenant, c'était malin. Il s'installa sur sa chaise, repoussa un tas de papiers pour stabiliser les gobelets et alluma son portable. Les deux femmes se tenaient devant la porte du bureau de Quémeneur. Le commissaire avait pris la précaution de baisser les stores, si bien que, de l'extérieur, on ne distinguait rien. Katell leva la main et frappa à la vitre – précaution qui révéla sa propre nervosité.

Ithri se balança sur sa chaise. Autour de lui, la scène était comme figée. Ses collègues, assis à leur poste de travail ou rassemblés pour discuter, avaient tous le regard rivé sur la main de Katell.

Le rugissement de Quémeneur retentit dans une salle absolument silencieuse. Katell s'effaça pour laisser passer la nouvelle. Celle-ci tourna la tête et fixa Ithri un instant. Il aperçut alors ce qu'il avait manqué et qui faisait se retourner les policiers : son visage, plutôt joli par ailleurs, était profondément entaillé de deux balafres roses qui ressortaient sur sa peau claire comme des traînées de feu. Dans son regard, il ne lut aucune crainte.

9 h 10

Céleste

— Ibarben… Ibar, vous vous foutez de moi ou quoi ?

Ecumant de rage, le commissaire Quémeneur tremblait aussi d'indignation.

Céleste s'empêcha de faire le pas en arrière que son instinct lui commandait et se força à conserver un visage calme et une posture neutre. Les jambes légèrement écartées, les pieds ancrés dans le sol, les mains derrière le dos. Elle avait eu tout le dimanche pour se préparer à l'inévitable engueulade qui allait ponctuer l'arrestation de son (futur ? futur ex ?) collègue. D'ailleurs, Audrieu, son ancien chef de groupe, l'avait prévenue. Quémeneur était un sanguin, un adepte des coups de gueule, même si dans l'ensemble il était réglo.

C'était plutôt un bel homme, ce commissaire Quémeneur. Des cheveux poivre et sel, une coupe militaire, et les muscles de celui qui s'entretient. Des effluves d'*Eau sauvage* arrivaient par vagues jusqu'à Céleste tandis que le commissaire, les mâchoires serrées, un poing appuyé sur son bureau, s'efforçait de respirer calmement. Une artère battait le long de son cou de taureau. Jugulaire ou carotide ? Céleste ne parvenait jamais à s'en souvenir. Elle savait en revanche que, si elle appuyait dessus suffisamment longtemps, le commissaire tomberait dans les vapes.

Le téléphone se mit à sonner. Quémeneur se remit à crier. On devait l'entendre jusque dans les cellules de garde à vue.

— Je sais pourquoi vous êtes ici, Ibar, et il n'est pas question que vous veniez foutre le bordel dans ma brigade ! Vos initiatives, on a vu où elles vous ont menée. Vous n'avez pas encore commencé que j'apprends que vous avez arrêté un de mes gars et lancé une procédure contre lui !

— Violences domestiques, monsieur. C'est une lutte prioritaire pour tous les corps de la police, répondit Céleste d'une voix calme.

La sonnerie du téléphone se tut.

Le commissaire Quémeneur tapa du plat de la main sur le bureau, faisant sauter son pot à crayons et dispersant un tas de trombones. Des dossiers posés en une pile désordonnée oscillèrent dangereusement vers la poubelle placée juste en dessous.

— C'est un collègue ! Bon Dieu de bon Dieu ! On ne passe pas les menottes à un collègue ! On ne vous apprend pas l'esprit de corps, à la BRI ? Ça m'étonnerait ! C'est pire que l'armée, ce groupe !

Céleste ne répondit pas. Il n'y avait pas vraiment de question. Quémeneur avait besoin d'évacuer sa colère, elle l'avait prévu. L'esprit de corps, elle connaissait, elle avait pratiqué, cela lui avait même sauvé la vie. Elle sentait que cela allait lui manquer, ici, justement.

— Ce type se démène sans compter, quitte à sacrifier sa vie personnelle, et il se fait serrer par une collègue !

— Nous sommes là pour faire respecter la loi, monsieur. Et montrer l'exemple. Pas pour regarder ailleurs et sauver le confort d'un collègue qui la transgresse.

Elle avait pris un ton mécanique, comme si elle récitait une leçon. Sa propre voix résonnait désagréablement à ses oreilles.

Le commissaire fixa Céleste, qui soutint son regard.

Le téléphone sur le bureau recommença à sonner. Quémeneur eut l'air de se demander s'il allait le jeter contre le mur.

Il se redressa brusquement et attrapa ses lunettes. Son fauteuil, repoussé sans ménagement, heurta la cloison avec fracas. Le commissaire trébucha, se reprit.

— Venez avec moi !

Joignant le geste à la parole, il saisit le bras de Céleste d'une poigne ferme pour la sortir de la pièce. Elle inspira profondément. La traînant à demi, il l'emmena vers l'open space aux murs bleu dragée. Trois policiers l'occupaient, et leurs coups d'œil réprobateurs s'adressaient à Céleste.

Le téléphone avait cessé de sonner.

Quémeneur entra dans une salle vide. Ameublement fonctionnel, armoires métalliques tapissant toute une paroi. Sur la table, des notes, des rapports à signer et un ordinateur portable fermé. Une vague odeur musquée flottait, masculine, une odeur de milieu de journée qui n'aurait pas été désagréable à respirer si Céleste n'avait pas eu l'estomac au bord des lèvres. Elle trébucha sur un cartable informe en cuir marron foncé. Des emballages de Mars traînaient sur le bureau, la poubelle en était pleine. Quémeneur secoua le bras de Céleste.

— Regardez ! Regardez ça !

Face à la jeune femme, un tableau d'affichage avec des noms, des dates, des points d'interrogation et des photos. Un corps carbonisé, recroquevillé sur lui-même. L'autopsie. Le portrait d'une jeune femme, queue-de-cheval et sourire jusqu'aux oreilles, vêtue d'une robe d'été. La photo d'une femme allongée et d'hommes autour, des agrandissements très pixélisés de leurs visages. Céleste avait l'impression que son crâne rétrécissait tellement elle avait mal. Quémeneur saisit son regard.

— On a intercepté une vidéo sur Internet. Une tournante. On pense que c'est elle. Ils ont fait ça avant de la cramer.

Céleste sentit une vague de chaleur l'envahir, l'engloutir. Elle se mit à transpirer, comme ça, tout à coup. Elle entrouvrit les lèvres pour aspirer de l'air plus frais et enfonça ses ongles dans sa chair alors que Quémeneur lui tenait toujours le bras.

— Ça fait six mois qu'il bosse là-dessus, Joubert, continua-t-il. Trois mois qu'il a arrêté de compter ses heures sup pour trouver qui a fait un barbecue avec cette nana-là. Six mois qu'il se démène comme un dingue pour mettre la main sur ces ordures. Il avait prévu des arrestations ce matin, mais le big boss a refusé de nous donner les effectifs suffisants à cause de je ne sais quel officiel qui réquisitionne tout le personnel.

Le commissaire reprit son souffle avec un bizarre bruit de gorge, puis ajouta :

— Il est crevé, il est à bout de nerfs, les huiles de là-haut ne sont même pas capables de le soutenir. Une pute qui se fait cramer après un gang-bang, qui s'en soucie ? Tant que les médias n'en font pas leurs choux gras, faut pas compter sur un coup de main.

Un barbecue.

L'odeur de chair brûlée qui lui chatouillait les narines semblait aussi réelle que la poigne du commissaire sur son avant-bras. La puanteur qui supplante même celle du chalumeau, le grésillement de la chair, les hurlements. Elle connaissait.

Céleste ouvrit grand la bouche pour respirer goulûment. Elle aurait mangé de la poussière si elle avait pu, pour se débarrasser de cette odeur. Il fallait qu'elle sorte.

Le commissaire reprit en chuchotant.

— Elle s'envoie en l'air avec Mortier. Un vrai connard, celui-là, soit dit en passant.

Céleste ne comprenait rien, toute son énergie mobilisée pour se focaliser sur la réalité, le commissaire qui parlait, sa main qui serrait son bras trop fort, les bruits de la salle de garde. Et inspirer par la bouche pour ne pas laisser revenir le souvenir des odeurs.

Quémeneur dévisagea la policière. Ses yeux étaient presque implorants. Un affectif, pensa-t-elle. Ce type fonctionne à l'affectif. Il s'énerve, il s'emporte, il aime chacun de ses gars, il vit, il respire à côté d'eux, il les ressent. Il ressent la douleur du mari cocu, sa colère, son épuisement, son abattement, et il comprend que son collègue viole la loi, qu'il frappe, qu'il insulte. Comme il comprend, il pardonne. Ce n'est pas un chef de meute, c'est une mère poule.

Quémeneur reprit :

— La femme de Joubert. Pendant qu'il sue sang et eau pour trouver un putain de connard de meurtrier, sa femme baise avec le mec qui vient de lui piquer sa promotion. Pauvre gars. Elle se tapait Abassi, avant. Elle aime le flic, la salope.

Ton pote, il a peut-être des explications, mais il n'a pas d'excuse, pensa Céleste. Elle avait l'esprit clair, à nouveau, et c'est d'un ton glacial qu'elle répondit :

— Pourquoi me dites-vous ça ?

La tête de Quémeneur amorça un petit mouvement de recul.

— Pour que tu comprennes le contexte, tiens !

— Qu'est-ce que vous voulez que ça me fasse ?

Dégageant son bras d'un geste, Céleste sortit de la pièce. Si elle regardait encore une fois ces photos, elle allait frapper.

9 h 35

Olivier

Sur instructions, Olivier Joubert s'était installé dans le bureau de Quémeneur en attendant que le patron ait terminé sa gueulante. Il fit tourner le fauteuil. Malgré les stores baissés, il pouvait surveiller ce qui se passait dans l'open space. Au bout de dix ans de police judiciaire sous la direction de Quémeneur, il savait ce que c'était que de se trouver de ce côté du bureau, du côté de celui qui serre les fesses en espérant passer entre les gouttes. Il esquissa un sourire amer.

Quinze ans de maison, des états de service impeccables et une réputation similaire. Sans tache. Il avait toujours fait son boulot dans les règles, n'avait jamais cogné ou laissé cogner un suspect. Il avait une conscience propre et entendait mener sa vie de même. Jusqu'à ce que cela dérape. Il avait très envie de se trouver des excuses, mais il savait qu'il ne pourrait pas faire mieux que donner des explications. Des excuses pour tabasser sa femme, il n'y en avait jamais.

Il ne savait pas comment se sortir de ce merdier. Tous les gars de la brigade étaient remontés contre la nouvelle et le soutiendraient. Comment leur dire qu'il aurait pu tuer sa femme à coups de poing, que sa rage était devenue totalement hors de contrôle ? Leur chef de groupe qui perd son sang-froid ? Bien sûr qu'aucun d'eux ne cautionnait le fait qu'on batte sa femme. Mais lorsque c'était un ami, un frère ou un collègue, tout le monde cherchait des excuses. Chacun d'eux savait ce que c'était qu'être à cran depuis des semaines, et à quel point, dans ces moments-là, le soutien de la famille est primordial. Sinon, on tombe en morceaux.

Est-ce que c'était ce qui lui arrivait ? Tomber en morceaux ?

La porte s'ouvrit brutalement et le téléphone se mit à sonner.

Olivier Joubert regarda le commissaire se laisser tomber dans son fauteuil, sans un geste pour répondre au téléphone. Il leva le menton, prêt pour l'engueulade. Mais Pierre Quémeneur secouait la tête, les épaules arrondies. Olivier remarqua ses cheveux qui se clairsemaient sur le haut de son crâne. Les taches sur ses mains.

La nouvelle passa devant le bureau de Quémeneur, le visage fermé. Une sale gueule, couturée par deux cicatrices parallèles qui débutaient au-dessus du sourcil pour mourir sur la mâchoire de l'autre côté. Une mal-baisée ? Elle portait une alliance. Une connasse mal mariée, alors, ou pire, une idéaliste.

Arrête avec ton cinéma de sale flic, se morigéna-t-il. Elle n'y peut rien, de sa gueule mochement cassée ; elle fait son boulot, tu as merdé. Regarde-toi, pauvre con.

Le capitaine Joubert tourna la tête vers Quémeneur.

— Pierre, je…

— Laisse tomber, Olivier, je sais. C'était la fois de trop. On n'est pas de bois.

Le commissaire Quémeneur poussa un long soupir.

— Mais on est dans la merde. Cette connasse ne veut pas laisser tomber et la proc va poursuivre.

— Leclos de Verdier ?

— Non, c'est Jeanne qui était de permanence. Je viens d'avoir LdV et il est remonté comme un coucou. Pas question de cacher ça sous le tapis, m'a-t-il dit. Jeanne doit me rappeler ce matin.

— C'est plutôt une bonne chose, non ? Elle me connaît. Et c'est ta nièce.

Le rire bref de Quémeneur aurait pu passer pour un aboiement. Amer.

— C'est une bonne femme, Olivier. Elle ne va pas risquer d'être accusée de conflit d'intérêts.

— Je lui fais confiance, Pierre. Ça fait six mois qu'on travaille ensemble.

— C'est une bonne femme.

— Mais elle est très compréhensive. Elle sait à quel point nous sommes tous à cran avec cette affaire.

— C'est une putain de bonne femme, Olivier ! répéta le commissaire en haussant le ton. Les gonzesses, elles se serrent les coudes, maintenant. La sororité, elles appellent ça ! Elles sont pires que des pit-bulls. Balance ton porc ! Je te parie qu'il y en a au moins une des trois qui l'a déjà posté sur son Facebook ou son Instagram ! Un flic qui tabasse sa femme et va bientôt se retrouver en taule !

— Arrête, Pierre ! Ça ne va pas se terminer au trou. C'est Sandrine qui a commencé à me taper dessus, je n'ai fait que riposter !

— Sans blague !

Pierre Quémeneur poussa un gros rire gras.

— Elles vont te renvoyer à la maison avec une petite tape sur la main, sans doute, et te priver de goûter.

Olivier soupira.

— Franchement, avec mes antécédents, ça n'ira pas loin.

Quémeneur se pencha en avant.

— La lutte contre les violences conjugales est une priorité nationale, capitaine Joubert. Nous devons montrer l'exemple à chaque instant, quelles que soient les pressions de notre vie personnelle, déclama-t-il d'un ton grandiloquent.

Olivier leva les sourcils. Est-ce que Pierre avait bu ?

Le téléphone se remit à sonner.

— Putain ! cria le commissaire.

Puis, sans sommation, il décrocha.

— Quémeneur à l'appareil !

Parfois, les événements s'enchaînent comme si le destin existait réellement. C'est du moins ce que dit Quémeneur à Olivier lorsqu'il raccrocha.

Il avait deux dossiers à distribuer ce matin. Une saisie de cinq kilos de cocaïne par les douaniers et une constatation de suicide que la police urbaine ne pouvait pas assurer à cause de la visite du ministre.

— File-moi la constat', dit Joubert. J'ai besoin de prendre l'air et vraiment pas la tête à commencer une grosse enquête.

Quémeneur s'efforça de masquer la déception que la proposition lui inspirait. Il ne comprenait pas toujours Joubert. A sa place, l'autre, il l'aurait réduite en charpie. Il aurait déjà commencé à manigancer un plan pour la faire éjecter le plus vite possible, alerté le syndicat.

Le commissaire se leva, contourna son bureau et se campa devant sa porte. Mains dans le dos et pieds solidement plantés dans le sol, comme il avait appris à se tenir au cours de sa lointaine carrière de CRS, il contempla son petit royaume. La rénovation du bâtiment et l'installation de parois vitrées et d'un espace commun avaient amélioré la coopération entre les policiers. Seuls quelques officiers de police judiciaire avaient leur propre bureau, les autres étaient installés dans la grande salle et pouvaient utiliser, au gré des dépositions, confrontations et autres joyeusetés policières, des salles polyvalentes bien équipées.

Katell traversait l'open space, la nouvelle sur les talons. Il s'amusa des sourcils froncés des policiers qui se trouvaient sur leur chemin. L'hostilité était perceptible. Rien de tel pour resserrer les rangs qu'un ennemi commun, et tant pis si ce dernier fait partie de la maison. Le commissaire se demanda quel surnom allait lui échoir : « Scarface » ? « Albator » ? Si cela ne tenait qu'à lui, il lui trouverait un surnom en rapport avec le duc de Guise, balafré comme elle et instigateur d'un massacre. Lui aussi.

Tu veux défier l'autorité, ma salope, tu vas prendre une leçon, songea-t-il. Il se frotta mentalement les mains de contentement, et, s'il se sentait vaguement honteux d'agir comme un collégien vindicatif, il balaya rapidement cette idée de son esprit.

— Pas question, Olivier. Tu as besoin de boucler une affaire rapidos et, celle-là, les douanes te l'apportent sur un plateau. Tu vas régler ça en deux temps trois mouvements et tu récolteras les lauriers pendant que l'autre salope se farcira l'autopsie d'une bourgeoise.

Revigoré par ces perspectives, Quémeneur ouvrit à la volée la porte de son bureau et beugla « Ibar ! Dans mon bureau ! », oubliant que si l'histoire ne repasse pas les plats, elle a une fâcheuse tendance à l'ironie.

10 h 30

Céleste

Trente minutes après avoir quitté le commissariat, Céleste contemplait le corps avec perplexité.

Tout ce qu'elle savait, c'était que la victime s'appelait Anne Arnotte, quarante-sept ans, propriétaire et présidente des Biscuiteries Arnotte, et, à en juger par son appartement, à l'abri du besoin pour trois siècles. Allongée sur son lit immense, elle donnait l'impression de dormir, les épaules à plat et les hanches tournées vers la lumière. Elle avait les bras relevés autour de la tête et de gros bracelets d'argent aux poignets. Sa robe de soie beige l'enveloppait tel un linceul chatoyant et ses cheveux blonds étendus autour d'elle créaient une aura romantique. Les mollets qui émergeaient du vêtement étaient minces et musclés, les ongles des pieds soigneusement coupés et vernis. Sa peau avait l'aspect velouté d'un abricot mûr, souple et soyeux. Elle aurait pu s'éveiller et sourire de la bonne blague qu'elle venait de faire. D'habitude, la mort est hideuse. En l'état, elle était terrifiante d'irréalité.

Irréelle, la pièce l'était aussi, d'une certaine manière, tellement l'ordre qui y régnait confinait à la maniaquerie impersonnelle. La chambre d'Anne Arnotte ressemblait à une chambre d'hôtel, avec sa moquette gris perle épaisse, ses murs bisque et l'énorme tête de lit matelassée en cuir blanc. Les tables de nuit à plateau de verre reflétaient l'intérieur des lampes qu'elles supportaient. Sur la console placée face au lit, sous un énorme miroir au cadre blanc, se trouvait une curieuse sculpture à la fois brute et travaillée, représentant, pour ce que Céleste pouvait en juger, un corps s'extrayant de la matière. On distinguait parfaitement le dos, la taille et les hanches d'une femme, et même son cou. Mais ses cheveux étaient pris dans la pierre, comme englués. La sculpture racontait la souffrance plutôt que la naissance et l'impossibilité de s'extirper d'une gangue. Celle de l'existence ?

Dans un coin de la pièce, effondrée dans une bergère contemporaine, une femme aux cheveux courts sanglotait en silence. Vêtue d'une robe noire stricte et chaussée de ballerines de la même couleur. Ce devait être la gouvernante, songea Céleste.

Quémeneur lui avait dit qu'elle retrouverait sur place le médecin du SAMU, initialement appelé sur les lieux. Elle avait rencontré un infirmier à la porte, mais le médecin ne l'attendait pas près du corps, comme il était supposé le faire.

— Sa mort n'a pas été paisible, si c'est ce que vous vous demandez.

Une voix grave, rocailleuse. L'homme qui sortait de la salle de bains en s'essuyant les mains sur une serviette de toilette était petit, trapu, presque aussi large d'épaules que haut de corps, et son front était garni de cheveux blancs touffus. Il lui adressa un large sourire.

Les yeux de Céleste naviguèrent de ses cheveux – l'homme était tête nue – à ses chaussures – sans surchaussures –, puis s'arrêtèrent sur ses mains. Pas de gants. Une serviette de toilette assortie à la teinte bisque des murs.

Céleste n'en croyait pas ses yeux.

— Vous venez de vous laver les mains dans le lavabo ?

Le médecin du SAMU ne voyait pas du tout où était le problème.

— On n'est pas dans le neuf cube, ici, répliqua-t-il avec l'air de la prendre pour une demeurée.

Conservant la serviette dans une main, il tendit l'autre à Céleste, qui la considéra froidement sans esquisser le moindre mouvement. Derrière elle, elle entendit Ithri déplier un sac à indices.

Désignant d'un geste large la gouvernante qui n'avait pas bougé de son fauteuil et les considérait d'un air vaseux, le médecin se présenta : « Docteur Sébastien Volti, du SAMU », et débita d'une voix mécanique :

— Elle l'a retrouvée en prenant son service ce matin. Cette personne n'étant manifestement pas décédée de causes naturelles et en tout état de cause sans témoin, j'ai fait état d'un obstacle médico-légal et me suis adressé à vos services. Il n'y a ni effraction ni violence, je conclus donc au suicide.

Le torse bombé, l'homme se lissa les cheveux au-dessus de la tempe droite. Il ouvrit la bouche pour poursuivre, mais Céleste l'arrêta d'un geste.

— Ithri, dit-elle en se tournant à demi vers le jeune policier, qui se tenait juste derrière elle, pourriez-vous escorter madame vers le salon, s'il vous plaît ? Demandez à l'infirmier de rester avec elle et revenez. Nous n'en avons pas pour longtemps.

Puis, se retournant vers l'urgentiste :

— Oui ?

Celui-ci, un peu troublé par l'interruption, continua à voix basse :

— Cette petite dame a dû avaler une saleté pour aller voir si l'herbe est plus verte ailleurs. La gouvernante était extrêmement tremblante et pas très cohérente – elle m'a appelé « madame », vous pensez ! Je lui ai donné un sédatif qui devrait la laisser dans le pâté pendant encore une bonne demi-heure. Allez-y mollo avec elle, elle imagine que sa patronne a eu une crise cardiaque.

— A quelle heure est-elle morte, selon vous ? demanda Céleste d'un ton neutre.

— Je ne suis pas légiste, mais, à vue de nez, je dirais très récemment. Au début du week-end, je pense. Vous savez que ça s'enlève très bien au laser, maintenant, continua-t-il en désignant les cicatrices de Céleste. On ne verra quasiment rien. Evidemment, il faut attendre un peu que la cicatrice se stabilise.

— Autre chose ?

Le médecin contempla Céleste quelques secondes. Il hésita à insister, puis reporta son attention sur le cadavre.

— Elle s'est sans doute empoisonnée, répondit-il en désignant le corps d'une main. Regardez, elle a vomi. Elle s'est peut-être étouffée avec, d'ailleurs. A mon avis, elle s'est anesthésiée avant, sinon elle n'aurait pas l'air aussi paisible.

Céleste contempla les traits délicats. Les rides aux coins des yeux et de la bouche, loin d'enlaidir la victime, lui ajoutaient de la personnalité. Elle était maquillée. Teint de pêche, lèvres peintes, cils chargés de mascara. D'un doigt ganté, Céleste repoussa les cheveux blonds, fins comme un nid de soie. L'oreille était rouge et marbrée. Elle appuya doucement sur la peau. Rien ne se passa.

— Avez-vous déplacé le corps ? demanda-t-elle au médecin.

Celui-ci fit une moue en haussant les épaules.

— Et puis quoi encore ? Je ne suis pas complètement stupide.

Céleste leva les yeux au ciel.

— Comment avez-vous constaté la mort ? Vous avez pris sa température rectale, celle du foie, vous avez constaté des lividités, vous avez essayé de rompre la *rigor mortis* ?

Le médecin fronça les sourcils.

— Est-ce que vous remettez en cause…

L'agacement était maintenant perceptible dans la voix de Céleste.

— Je ne remets rien en cause, je vous pose une question. Quelle méthode avez-vous utilisée pour constater la mort ?

L'urgentiste posa les poings sur ses hanches, tenant toujours à la main la serviette qui se balançait mollement. Un froissement de papier. Maksen était revenu si silencieusement que Céleste ne l'avait pas entendu. Elle le regarda s'avancer vers le médecin et, de sa main gantée, saisir la serviette avant de la fourrer dans un sac à scellés.

Le métis et la gouine, les deux alibis de la diversité, avait pensé Céleste lorsque Quémeneur avait désigné le jeune Maksen comme le membre unique de son équipe réduite « uniquement en attendant que Joubert boucle son affaire, ce qui ne saurait tarder, à moins qu'il n'ait des ennuis judiciaires qui le retardent ». Ithri Maksen donnait l'impression d'avoir à peine vingt ans et, nonobstant sa chemise et son pantalon de lin grège, une allure à peine plus occidentale qu'un fumeur de joints jamaïcain, dont il avait la démarche traînante. Il avait l'air aussi enchanté qu'elle, et la main qu'il lui avait tendue était moite et faussement ferme. En revanche, il ne parlait pas, ce qui était indéniablement une qualité.

Espérons qu'il sache se faire oublier, avait pensé Céleste en faisant démarrer la voiture de service dont Katell lui avait laissé les clés. De fait, alors qu'il avait pianoté sur sa cuisse pendant tout le trajet sur un rythme qui devait être dans sa tête, il n'avait pas prononcé un mot jusqu'à l'appartement de la victime, situé rue Sully, derrière la cathédrale de Nantes et à proximité de la préfecture. Il était descendu tout aussi silencieusement de voiture et Céleste, le voyant regarder dans les airs et tourner la tête à droite et à gauche, en avait déduit qu'il cherchait les caméras de surveillance. Bon réflexe, s'était-elle dit.

Le jeune policier reprit sa place tout aussi discrètement qu'auparavant, ne troublant le silence que par les tap-tap qui accompagnaient ses doigts frappant un écran. Bien, songea Céleste, il prend des notes.

Le médecin répondit dans un soupir :

— La cornée est vitreuse.

— C'est vous qui lui avez fermé les yeux ?

Après une imperceptible hésitation, le médecin désigna du menton la bergère où se tenait la gouvernante quelques minutes auparavant.

— Vous avez vérifié si elle avait des taches abdominales ?

Sébastien Volti soupira.

— Non. Je ne suis pas légiste. Je me borne à constater la mort.

— Manifestement, répondit la policière en se détournant du corps.

Indifférente aux tentatives de l'urgentiste de reprendre la main, Céleste lui demanda :

— Autre chose que vous n'auriez pas mentionné ?

Sébastien Volti fit signe que non. L'air circonspect, il esquissa un pas en arrière puis, constatant que Céleste ne réagissait pas, fit carrément demi-tour pour se diriger vers un guéridon à côté des deux bergères.

Il en avait assez. Céleste aurait pu décrire ses pensées : son travail à lui consistait à s'occuper des vivants, pas à jouer aux devinettes avec les morts, et il ne voyait pas de raison de rester si on pouvait se passer de ses services. Le médecin avança vers le fond de la chambre. Sa grosse sacoche noire était posée sur le sol, ouverte, à proximité du guéridon sur lequel gisaient plusieurs formulaires. Machinalement, il toucha le cuir en se rasseyant ; comme pour se rassurer. Puis, d'une écriture saccadée, il ajouta quelques annotations sur le formulaire, signa et le tendit à Céleste.

— La paperasse habituelle, lui dit-il en se relevant. Vous n'avez qu'à appeler l'institut médico-légal pour faire enlever le corps.

Il ferma son cartable d'un geste décidé de ses doigts courts. L'objet émit un claquement sec.

— Restez assis, lui intima Céleste d'une voix glaciale.

Son ton suggérant qu'il serait contre-productif de refuser, elle continua :

— On va attendre les gars de l'identité judiciaire. Ils vont relever vos empreintes et prélever votre ADN pour pouvoir exclure toutes les traces que vous venez de laisser sur la scène. Maksen, vous leur demanderez de sécuriser ça, ordonna-t-elle au jeune policier en désignant la cheville de la victime. C'est sans doute un point d'entrée d'injection. Dites-leur aussi de lui racler les ongles avant toute chose, il y a pas mal de matière dessous, je veux savoir ce que c'est, ça paraît ne correspondre à rien d'ici. Moi, je vais parler avec la gouvernante.

11 h 15

Nadia

Lorsque Nadia Lévesque reprit ses esprits, elle était assise dans la bergère recouverte de damassé blanc que Mademoiselle avait fait poncer, repeindre et recouvrir lorsqu'elle était venue reprendre les rênes de la biscuiterie, à la mort de Madame, sept ans auparavant. Tout l'appartement y était passé, d'ailleurs, au point qu'il était méconnaissable. Du temps de Madame et Monsieur, c'était bois foncé et dorures, marbre dans les salles de bains et cuisine professionnelle en inox, où Madame mettait encore moins souvent les pieds que sa fille. Avec Mademoiselle, c'était blanc partout. Nadia préférait ; elle voyait tout de suite s'il y avait une tache.

Elle brossa machinalement sa robe, pour enlever une poussière imaginaire ou lisser le tissu, elle n'aurait su dire. D'un mouvement souple, elle vérifia que ses cheveux étaient bien en place. Ce n'est pas parce qu'elle avait les cheveux courts qu'elle pouvait se laisser aller. Professionnelle, aurait dit Mme Millicott.

Elle allait se relever, se demandant vaguement ce qu'elle faisait assise sur la bergère, lorsque la réalité vint la heurter de plein fouet. Sa gorge la piqua, ses yeux brûlèrent. Mademoiselle est morte. Il ne fallait pas y penser. Mais c'était impossible. Plus elle s'efforçait de ne pas y penser et plus son esprit y revenait, obstinément. « Il ne faut pas y penser. » Nadia serra les dents, les yeux fermés, comme si cela allait empêcher les larmes de couler. Parce qu'elle pleurait.

Mme Millicott n'aurait pas approuvé.

La porte du salon s'ouvrit en grand, lui envoyant une bouffée d'air frais. La gouvernante retint un hoquet en voyant s'encadrer en contre-jour, dans l'embrasure, une haute silhouette inconnue, suivie de près par le chat. Etait-ce un homme ou une femme ? Nadia cligna des yeux plusieurs fois. Elle avisa le renflement sous le pull. C'était une femme. Que faisait-elle ici ? Etait-elle avec le SAMU ? Et elle lui parlait. Qu'allait-elle répondre ? L'image de Mme Millicott s'imposa à l'esprit de Nadia, comme un modèle de l'attitude à adopter. Son austérité, sa netteté et sa prestance. Le tweed de sa jupe tendu sur ses hanches larges, la veste qui masquait une poitrine généreuse et un cœur sec. Les longs cheveux impeccablement ramassés. Nadia se redressa dans son fauteuil. Quel était son leitmotiv ? Exigence et discrétion. Les principales qualités d'une bonne gouvernante de maison. Nadia avait eu du mal à entrer dans le moule, beaucoup de mal – il faut dire qu'elle revenait de loin –, mais, une fois qu'elle y était arrivée, elle n'en était jamais ressortie. Ce n'est pas maintenant qu'elle allait déroger à la règle.

Elle répondit bien poliment aux questions de cette dame, qui voulait savoir quand Nadia était arrivée et ce qui s'était passé – une policière qui se déplace exprès pour cela ! Comme si elle n'avait pas mieux à faire ! Suivant des yeux le chat qui passait et repassait le long des jambes de la policière, Nadia raconta qu'elle était montée dans la chambre de Mademoiselle, qu'elle l'avait trouvée comme cela et qu'elle avait instantanément pensé à une crise cardiaque, comme cette pauvre Mme Millicott, son instructrice. Elle ne dit pas que Mademoiselle n'était pas le premier cadavre qu'elle découvrait, cela n'aurait avancé à rien. Elle ne dit pas non plus qu'elle avait bien regardé sous le lit, pour s'assurer qu'il n'y avait pas de seringue qui aurait roulé dessous.

Nadia mentionna ensuite son appel au SAMU. Son menton trembla à l'évocation du corps de cette pauvre Mademoiselle. La honte de ne pas avoir fait face, comme sa formation et toute son expérience au service des Arnotte l'exigeaient, lui empourpra les joues. Elle se rappelait maintenant que le médecin lui avait fait une piqûre de quelque chose, mais les souvenirs de ces instants s'enchevêtraient dans son esprit.

Le chat s'était installé contre les pieds de la policière et il ronronnait comme une forge, insensible aux discrets mouvements que faisait cette dernière pour le chasser. Le bas de son pantalon était couvert de longs poils soyeux. Forcément, personne ne l'avait brossée, cette pauvre bête… Qui allait s'en occuper ? Gilbert serait-il d'accord pour la prendre ? Nadia en doutait. Peut-être que cette pauvre Mme Fauré…

— Est-ce que Mme Arnotte avait des proches que nous devrions contacter, madame Lévesque ?

Nadia mit un peu de temps à réagir, les yeux toujours fixés sur le pantalon de la policière. Non, Mademoiselle (elle insista bien sur le Mademoiselle) n'avait plus de famille depuis la mort de ses parents. Ses amis les plus proches étaient Mme Fauré et le père Lucas. Non, Mademoiselle n'avait pas de petit ami ni de partenaire, appelez cela comme vous voulez. Elle vivait seule avec son chat. Le matin elle allait au travail, le vendredi à la prison, le samedi à la soupe populaire, et le dimanche à l'église. Nadia l'avait vue pour la dernière fois vendredi soir. Mademoiselle n'aimait pas trop les plats à emporter qu'on trouvait en ville. Et elle n'aimait pas faire la cuisine. Le vendredi matin, comme chaque semaine, Nadia était allée au marché de Talensac et elle avait cuisiné en prévision du week-end.

— Auriez-vous des photos de Mlle Arnotte ?

La voix de la policière était tranquille, calme. Elle avait noté avec application tout ce que Nadia lui avait raconté et elle avait le regard franc.

Nadia se leva avec difficulté. Son dos était raide. Ouvrant un placard dissimulé dans le mur, elle prit une boîte en carton qu'elle posa sur ses genoux. Elle plongea les mains à l'intérieur avec un sourire tendre. Mademoiselle était si belle et tellement pleine de vie. C'était impossible de lui en vouloir plus de cinq minutes. Et lui en vouloir pour quoi, d'ailleurs ? C'est à elle qu'elle faisait du mal avec ces produits.

— Tenez, dit-elle à la policière en lui donnant cinq photos.

C'étaient les préférées de Mademoiselle. Sur l'une, elle était en tenue de campagne, assise devant une grange aux murs de bois aussi rouges que sa bouche. Elle riait. On voyait ses dents, sa coquetterie dans l'œil, ces minuscules imperfections qui la rendaient réelle.

La policière les examina longuement, passa même le doigt dessus, comme si elle la connaissait.

— Elle était belle, n'est-ce pas ? demanda-t-elle.

Nadia sourit, fière comme s'il s'agissait de sa fille. Et il s'agissait un peu de sa fille, il fallait le reconnaître, avec Mademoiselle qui n'avait plus sa maman. Comme une mère, Nadia préparait à manger à Mademoiselle, comme une mère, elle changeait ses draps, lui faisait des courses et, comme une mère, elle savait quand se retirer et quand se taire. Des larmes lui montèrent aux yeux.

— Depuis quand travaillez-vous pour Mlle Arnotte ?

Malgré son visage défiguré, la policière parlait d'une voix douce. Nadia, se sentant en confiance – après tout, c'était la police –, raconta presque tout ce qu'elle savait : pas grand-chose. La vie de Mademoiselle était si calme et si routinière. Elle n'oublia pas d'évoquer le voyage à Hong Kong que Mademoiselle avait prévu depuis plus d'un an. En revanche, elle ne parla pas des draps tachés ou des seringues qu'elle avait retrouvées à quelques rares occasions. Ce que Mademoiselle faisait de ses week-ends ne regardait personne.

11 h 45

Jeanne

Il faisait chaud, déjà, dans le réduit qui tenait lieu de cabinet de permanence. Jeanne n'aurait pas dû prendre son pull en cachemire. Elle contempla en silence la pile de dossiers qui s'accumulaient et éternua. Son bloc-notes, tout neuf, trônait sur un bureau mélaminé de l'administration et le stylo-plume en résine et pointe or à ses côtés jurait avec le reste de l'ameublement. Sa poubelle était remplie de mouchoirs en papier. Elle avait les oreilles qui bourdonnaient. Son téléphone sonna, une de ces sonneries impersonnelles qui font vérifier à chacun son téléphone.

Elle coinça ses écouteurs dans ses oreilles.

— Allô, monsieur le procureur ? Lieutenant Ciangherotti, de l'annexe de Nantes-Doulon.

— C'est madame la substitute du procureur. Vous pouvez m'épeler votre nom, lieutenant ?

— Ecrivez « Ciang », ça ira plus vite, on verra plus tard.

— Il y a urgence ?

— Non, mais…

— Dans ce cas, vous pouvez m'épeler votre nom, lieutenant.

Jeanne raffermit sa prise sur son stylo et se prépara à noter. Il lui fallait montrer aux flics qui décidait, sinon ils se mettaient en tête de diriger les enquêtes à sa place.

— Eh bien ? Vous ne savez plus écrire votre nom ?

Elle n'avait pas l'intention d'être si acide. Elle saisit à la hâte un mouchoir pour éponger son nez. La page devant elle semblait scintiller tandis qu'elle écrivait sous la dictée. Quel nom invraisemblable !

— On a encore le petit Sébastien Huet en garde à vue pour un vol de voiture, délit de fuite, défaut de permis et refus d'obtempérer.

— Non !

— Ben si, et ça fait la sixième fois. Il a volé le véhicule de son patron. Il est parti faire un tour avec et il a percuté trois automobiles, heureusement pas de blessés.

— Attendez, je vérifie quelque chose.

Jeanne appuya sur silence et s'empara du Code de procédure pénale. Son esprit carburait à toute allure. Moins de seize ans, jamais encore jugé par le tribunal pénal pour enfants, mais il est sous contrôle judiciaire… On peut tenter la révocation du contrôle judiciaire parce que je ne pourrai pas le faire incarcérer à l'issue du déferement… Le juge des libertés et de la détention ne le placera jamais en détention, il n'a pas de casier…

— Rappelez-moi dans cinq minutes, dit-elle en reprenant la communication.

Puis elle raccrocha sans rien ajouter.

Quelqu'un frappa à la porte.

— Jeanne ?

Le procureur Leclos de Verdier passa sa tête presque chauve par la porte et sourit.

Elle se leva.

— Monsieur le procureur.

Il entra dans le bureau, un dossier serré contre son costume marine qui pochait aux genoux. D'un geste mécanique, il ébouriffa les quelques cheveux qu'il avait rabattus pour masquer sa calvitie et passa la main sur son visage. Jeanne l'avait rencontré à l'école de la magistrature, où il avait dispensé un cours magistral et inspirant sur la répression des violences domestiques. Son cheval de bataille. Inutile de se demander pourquoi il venait la voir.

— Ce dossier du flic qui s'est fait arrêter samedi pour des violences conjugales…

Impatiente, Jeanne lui coupa la parole :

— Oui, je propose finalement qu'on laisse tomber. La procédure de flagrance n'a rien donné. On a les témoignages concordants de la femme et du mari disant qu'elle lui a couru après pour le frapper et qu'il s'est contenté de réagir. Et deux personnes au bar ont confirmé qu'elle était venue le provoquer.

— Je suis ennuyé, Jeanne. Vous savez que les violences domestiques sont une priorité.

Le ventre de Jeanne se tordit, le téléphone sonna. LdV insista.

— On ne peut pas risquer de laisser passer un dossier comme ça. Si la presse tombe dessus, on va se faire écharper et accuser de collusion.

Le téléphone continuait de sonner, évidemment. Lundi matin. Jeanne s'excusa d'un geste et décrocha.

— Monsieur le procureur ?

— Madame !

— C'est les douanes. On a interpellé deux Syriens en *go-slow* avec cinq kilos de cocaïne cachés dans le réservoir de leur voiture à côté de Saint-Erembert. On les a placés en retenue douanière à 18 heures hier soir, mais il faut les remettre à qui ? Apparemment, ils ne sont pas connus, mais on n'a pas encore consulté le fichier automatisé des empreintes digitales. Ce sont des mules, ils disent qu'ils avaient rendez-vous en forêt de Touffou pour livrer la marchandise… La PJ a dit qu'ils exploiteront les portables.

Jeanne leva les yeux au ciel.

— Oui oui, écoutez, remettez-les à la PJ et dites-leur de m'appeler, OK ?

Jeanne sentit une douleur sourdre au fond de son œil. Elle raccrocha avec agacement. Ces douaniers, comme s'ils ne connaissaient pas la procédure… Elle n'avait pas vocation à jouer leur mère.

— Jeanne ?

La voix de LdV était aussi douce que celle du loup du *Petit Chaperon rouge*.

— Monsieur le procureur, vous savez qu'aucun substitut n'a été aussi engagé que moi en la matière et que nous avons réussi à obtenir des condamnations exemplaires. Je vous remercie pour vos conseils, d'ailleurs.

Il ne la laissa pas finir :

— Justement. Je souhaite que ce soit un exemple. La police n'est pas dispensée de respecter la loi.

— Monsieur le procureur, sauf votre respect, il n'est pas question que je demande l'ouverture d'une enquête sur ces faits. Le capitaine Joubert est un policier accompli qui est soumis à une forte pression…

— Ce qui n'excuse en rien ses agissements.

Jeanne réprima une nouvelle fois l'envie de lever les yeux au ciel. Parfois, on pouvait se demander de quel côté travaillait LdV. Elle argumenta :

— Cela n'excuse pas ses agissements, mais le juge conclura en contexte : la femme du capitaine Joubert (elle leva la main pour réprimer toute velléité de discussion de son interlocuteur), la femme du capitaine Joubert reconnaît elle-même avoir été la première à porter des coups, admet avoir mordu son mari au bras et l'avoir frappé au ventre à l'aide d'une bouteille d'eau pleine en verre. Le capitaine Joubert l'aurait alors saisie par les poignets pour la maîtriser. Elle se serait dégagée et l'aurait griffé, et c'est à ce moment qu'il aurait porté les coups. Je ne plaiderai pas les violences domestiques dans un cas pareil, monsieur le procureur, j'estime que les torts sont partagés et qu'il ne s'agit en aucun cas d'une violence habituelle.

— Vous savez que je peux vous contraindre, Jeanne.

Jeanne aurait pu profiter de ce moment pour minauder. LdV était réputé pour être sensible aux charmes féminins. Mais cela n'aurait pas été honnête.

— Je ne suis pas devenue magistrate pour gonfler des statistiques aux dépens de personnes qui ne sont pas coupables, monsieur le procureur. Si vous devez me sacquer pour cela, faites-le.

LdV partit d'un rire silencieux.

— Je ne vous sacquerai pas pour ça, Jeanne. Au contraire, votre fraîcheur est un rappel permanent de ce pour quoi nous sommes là en premier lieu.

Il fit glisser le dossier sur son bureau.

— Je vous laisse prévenir Quémeneur de la bonne nouvelle. Si ça n'avait pas été par téléphone, il m'aurait sauté à la gorge lorsque je lui ai dit que j'étais d'avis de poursuivre jusqu'au procès.

Avec son cou maigre, LdV ressemblait à un vieux coq sur le retour. Il pivota sur ses talons et quitta la pièce en gloussant.

Jeanne ferma les yeux. La matière plastique qui recouvrait la table lui collait aux paumes et elle sentait sa peau moite sous son pull. Elle se demanda si elle avait pensé à mettre du déodorant. Elle n'aurait pas dû écouter Xavier. Elle aurait dû prendre un débardeur. Est-ce qu'elle aurait le temps de faire un saut quelque part pour en acheter un ce midi ? Probablement pas. Elle respira lentement, les yeux fermés, s'efforçant de détendre ses épaules et d'ouvrir sa cage thoracique. Elle avait l'impression d'être engoncée dans un corset en fer. Mais elle était condamnée aux manches longues pour le reste de la semaine, au moins.

Le téléphone sonna.

— Bonjour, madame la procureure, commissaire Quémeneur, du commissariat central de Nantes. Je t'appelle pour te signaler une suspicion d'homicide au domicile de Mme Anne Arnotte, 4, rue Sully, à Nantes.

— Comment savais-tu que ce serait moi ?

— Tu m'as dit hier que tu serais de permanence.

— Ah oui, c'est vrai.

Elle avait la tête dans du coton. Tenant d'une main son téléphone, elle se leva pour aller ouvrir la fenêtre. Le vacarme de la rue remplit l'espace exigu, mais un souffle d'air le traversa. Les papiers sur son bureau volèrent. Jeanne se hâta de se rasseoir, posant précipitamment son téléphone, qui claqua contre le meuble. Elle saisit une feuille, indiqua l'heure de l'appel et la date, et inscrivit *SUSPICION D'HOMICIDE* en lettres majuscules tout en écoutant son oncle lui résumer la situation.

Pierre Quémeneur était un bon flic, mais c'était un flic, et il ne serait pas le premier à suspecter un homicide derrière un banal suicide, alertant la famille pour pas grand-chose. Elle ne pouvait pas non plus lui reprocher de faire son travail. Juste s'assurer qu'il restait dans les limites du raisonnable et ne dilapidait pas le peu d'argent public à disposition de la justice. La pointe du stylo au-dessus du papier ligné, elle demanda :

— As-tu pu observer le corps ?

— Ma nouvelle chef de groupe est là-bas. C'est un peu une forte tête, donc je la tiens en laisse pour le moment.

Jeanne pencha le menton vers sa poitrine. Les muscles de son cou lui faisaient un mal de chien.

— Et tu lui fais confiance ?

— Elle vient de la BRI et je connais très bien son précédent patron. Il ne m'aurait pas refilé un rat crevé.

Jeanne se demanda pourquoi Pierre était aussi réticent, ce matin. Ou peut-être que cela venait d'elle ? Elle but une gorgée d'eau tiède à la bouteille et demanda d'une voix lasse :

— Bon, qu'est-ce que tu as, alors ?

— Pas de dégradation. Pas d'effraction, pas de traces de violence dans l'appartement.

— Qui vous a prévenus ?

— Le SAMU, alerté par la gouvernante.

— Et qu'est-ce qu'il dit, le SAMU ?

— Suicide.

Jeanne leva les yeux au ciel. Elle laissa tomber le stylo avec lequel elle piquait sa feuille de papier. Sa réponse fusa malgré elle :

— Suicide ? Pas d'effraction ni de traces de violences, le SAMU qui conclut à un suicide, et tu m'appelles ? Vous vous emmerdez, au commissariat central, en ce moment ?

Un blanc. Elle souffla doucement :

— Désolée, Pierre, c'est une matinée plutôt chargée.

Jeanne se massa la racine du nez avec le pouce et l'index. La bêtise des policiers lui donnait parfois des migraines et elle se demanda si cette nouvelle avait un joli cul pour faire perdre le sens commun à un vieux renard comme Quémeneur. Une demi-heure auparavant, elle avait mis fin à la garde à vue d'un étudiant qui avait passé la nuit en cellule pour offense au chef de l'Etat. Motif : collait des affiches représentant un président faisant un doigt d'honneur. Si seulement ils pouvaient se décider à s'occuper des vrais problèmes, ça ferait plus d'effectifs dans les rues, songea-t-elle. Elle se passa la main dans le cou. La pression de ses doigts lui procura un soulagement immédiat – mais de courte durée.

Pierre poursuivit d'une voix égale :

— Plusieurs choses. Le corps a été déplacé, les lividités cadavériques ne correspondent pas à la position dans laquelle elle a été retrouvée. Ma flic a fait le tour de l'appartement avec la gouvernante : le téléphone et l'ordinateur portables de la victime ont disparu. La gouvernante est formelle, sa patronne était trop croyante pour pouvoir ne serait-ce qu'envisager le suicide ; elle était très active dans sa paroisse. Et elle devait partir à Hong Kong pour assister à un concert dont elle avait acheté les places il y a un an.

— Une lettre, un papier ?

— Non. Pas de lettre ni aucun écrit. Et aucune trace du sédatif que le médecin pense qu'elle a pris.

Jeanne s'enfonça dans le dossier de son fauteuil. Ça la changeait un peu. Son téléphone bourdonna, lui signalant un nouvel appel. Ça allait attendre. Elle devait consacrer au moins deux minutes à décider ce qu'elle allait faire. Elle ne pouvait pas ouvrir une instruction à moins d'être certaine qu'il s'agisse d'un homicide, dans le cas contraire elle serait la risée du Palais. Aussi bien la victime avait-elle été bougée par la gouvernante, qui n'osait pas l'avouer. Mais Anne Arnotte était une figure locale et elle ne pouvait pas non plus se permettre de laisser penser que la justice avait traité l'affaire légèrement. Les héritiers allaient sûrement s'exciter. Pour peu que la victime ait une assurance-vie, en cas de suicide les assurances allaient renâcler à payer, et l'attitude du parquet serait remise en cause.

Jeanne se redressa. Le fauteuil rebondit contre son dos.

— On ouvre une enquête pour mort suspecte, dit-elle d'un ton sec. Transférez le corps à l'institut médico-légal pour une autopsie, recueillez les preuves sur place. On verra dans une semaine si on ouvre une instruction.

Elle pouvait deviner le grand sourire qui éclairait le visage de Pierre au simple son de sa voix :

— Bien, madame la procureure, je fais le nécessaire.

Puis :

— Merci, Jeanne, c'est moi qui transmettrai les rapports.

Jeanne le salua et raccrocha. Elle allait garder cette affaire sous le coude pour le moment. Elle éternua. Son téléphone vibra. Avec un soupir, elle décrocha.

— Allô, monsieur le procureur ?

12 h

Inès

Lorsque la porte s'ouvrit, Inès retint de justesse un cri de frayeur. Elle s'attendait à voir Nadia et devant elle se dressait une femme grande, mince, balafrée et manifestement albinos, bien que le blanc de ses yeux fût parfaitement blanc et ses iris verts. Pour ne rien arranger, elle était vêtue de sombre, ce qui ne faisait que l'allonger et mettre l'accent sur son physique hors norme. Inès avisa la plaque *Police* qui pendait au cou de son interlocutrice, son brassard. Un horrible pressentiment s'immisça dans son esprit.

— Qui êtes-vous ? demanda-t-elle.

L'autre fronça les sourcils, une main gantée de latex retenant la porte.

— Capitaine Céleste Ibarbengoetxea, police judiciaire, et vous, vous êtes… ?

— Inès Fauré, je suis… Nadia m'a appelée pour me dire qu'elle avait découvert Anne…

Inès déglutit péniblement et termina sa phrase d'une voix aussi assurée que possible – presque dans un souffle :

— Morte…

La balafrée la toisa sans répondre.

— Qu'est-ce que la police fait ici ?

— C'est la procédure.

Un choc, comme un coup dans la poitrine. Inès battit des paupières.

— A quel point la connaissiez-vous ? demanda la policière.

Inès mit quelques secondes à récupérer avant de répondre :

— Bien. Très bien. Elle est… elle était… ma meilleure amie.

Inès avait un peu le vertige, plantée là comme une intruse. Elle recula de quelques pas pour s'adosser au mur. Elle aurait dû résister, se tenir bien droite sur ses talons, mais elle n'en avait pas la force.

La policière sembla se décider. Elle retira ses gants en les faisant claquer contre ses mains.

— J'aimerais vous poser quelques questions. Je sais que c'est difficile pour vous, mais nous avons besoin d'en apprendre le plus possible sur Mlle Arnotte. On peut descendre prendre un café, si vous le souhaitez.

Un peu étourdie, Inès acquiesça en silence.

— Comment êtes-vous entrée ? demanda la policière en s'engageant dans l'escalier.

Inès lui emboîta le pas.

— Avec le code, répondit-elle d'une voix lasse.

— Il y a beaucoup de gens qui le connaissent ?

— Non, je ne pense pas. Anne n'avait pas beaucoup d'amis.

— Vous avez une clé de l'appartement ?

— Non. J'ai sonné…

Il n'y avait rien de précipité dans l'allure de la policière, aucune hésitation non plus. Elle entra dans un café à l'angle de la rue et se retourna pour vérifier qu'Inès l'avait suivie. C'était un café comme il en existe des dizaines à Nantes, avec un comptoir métallique, des tabourets hauts et des tables en formica. Le cafetier, portant un grand tablier bleu d'une autre époque, passait un torchon sur son zinc. Il avait les cheveux grisonnants et le nez en lame de couteau. Mais les yeux qu'il leva sur les deux femmes étaient frais et pétillants.

— Qu'est-ce que vous voulez ? demanda la policière.

Inès commanda un Perrier tranche puis, regardant autour d'elle, se dirigea vers le fond de l'établissement. Elle posa son sac par terre et s'assit. Elle respira profondément par le nez, les leçons de Paul-Antoine au début de leur mariage lui revenant à l'esprit. Ne laisse personne deviner ce que tu ressens, lui avait-il dit. Ne montre pas tes émotions. Elle ne s'en était pas trop bien sortie, jusque-là.

La policière revint, avec son Perrier et un verre dans lequel tintaient des glaçons. Il n'y avait pas de citron. Elle posa sans ménagement verre et bouteille sur la table et s'assit sur la chaise face à Inès.

Elle avait des iris d'un vert très clair, et leur fixité était un peu dérangeante. Inès baissa les yeux et se servit l'eau pétillante, qui s'échappa de la bouteille en glougloutant.

— Elle n'aurait pas pu faire ça, vous savez, dit-elle en relevant la tête, comme si elle avait pris une décision. Elle n'aurait pas pu faire ça parce que c'est interdit par la religion, parce qu'elle avait plein de projets, qu'elle était joyeuse. Elle était contre le suicide. Elle était pour la vie.

La voix d'Inès se brisa. Pour se donner une contenance, elle saisit son verre couvert de condensation et but une longue gorgée. Les bulles lui éclaboussèrent la main et le visage.

— Elle ne nous aurait pas laissés tomber, ce n'était pas son genre. Elle était toujours là pour soutenir les autres, les motiver, les requinquer. Lorsque mon mari m'a quittée (Inès se tut brusquement, puis reprit), lorsque mon mari m'a quittée, elle est venue s'installer chez moi. Elle m'a fait à manger, elle m'a forcée à m'habiller, à me laver, à reprendre le dessus. Elle a appelé mes fils – ils font des études à Paris – pour leur expliquer la situation. Elle partait travailler le matin, elle revenait me voir le midi et elle arrivait directement du travail le soir. Ce n'est pas comme ça que les suicidaires se comportent, ajouta Inès, comme si elle était experte en la matière.

Elle repoussa son verre sur la table, où il laissa une traînée humide. Le cafetier surgit, posa devant elles un minuscule café à l'arôme très fort. Inès pensa qu'elle n'avait rien avalé depuis le matin et sentit une nausée naître au creux de son estomac.

— Les gens font des choses irrationnelles, parfois, lâcha la policière en décortiquant l'enveloppe d'un carré de sucre.

— Pas Anne, répondit Inès en secouant la tête.

— La gouvernante n'a pas trouvé son portable ni son ordinateur, vous auriez une idée d'où ils sont ?

— Elle les emportait partout. Elle disait qu'elle avait toute sa vie dedans. Elle ne s'en séparait jamais.

Sans signe avant-coureur, les épaules d'Inès furent secouées de gros sanglots. Plongeant le visage dans ses mains, Inès se mit à pleurer comme une enfant, incapable de se retenir. Cela lui faisait mal et la soulageait à la fois.

— C'est impossible, articula-t-elle finalement. Tout le monde aime Anne.

La policière resta silencieuse. Elle saisit sa petite cuiller et la plongea dans son café avant de remuer. Un tourbillon se creusa et un peu de café salit la soucoupe.

Le visage d'Inès était raviné. Son mascara avait coulé, son blush s'était étalé, mais elle s'en fichait.

— C'est la personne la plus droite, la plus honnête, la plus transparente que j'aie jamais rencontrée, dit-elle.

— Depuis quand la connaissez-vous ?

La policière sortit d'une poche intérieure de sa parka un bloc-notes noir et un stylo.

— Depuis la mort de sa mère, à peu près. Ma belle-mère m'avait demandé de l'accompagner aux funérailles – elle n'était pas très en forme à cette époque. Entre bourgeoises de Saint-Erembert, elles se connaissent toutes au moins de vue, ajouta-t-elle tristement. Ma belle-mère a évoqué mes activités bénévoles et Anne m'a contactée peu après à ce sujet. Nous sommes devenues amies. Je lui ai présenté le père Lucas, qui s'occupe aussi des visiteurs de prison. Je ne pense pas qu'elle ait d'autres amis. Elle est très prise par la biscuiterie et le Foyer.

— Le Foyer ?

Contrairement à ce qu'elle aurait pensé, parler d'Anne apaisait Inès.

— C'est une sorte de cafétéria pour SDF qu'Anne a créée sur l'île de Nantes. A trois cents mètres, il y a le Bercail, qui est un centre d'hébergement. Elle finance tout. C'est cela, Anne Arnotte, capitaine. Une femme bonne, croyante, généreuse, qui donne aux autres de son temps et de son argent. Pas une égoïste qui baisse les bras. A Saint-Erembert, elle a acheté une maison et l'a transformée en colocation pour femmes battues. Elle allait visiter les prisonniers, pour les aider à reprendre des études et s'en sortir une fois dehors. Elle dirigeait la société de son grand-père et tout le monde l'aimait.

Le menton d'Inès trembla et ses yeux se remplirent de larmes, mais elle tint bon.

— Vous me donnez l'adresse de ce foyer, s'il vous plaît ? demanda la policière avant de la reporter scrupuleusement dans son carnet. Et le prêtre ?

— Le père Lucas ? Il est curé à Saint-Erembert.

— Vous pouvez me donner son adresse ?

Inès s'exécuta. Sous son verre de Perrier s'était formée une flaque et un petit bruit de succion claqua lorsqu'elle le souleva avant de boire à grands traits. Des gouttes d'eau glacée coulèrent sur sa main et son tee-shirt.

— Et c'est tout ? Pas d'autres amis ?

— Peut-être à son travail. Au Foyer, elle s'entend bien avec Gilbert, le mari de Nadia.

— La gouvernante ?

— Oui. Gilbert est bénévole au Foyer, lui aussi. Ils plaisantent souvent tous les deux. Il lui sert de chauffeur de temps en temps, d'homme à tout faire.

— Un petit ami ? Une petite amie ?

— Non, certainement pas.

— Pas de sexe en dehors du mariage ?

La policière tapait le bout de son stylo sur son carnet en se mordant la lèvre. Elle lança à Inès un regard en dessous. Inès haussa les épaules.

— Ce n'est pas la question. Elle n'avait pas de petit ami, c'est tout. Je suppose qu'elle n'était pas intéressée plus que ça. Ça arrive, vous savez.

Inès avait cessé de se poser des questions. C'était comme ça.

— Peut-être qu'elle vous le cachait, suggéra la policière.

Inès savait que le métier de policier consistait à pousser les gens dans leurs retranchements et à chercher la petite bête, aussi répondit-elle calmement :

— Je vous l'ai dit, elle avait une vie très routinière et très occupée, capitaine. Pourquoi se serait-elle cachée ? Personne ne lui en aurait voulu.

Mue par le besoin de parler de son amie, elle continua.

— Elle était incroyablement transparente, vous savez. Elle était confiante, elle ne cachait rien, même pas… Tenez, le mot de passe pour son ordinateur. Un jour, je l'ai emporté en réparation pour elle et elle me l'a spontanément donné sur un bout de papier.

— Et vous l'auriez gardé, par hasard ?

— Bien sûr, répondit Inès comme si c'était la chose la plus naturelle du monde. Attendez, je l'ai pris en photo. Tenez, regardez, dit-elle en montrant à la policière l'écran de son téléphone.

12 h 45

Céleste

— Tu peux en faire quelque chose ? demanda Céleste à Ithri en lui montrant le mot de passe.

Les boucles auburn du jeune homme frétillèrent.

— Si vous avez son adresse e-mail, oui, répondit-il. Ça va nous donner accès à son cloud, ses photos, son agenda, ses documents sauvegardés…

La voix du jeune homme reflétait son excitation. Le chewing-gum prenait vie, songea Céleste.

Inès était brièvement remontée avec Céleste jusqu'à l'appartement d'Anne Arnotte pour récupérer le chat et un énorme sac de croquettes. Impressionnée par le ballet des techniciens de l'identité judiciaire qui arpentaient les escaliers dans leur combinaison blanche, elle avait rapidement pris congé.

Céleste avisa un technicien qui allait quitter l'appartement, un gros carton dans les bras.

— Où en êtes-vous ?

— On a terminé. La légiste vous attend pour faire enlever le corps.

Ithri sur les talons, Céleste monta l'escalier quatre à quatre.

— Alors, c'est vous, le gorille de Marie ?

Céleste s'arrêta net sur l'avant-dernière marche. Ithri, qui ne regardait pas, buta contre elle, son front contre ses reins. Il s'excusa en marmonnant.

La légiste, qui attendait en haut de l'escalier, évoquait le schtroumpf peintre, avec sa combinaison de papier blanc et ses gants bleus. Elle en avait la taille, aussi, mais pas le sourire. Au contraire, son visage très bronzé, ridé comme une vieille pomme, était fermé comme un poing.

Surprise par l'apostrophe, Céleste se contenta de hausser les sourcils. La légiste la toisa, comme pour l'évaluer. Dans ses mains, une planchette à pince et un stylo-feutre. La position du corps y était grossièrement reproduite.

— Vous êtes plus grande que je ne le pensais, remarqua-t-elle. Je suis Sara Belome, au fait. La légiste. J'étais en fac avec Marie. On se voit de temps en temps, c'est comme ça que j'ai entendu parler de vous. A force.

Elle avait une voix de contralto, un peu rauque, qui contrastait avec sa petite taille et ses gestes précis, mais collait parfaitement avec ses doigts jaunis. Et un débit de mitraillette.

— J'ai eu le temps de faire le tour du corps avec votre coéquipier. Je ne sais pas de quoi est morte votre victime. J'ai effectivement constaté un point d'entrée d'injection, mais, pour ce que j'en sais, ça pourrait être n'importe quoi sans rapport avec son décès. Il va falloir attendre l'autopsie et les analyses toxicologiques. Pour ce qui est du moment de la mort, je dirais environ trente-six heures, mais c'est une approximation. Disons entre samedi midi et dimanche midi. Non, dimanche midi, c'est trop tard. Entre samedi midi et les petites heures de dimanche matin. Vous avez regardé si elle avait des thermomètres d'ambiance ou quelque chose comme ça ? Ça nous aiderait à affiner l'heure du décès.

La légiste se tut brusquement et créa comme un tunnel de silence qu'Ithri ne traversa qu'avec réticence.

— Oui, on a trouvé des capteurs Netatmo, mais pas son login ni son mot de passe. On contacte la société pour en savoir plus.

Se tournant vers Céleste, le jeune flic ajouta :

— Ce sont des capteurs qui mesurent les variations de température, le taux d'humidité, la pression atmosphérique, mais aussi le CO_2 et le volume sonore.

La légiste plissa les yeux et dit très vite :

— Il faut que vous m'envoyiez ces données.

— Mais je ne les ai pas enc…

— Vous allez les avoir, j'en suis sûre. Envoyez-les-moi. Autre chose sur ce chapitre ? Non ? On continue si vous voulez bien, j'ai du boulot qui m'attend à l'IML. Ce qui va vous intéresser, ma chère, continua-t-elle en s'adressant à Céleste, c'est que le corps de cette personne a été déplacé. Ah, vous aviez remarqué ? Elle est probablement décédée sur le côté, vous voyez, parce que tout le sang est descendu vers son flanc droit, alors qu'on l'a retrouvée sur le dos. Vous allez me dire, elle aurait pu glisser, tomber ? Pourquoi pas. Mais la lividité met plus de douze heures pour se fixer. Et au bout de douze heures, la rigidité est intervenue. Elle aurait donc pu glisser, mais d'un bloc. Pas seulement le haut du corps.

— Autrement dit, quelqu'un l'a déplacée hier ou ce matin ?

Sara Belome répondit que oui. Elle avait la lèvre inférieure enfoncée si profondément dans sa bouche qu'on aurait dit qu'elle allait l'avaler. Elle tendit le bras vers les mains ensachées de la victime. Sous la peau maigre de son cou, on voyait les tendons se contracter. Elle continua, sans reprendre son souffle :

— Il y a des cellules d'épiderme sous ses ongles, j'ai sécurisé ses mains, comme vous pouvez le constater. J'ai aussi trouvé sur sa vulve des poils qui ne lui appartiennent pas. Oui, je sais, on fait ça en autopsie, d'habitude, mais je n'aime pas laisser traîner les indices, et puis il fallait bien que je m'occupe en vous attendant. Je me suis donc intéressée à son entrejambe, parce que j'ai remarqué du sang. Ça aurait pu être ses règles, mais non. Cette personne a subi des violences sexuelles. Je vous épargne la démonstration, vous savez de quoi je parle et le jeune homme qui vous accompagne y a déjà eu droit. Il y a donc des lésions sur la fourchette vulvaire et l'anus. Je procéderai à une extraction en bloc lors de l'autopsie, ça devrait nous apporter quelques précisions. En revanche, je ne crois pas que ces relations sexuelles aient eu lieu sur place. Il n'y a aucune trace en dehors du vagin et du rectum, ni sur ses vêtements ni sur le lit. On va sécuriser les vêtements et rechercher des traces biologiques, mais je doute qu'on en trouve. Ce genre de tissu, il suffit d'une larme pour le tacher. S'il y en avait, on les aurait vues.

Ithri prenait des notes avec tellement de vigueur que le bruit de ses doigts sur son téléphone était gênant. Avec le soleil qui donnait directement dans la pièce, il s'était mis à faire très chaud. Céleste résista à l'envie d'essuyer ses mains moites sur son pantalon. Les gants en latex, les indices, tout cela. Son holster lui rentrait dans le flanc et sa peau la démangeait. Elle se mordit l'intérieur de la joue pour se concentrer sur ce que la légiste racontait. La marque des vêtements. De la soie.

— Elle a vomi. On va analyser ça, avec un peu de chance ça va nous donner une piste. Votre collègue m'a laissée examiner le contenu de l'armoire à pharmacie, je n'ai rien trouvé. Il n'y a rien non plus dans la poubelle ni dans celle de la cuisine. Vous voyez, je ne me déplace pas pour rien. Ah ! Une dernière chose, qui va certainement vous amuser.

Céleste doutait fort de pouvoir l'être en contemplant la victime. Ce corps, déjà, ne lui appartenait plus, happé par la grande machine judiciaire qui s'apprêtait à le déshabiller, le découper, l'écorcher jusqu'à en extraire la plus infime trace d'une vérité qui résidait peut-être ailleurs. Les cheveux avaient été peignés, les mains, les pieds étaient protégés de toute contamination. La légiste souleva la robe et exposa les cuisses fermes d'Anne Arnotte. Deux traînées sombres zébraient l'une d'elles.

En se rapprochant, Céleste constata que ces traînées, larges d'à peine un centimètre, étaient colorées. Du rouge, du vert, du bleu, du jaune. Elle releva le visage, croisant le regard de la légiste, qui hochait la tête dans un silence inattendu.

— Des tatouages, souffla-t-elle, interloquée.

13 h 05

Inès

Inès sangla la cage du chat sur le siège passager et s'installa au volant, l'esprit envahi de questions qui ne la quittèrent pas durant tout le trajet jusqu'à son domicile. Pourquoi la police n'avait-elle rien dit ? Pourquoi elle-même n'avait-elle pas posé de questions ? Pourquoi n'avait-elle pas exigé de voir le corps de son amie ? Anne y aurait veillé, elle. Elle ne se serait pas laissé manipuler, embrouiller. Inès refusa de réfléchir aux implications de la présence policière chez Anne. La seule explication possible était l'accident. Le médecin ou la police avaient dû se tromper. Envisager que quelqu'un ait pu vouloir du mal à Anne était aussi impensable qu'imaginer qu'elle ait pu se suicider.

Qu'allait-elle devenir sans son guide ?

L'image de Paul-Antoine adossé contre le capot de sa voiture lui vint à l'esprit, mais elle la chassa avec agacement. Ce n'était pas son mari volage qui allait l'aider à surmonter cette épreuve.

Le crucifix qui dansait, accroché au rétroviseur, lui fit lever les yeux. Une phrase de l'épître de Jacques lui revint en mémoire : « Mes frères et sœurs, considérez comme un sujet de joie complète les diverses épreuves auxquelles vous pouvez être exposés, sachant que la mise à l'épreuve de votre foi produit la persévérance. » Elle y puisa une détermination nouvelle. Dieu ne t'envoie que les épreuves que tu es capable d'endurer, se répéta-t-elle comme un mantra.

C'est donc tout naturellement que sa voiture la conduisit devant l'église. C'était à elle de prévenir le père Lucas, pas à la police ni aux journaux. Elle faillit faire demi-tour, songeant que cette étrange policière balafrée ne l'y avait pas autorisée. Puis le bon sens reprit le dessus et elle se gara. Elle laissa les vitres baissées pour le chat et contourna l'église jusqu'à l'entrée du presbytère.

Elle frappa à la porte, recula, consulta la petite montre en or que Paul-Antoine lui avait offerte pour leurs vingt-cinq ans de mariage et qu'elle s'était promis de jeter, sans avoir encore réussi à s'y résoudre. Une voiture passa lentement dans la rue, la conductrice dévisagea Inès, qui lui adressa un petit signe de la main.

Lucas vint lui ouvrir, et son visage sévère s'adoucit en reconnaissant sa visiteuse.

— Inès, quelle bonne surprise ! s'exclama-t-il avec un large sourire.

Ça sentait le beurre et l'ail, et Inès se rendit compte à sa grande honte que le prêtre s'apprêtait à passer à table. Elle s'en voulut encore plus de devoir gâcher son repas, mais, si elle renonçait maintenant, elle n'était pas sûre de trouver le courage de revenir. Elle accepta un verre d'eau, et dévisagea Lucas tandis qu'il se servait. Les traits taillés à la serpe, les grands yeux à fleur de tête. Il portait une chemise noire et son col romain. Inès remarqua que son jean pochait aux genoux. Elle regarda autour d'elle, notant les meubles Ikea, le tapis propre mais élimé, les magazines mille fois feuilletés, les gravures à trois sous au mur. Lucas récita un bénédicité et insista pour partager son repas. Inès ressentit pour lui un élan de tendresse un peu honteux.

— Que me vaut le plaisir de ta visite ? demanda le prêtre en saisissant ses couverts.

Inès plongea une main tremblante dans son sac pour y prendre un mouchoir, et du courage aussi. Elle s'éclaircit la voix.

— J'ai une mauvaise nouvelle, Lucas.

Le prêtre haussa les sourcils et la regarda, l'air grave. Peut-être remarqua-t-il ses yeux rouges. Peut-être prit-il conscience qu'elle était assise sur le bord de sa chaise, crispée, tendue.

— Il est arrivé quelque chose ?... Les garçons ?... Paul-Antoine ?

Elle répondit que non.

Il avança le bras, posa la main sur la sienne, et elle réalisa avec saisissement que c'était la première fois qu'il la touchait.

— Inès ? Tu m'inquiètes ? Que se passe-t-il ?

— C'est Anne, réussit-elle à dire.

Les larmes qui l'étouffaient trouvèrent leur chemin et sortirent d'un coup. Lucas se leva brusquement, sa chaise tombant avec fracas derrière lui. Il oscilla un instant, s'appuya d'une main sur la table pour retrouver son équilibre et s'approcha d'elle en boitant. Il y eut un instant de flottement.

Inès balbutia qu'Anne était morte et que la police était venue parce qu'elle pensait que c'était un suicide, ce qui était impossible, évidemment.

Lucas recula, une main devant la bouche, l'air de ne rien comprendre à ces paroles sans queue ni tête.

— Que s'est-il passé ? demanda-t-il d'une voix tendue.

Si Inès n'avait pas été tout entière centrée sur sa volonté de retrouver ses moyens, peut-être aurait-elle repéré que le bout des doigts du père Lucas s'enfonçait dans la chair de ses bras et qu'il respirait avec difficulté. Si Inès n'avait pas été tout entière étouffée par son chagrin, peut-être aurait-elle pu franchir le mur qui les séparait, reconnaître la douleur du prêtre. Mais sa douleur était aveugle, ingrate, égoïste. Toute à sa propre peine, Inès hoqueta et porta son poing à sa bouche.

— Je ne sais pas, répondit-elle d'une petite voix.

Lucas redressa sa chaise dans un bruit de crécelle et s'y installa. Il lui prit les mains, indifférent au mouchoir trempé qu'elle pétrissait. Il avait les paumes brûlantes.

— Elle est avec le Seigneur, maintenant, murmura-t-il. Prions.

14 h 07

Lucas

Il ne reconnut pas sa propre voix dans la plainte qui s'échappa de sa bouche. C'était un son animal. Un son qui venait du plus profond de lui.

Une fois la porte refermée et Inès dans sa voiture, Lucas retourna dans son salon, hagard, se cognant aux meubles. Il se laissa tomber sur son canapé, se prit la nuque à deux mains, tentative désespérée pour étouffer ce qui enflait dans sa poitrine. Une douleur comme il ne pensait pas qu'il en existait.

Même perdre sa jambe avait été moins douloureux.

Il se mit à gémir entre ses dents serrées, puis sa plainte enfla. Il pleura la bouche grande ouverte, sans retenue, comme un enfant, avant de glisser du canapé comme une chiffe.

Il prit sa tête entre ses mains et serra, serra, comme si cela avait le pouvoir d'arrêter les larmes, le chagrin, la douleur. Mais cela ne servait à rien, bien sûr.

14 h 30

Céleste

Céleste avait laissé partir Sara Belome avec la promesse de caser l'autopsie d'Anne Arnotte le plus tôt possible dans son emploi du temps. La légiste avait refusé que Céleste gratte la peau de son cadavre pour découvrir le tatouage caché par l'épais maquillage. Elle le saurait en temps voulu, avait répliqué Sara Belome avant de quitter l'appartement de la défunte.

Céleste avait donc décidé de suivre le fil qu'Inès lui avait obligeamment donné et d'aller interroger Gilbert, le mari de la gouvernante, au refuge pour SDF d'Anne Arnotte.

Laissant Ithri rentrer au commissariat avec le véhicule de service afin de tester le mot de passe d'Anne Arnotte, Céleste avait récupéré sa voiture, puis remonté le boulevard de la Prairie-aux-Ducs, pris entre des chantiers de construction et quelques immeubles avant-gardistes. Terminés ? En travaux ? A l'abandon ? Au fur et à mesure qu'elle s'enfonçait vers la pointe de l'île, le statut des constructions et des chantiers se faisait incertain. Des graffitis injurieux ornaient la moindre palissade de leurs circonvolutions malhabiles. Loin de l'effervescence stimulante qui accompagne souvent la recomposition des quartiers, l'endroit baignait plutôt dans une ambiance morose, et l'odeur du désespoir semblait l'envahir.

Céleste se gara sur un parking dominant la Loire et s'extirpa de sa voiture. Le foyer Saint-Antoine devait être ce bâtiment couleur sang-de-bœuf qui évoquait un chapiteau, situé de l'autre côté de la rue. Elle traversa.

Des plots de béton barraient l'accès d'un ersatz de route, partiellement gravillonné. Un arbre anémique tentait de s'extirper du béton, et des touffes d'herbe longeaient le grillage comme autant de moutons de poussière abandonnés par une ménagère peu scrupuleuse. Une bâche claquait sans conviction, faiblement agitée par une légère brise.

De l'autre côté du bras de Loire, on distinguait le village de pêcheurs de Trentemoult, étincelant de couleurs et de propreté, dans un contraste presque douloureux entre deux réalités de la ville.

L'entrée du foyer était barrée par un grand portail métallique repeint en vert sapin. Une plaque proclamait sobrement :

Foyer Saint-Antoine
Entrez dans la paix du Christ
Nous acceptons tout le monde

Désert, l'endroit aurait pu être paisible, pourtant Céleste ressentait une certaine tension. Bien qu'elle eût surveillé les alentours depuis sa sortie de voiture, elle se retourna. Il n'y avait personne. Evidemment.

Non sans appréhension, elle poussa la porte d'entrée pour se retrouver dans une grande salle évoquant davantage un restaurant du Club Med qu'un réfectoire pour indigents. Elle s'était attendue à des plafonds bas et un sol en ciment, des canalisations apparentes et des fenêtres rares. C'était la première fois, après tout, qu'elle entrait seule dans une construction isolée depuis son agression. La main qui s'était instinctivement portée à proximité de son arme retomba sur le côté. Il n'y avait rien de sombre, de sinistre, d'industriel, ni d'abandonné, dans le foyer Saint-Antoine.

Ça sentait la cuisine familiale, les oignons rissolant dans une poêle, le fumet de poisson et les légumes grillés. Situés dans un renfoncement invisible depuis l'entrée se trouvaient un comptoir en inox rutilant et, derrière, une cuisine qui semblait professionnelle, tout aussi étincelante. Deux femmes s'y affairaient lorsque Céleste s'approcha. L'une d'elles quitta la pièce par l'arrière au moment où l'autre plongeait dans une grande gamelle une petite cuiller dont elle porta ensuite le contenu à sa bouche. Céleste sut qu'elle avait été repérée à un infime tressaillement du poignet, qui laissa s'échapper quelques gouttes d'un liquide orange foncé. Deux taches sombres s'étalèrent sur le tablier tandis que la femme se tournait vers Céleste.

Sans apprêt, elle avait au moins soixante ans. Ses cheveux poivre et sel étaient tirés en arrière et maintenus par une grosse barrette. Son visage rond et couperosé respirait l'honnêteté brute des gens de peu, ceux qui savent encore compatir, qui n'ont pas oublié ce que c'était que la misère. Les deux femmes se toisèrent en silence et sans animosité, la grande blonde balafrée et la matrone.

— Flic ? demanda la femme.

Puis, sans laisser à Céleste le temps de répondre, elle saisit une longue cuiller en bois et remua le contenu de sa casserole, en continuant :

— Il n'y a personne aujourd'hui. C'est fermé le lundi. Je fais simplement ma mise en place pour la semaine.

Céleste répondit :

— Je voudrais parler à Gilbert.

La femme haussa les épaules. Gilbert n'était pas là. Il s'était cassé la cheville la semaine précédente et ne serait pas opérationnel pendant quelque temps.

— Ça ne vous inquiète pas ? demanda Céleste.

— M'inquiéter ?

— Pour la sécurité de l'établissement.

La femme sourit. Elle posa sa cuiller dans un grand pot et s'essuya sur son tablier. Elle portait une sorte de blouse, peu seyante mais pratique, et un tablier de cuisine en grosse toile qui la boudinait à la taille. Elle avait des mains comme des battoirs, capables de maîtriser un fauteur de troubles.

— La plupart des bénéficiaires sont reconnaissants, vous savez. Et aucun d'entre eux n'est très vaillant.

D'un large geste du bras, elle invita Céleste à regarder autour d'elle.

— Vous avez vu comment c'est, autour ? La zone, le quart-monde. On a quelques familles qui survivent dans les caravanes à côté. On est trop loin de tout, ici. Les gamins des banlieues ne viennent pas. Il faut marcher. Il n'y a rien à voler, sauf de la bouffe et des gamelles.

Et puis avec ces grands boulevards, vos copains de la municipale passent ici presque tous les soirs.

— Ce n'est pas un problème pour les SDF, l'isolement du Foyer ?

— On a des maraudes. On tourne tous les jours pour les ramener ici et ensuite, s'ils veulent, ils peuvent aller dormir à côté, au Bercail. C'est à cinq cents mètres.

Des yeux inquisiteurs dévisagèrent Céleste sans vergogne.

— Blessure en service ? demanda la femme d'un ton peu amène.

Donnant donnant. Tu réponds à mes questions, je réponds aux tiennes. Céleste ne voyait pas l'intérêt de mentir.

— Seine-Saint-Denis, répondit-elle sobrement. Une cave.

Des sourcils qui se lèvent, la bouche qui s'incurve, mais la femme ne fit pas de commentaire. C'est sur un ton radouci qu'elle demanda :

— Vous voulez un café ? Ce sera du filtre, j'ai pas allumé le perco.

Son offre sonnait comme un laissez-passer et Céleste accepta d'un signe de tête.

— Allez vous asseoir, je vous amène ça.

Le ton était sans appel. Céleste obtempéra, s'installa un peu plus loin, dos au mur et face à l'entrée. La femme la rejoignit bientôt avec deux tasses fumantes. Elle avait la taille épaisse, les hanches larges, et marchait en claudiquant. Ses chevilles enflées devaient la faire souffrir.

Elle posa les tasses, s'assit lourdement. Sur la table, il y avait une sorte de petit ourson portant un panier, dans lequel se trouvaient des doses de sucre en poudre, de crème, du sel, du poivre.

— Servez-vous.

Céleste refusa d'un geste. Elle sortit sa carte de police.

— J'ai des questions à vous poser, dit-elle.

— Je me doute que c'est pas une visite de courtoisie.

La femme se tut un instant, puis elle se présenta :

— Virginie Chedet. Je suis la responsable, ici. Pose-moi tes questions.

La porte d'entrée s'ouvrit avec un chuintement avant que Céleste ait eu le temps de dire quoi que ce soit. Un homme en haillons entra, un bonnet sur la tête. Il se déplaçait avec difficulté.

— Y a quelqu'un ? lança-t-il.

Virginie pivota vers l'homme, puis se leva et se dirigea vers lui de sa démarche dandinante. Céleste la voyait lui parler, mais n'entendait pas leur échange. Virginie désigna la table la plus éloignée de la leur, puis partit vers la cuisine tandis que l'homme allait s'asseoir. Il avait l'air épuisé. Virginie revint avec un plateau sur lequel elle avait placé un pichet d'eau, un verre et une assiette sur laquelle trônait un généreux sandwich dans un sachet en papier. Elle débarrassa le plateau sur la table et rejoignit Céleste.

— On en était où ? demanda-t-elle.

— Anne Arnotte.

— Tu lui veux quoi, à Anne ?

Elle avait gardé un ton calme et ses yeux francs, mais le son de sa voix laissait percer une inquiétude. Elle n'était pas née de la dernière pluie, Virginie. Elle reprit :

— T'attends pas à me voir dégobiller sur elle. C'est une Madame, Anne. Une princesse. Tout ça, ça existe grâce à elle. Y avait rien et, maintenant, ces pauvres gars et ces pauvres filles, ils ont à manger tous les jours. Et un lit.

— Comment tu l'as rencontrée ?

Virginie se gratta la tête.

— En prison. C'était ma visiteuse. Elle m'a dit : « Je voudrais faire quelque chose pour les gens qui traînent dans les rues. J'ai besoin de toi. » Quand je suis sortie, elle a acheté le chapiteau, et voilà. Sept ans et six mois que ça dure. Elle en a fait, des heureux, Anne, vous savez. Et pas bégueule, avec ça. Elle sert la soupe, l'osso buco ou le rogan josh. Elle a amené sa copine de la haute, là, Inès. Une sacrée cuisinière, celle-là. Après, y a quatre ans, elle a acheté l'ancienne gare. Elle a fait des chambres. Ça sert de foyer pour dormir. C'est pas luxueux, mais c'est propre et les gars sont en sécurité.

Virginie avala une gorgée de café et reposa sa tasse avec une surprenante délicatesse pour une femme de sa corpulence.

— Elle m'a sauvé la vie en me prenant ici. Je sais pas ce que je serais devenue, sinon, ajouta-t-elle d'une voix douce.

— Quand est-ce que vous l'avez vue pour la dernière fois ? demanda Céleste.

Une alerte, dans les yeux de Virginie. Pourquoi un flic lui poserait-il cette question, à moins qu'Anne n'ait disparu ou ne soit morte ? Elle savait comment cela marche, Virginie. Une tristesse infinie voila son regard. Elle avait compris. Son menton se mit à trembler. Elle contempla ses mains, les serra en coupe autour de la tasse.

— Samedi. Comme tous les week-ends, elle est venue samedi et elle est partie tard, mais je saurais pas vous dire à quelle heure. Pourquoi vous me demandez ça ?

Elle baissa la tête, renifla.

— Et dimanche ? Elle ne venait pas, le dimanche ?

Virginie eut un mouvement du menton pour reconnaître que la flic s'était renseignée. Si, elle venait le dimanche, sauf qu'elle devait partir à Hong Kong ce lundi et qu'il était prévu qu'elle ne soit pas là ce dimanche.

Les jointures de ses doigts blanchirent. Elle avait trop peur de la réponse pour poser la question de nouveau. Elle baissa les yeux sur son café, comme si cela pouvait retarder l'annonce… Céleste lui toucha légèrement le bras.

— Je suis vraiment désolée. J'ai une mauvaise nouvelle à vous annoncer.

Les mâchoires de Virginie se bloquèrent, ses mains s'agrippèrent à la tasse et elle secoua la tête, le visage tourné vers le sol.

— Elle est morte, continua Céleste. Anne, je veux dire. Elle est morte.

De grosses larmes rondes et chaudes roulèrent sur les joues de Virginie, mais elle garda la bouche obstinément fermée. Jusqu'à ce qu'elle n'en puisse plus et laisse échapper un sanglot, un couinement, un son qui voulait dire sa peine, son chagrin, qui voulait dire que son cœur était comme un tissu qu'on déchire. Céleste posa sa main sur l'avant-bras de Virginie, qui la recouvrit de la sienne.

— Comment ?

La voix de Virginie grimpa si brusquement dans les aigus que l'homme, qui était jusque-là occupé à mastiquer son sandwich, releva la tête, en alerte. Il observa les deux femmes sans cesser de manger.

— Je ne peux rien vous dire pour le moment, Virginie.

Virginie hocha la tête.

Elles restèrent longtemps comme cela, la main chaude de Céleste sur le bras de la femme, qui pleurait en silence.

Céleste quitta le foyer Saint-Antoine la gorge nouée et le pas lourd.

Elle s'avança sur le parking, s'approcha du quai et des balustrades rouillées, pour que le vent la fouette et la caresse. Elle s'agrippa à la rambarde, respira à grands traits. Le parking était désert et il flottait dans l'air une légère odeur de limon. Du pont de Cheviré, immense ouvrage enjambant la Loire, provenait le grondement sourd d'une incessante circulation automobile. On voyait des grues, des entrepôts, des silos et des bateaux aux coques rouges et jaunes. De vieux immeubles de bureaux gris-bleu ou beige sale. Des arbres, beaucoup d'arbres au bord des rives. Et quelques maisons nichées dans une crique. Céleste fixa une bouée jaune qui flottait mollement dans le chenal, ballottée par le courant. Et qui ne bougeait pas de la place qu'on lui avait attribuée.

L'esprit engourdi, elle composa le numéro d'Ithri. L'idée de réintégrer l'espace clos de sa voiture l'étouffait par anticipation.

La voix guillerette du policier agit sur sa tristesse comme un coup de vent dans une pièce fermée. Ce garçon était déconcertant, pensa-t-elle, surprise. Dans un mouvement souple, elle pivota sur elle-même, observa son environnement. Personne.

— Vous allez être contente, annonça-t-il sans préambule.

— Ah ?

— Je commence par la première bonne nouvelle : j'ai été contacté par un labo privé qui s'occupe de nous faire des recherches ADN, tout ça. Ils m'ont dit qu'Anne Arnotte faisait partie des associés et qu'ils prenaient en charge et en urgence toutes les analyses qu'on voudrait bien leur fournir.

— Effectivement, c'est une bonne nouvelle. Comment ont-ils su, aussi tôt ? Je croyais que les actionnaires, ça mettait toujours des plombes à prendre une décision.

Ithri fit un bruit de trompette avec sa bouche pour signifier qu'il ne connaissait pas la réponse. En fond sonore, elle l'entendait pianoter du bout des doigts, sur sa table ou sur un écran, difficile à dire à l'oreille.

— C'est comme les flics, les techniciens de labo, ça parle et ça utilise les e-mails.

— On connaît les délais ?

— Non, il ne faut pas trop leur en demander, quand même. J'ai une deuxième bonne nouvelle. Le mot de passe de la victime fonctionne avec les capteurs de température qu'on a trouvés chez elle. J'ai envoyé les rapports à la légiste, ça va l'aider à préciser l'heure de la mort. J'ai aussi essayé le cloud, ça marche, on a son agenda et quelques photos, plus ses e-mails.

Ça fonctionne avec Facebook, mais il n'y a vraiment rien d'intéressant. Je vous ai fait des copies écran, vous verrez. J'ai essayé plusieurs sites de rencontre, genre Tinder, Badoo, etc. Mais ça n'a rien donné. Rien non plus sur Twitter, Snapchat ou Instagram, c'est plutôt décevant. Et vous ?

Céleste lui résuma sa conversation avec la responsable du foyer Saint-Antoine.

— Ça colle avec ce que nous a dit la légiste, remarqua Ithri. Elle aurait pu être violée en sortant du Foyer ?

— La responsable me dit que le coin est sûr, mais ce que je vois, c'est un endroit isolé où n'importe qui peut se faire agresser sans qu'on entende quoi que ce soit. Tu as logé sa voiture ?

— Elle est à sa place habituelle, dans un garage de la rue Sully. On peut y aller maintenant, si vous rentrez, mais les techniciens de l'IJ ont terminé leur journée, à cette heure-ci.

— Non, laisse tomber, on ira demain. Je voudrais faire un saut à Saint-Erembert, rencontrer le prêtre et ce Gilbert. Je passe te chercher ?

Un instant de silence, puis une voix rayonnante :

— Ah ouais, parfait. Je vous retrouve en bas.

Ithri patientait à l'endroit prévu, appuyé contre un portique à vélos. Ses longues jambes croisées devant lui, Ray-Ban sur le nez et cheveux voletant au vent, il avait plus l'air d'un mannequin attendant une séance photo que d'un policier en service. Céleste se demanda où il rangeait son arme. D'où elle était, elle voyait ses doigts frapper en cadence le plot sur lequel il était assis.

Le jeune homme siffla longuement lorsque Céleste s'arrêta et baissa la vitre côté passager.

— Belle bête, dit-il en s'installant dans la Porsche bleu nuit de Céleste. Elle est vieille ?

Céleste démarra aussi doucement que possible et répondit aimablement aux questions qu'Ithri posait sur sa voiture. Elle l'avait rachetée dix ans auparavant à un papi qui avait peur de l'accident. Elle aimait le son rauque du moteur, les courbes féminines de la voiture, la sensation de puissance qu'elle lui procurait et la douceur du cuir des sièges. Ithri et ses interrogations de néophyte étaient justement la diversion qu'il lui fallait et elle ne bouda pas son soulagement. Les kilomètres défilèrent, les immeubles laissant place aux maisons à toit de tuiles caractéristiques du Sud-Loire nantais. Puis les maisons s'espacèrent, elles aussi. Céleste accéléra, son moteur vrombissant. Ithri offrit son visage au vent jusqu'à leur arrivée à Saint-Erembert.

L'église, de style néoroman, n'avait pas beaucoup d'intérêt architectural, mais n'était pas désagréable à regarder. Un énorme vitrail dominait l'entrée, à laquelle on accédait par une volée de marches. Céleste les grimpa à la hâte, s'attendant à trouver porte close, tandis qu'Ithri s'attardait sur le parvis, regardant autour de lui. L'église était ouverte, parfaitement silencieuse. Céleste remonta la nef jusqu'au transept.

Les lieux étaient vides. Céleste ressortit et chercha des indications pour rejoindre le presbytère. Une petite pancarte blanche sur fond bleu l'invita à contourner l'édifice par la gauche. La porte du presbytère ressemblait à celle de l'église, bleue et massive. Céleste monta les quelques marches qui y menaient et actionna le heurtoir.

Ithri fit son apparition auprès d'elle sans qu'elle l'ait entendu arriver.

— Construction classique, dit-il sobrement.

Le battant s'ouvrit avant que Céleste puisse réagir.

Le père Lucas ne ressemblait pas du tout à l'idée qu'elle s'en était faite. Qu'il soit ridé et rabougri, ou chauve et bedonnant, elle s'attendait à rencontrer un vieil homme soupçonneux. Au lieu de cela, celui qui lui ouvrit – à n'en pas douter, vu son col, c'était le prêtre – avait une cinquantaine d'années. Grand et musculeux, les traits structurés, le père Lucas avait un nez proéminent et des paupières lourdes étonnamment sensuelles. De profondes rides d'expression sillonnaient son visage sévère.

— Vous venez pour la mort d'Anne ? demanda-t-il d'un ton résigné.

Sa question n'attendait pas de réponse. Il s'effaça pour laisser passer les policiers lorsque Céleste lui montra sa carte. Le trio pénétra dans une petite pièce moderne, parquet clair, murs blancs, meubles blancs, faisant plus penser à un studio d'étudiant qu'au logement d'un prêtre. Sur l'égouttoir, une assiette pleine gisait, nature morte incongrue dans un intérieur par ailleurs soigné. Steak et haricots verts figés dans du gras, constata Céleste en s'approchant. Elle poussa plus loin son exploration en se plantant devant des photographies en noir et blanc qui devaient dater des années 1980. Des adolescents riaient sur la plage, vêtus de maillots de bain qui lui rappelaient sa propre enfance.

— Vous voulez vous asseoir ? soupira le prêtre.

Il désigna aux policiers le canapé crème avant de s'installer dans un fauteuil qui lui faisait face, tout en bataillant pour reboutonner ses poignets.

— Est-ce que Mme Fauré est venue vous voir ? demanda Céleste.

Lucas acquiesça. Les coins de ses lèvres frémirent imperceptiblement.

— Vous permettez que je vous pose quelques questions ? Elle m'a dit que vous étiez plutôt proche de la victime.

De nouveau, l'homme hocha la tête. Ses yeux se remplirent de larmes, qu'il essaya de masquer en clignant des yeux. Des manches de sa chemise jaillissaient des poignets menus à la peau livide.

Céleste lui demanda depuis combien de temps il connaissait la victime. Question facile, destinée à mettre en confiance un interlocuteur visiblement secoué. D'une voix étouffée, le prêtre répondit qu'il connaissait Anne depuis l'enfance, qu'ils étaient ensemble à l'école. Sans l'interrompre, Céleste consulta les notes qu'elle avait prises lors de l'entretien avec Inès Fauré et fronça un instant les sourcils.

— Nous étions très proches, oui. Regardez ces photos !

Le prêtre désigna les clichés en noir et blanc que Céleste avait remarqués en arrivant. Elle se leva pour les examiner. Quatre adolescents, trois garçons et une fille sur la plage. Quel âge avaient-ils ? Seize ans, dix-sept ans ? Ce n'est donc pas une paroissienne que le prêtre pleurait, mais une amie d'enfance, un premier amour peut-être. Anne Arnotte était magnifique, corps gracile, teint hâlé et sourire éclatant.

— C'était à La Baule, précisa le prêtre, comme si cela avait de l'importance.

— Vous ne vous êtes jamais perdus de vue ?

Il hésita à peine à répondre.

— Oh si. Lorsque j'ai quitté Saint-Erembert pour faire Saint-Cyr. Ce n'était pas facile comme maintenant de garder le contact. Et puis, ensuite, évidemment, quand elle est partie en Suisse… Mais nous nous sommes retrouvés à son retour ici, et c'était comme si nous nous étions quittés seulement la veille.

Un éclat particulier brilla dans les yeux du prêtre et son expression s'adoucit brièvement à cette évocation.

— Vous avez effectué toute votre carrière ici ?

— Non. J'ai principalement exercé mon ministère en Afrique, dans une association humanitaire qui dépend du Saint-Siège, l'ordre de Malte, et qui vient en aide aux blessés de guerre. J'ai finalement été capturé par des rebelles qui m'ont gardé soixante-douze heures, et ne m'ont pas fait de cadeau. Enfin, ils m'ont laissé en vie. A peu près. Après ça, l'Ordre a fermé son dispensaire et nous a rapatriés en Europe.

Il releva doucement sa jambe de pantalon, dévoilant une prothèse orthopédique, puis releva sa manche de pull. Les mains que Céleste avait crues blanches par manque de soleil avaient en fait été brûlées. Céleste ne pouvait détacher ses yeux des volutes que dessinaient les lambeaux de peau claire, la peau greffée, par-dessus un tatouage grossier. Est-ce qu'on lui avait plongé les mains dans le feu ? Est-ce qu'on les lui avait aspergées d'essence avant d'en approcher la flamme ? L'odeur de chair brûlée lui chatouilla les narines, alors même que la modeste demeure du père Lucas ne sentait que le liquide vaisselle et la poussière. Elle aurait aimé serrer l'épaule du prêtre en signe de soutien.

— Malgré mon insistance, l'Eglise a refusé de me laisser repartir et m'a confié des missions moins dangereuses. Visiter les prisons, nourrir les indigents.

Qu'est-ce qui peut pousser un homme à retourner au front après y avoir été si grièvement blessé ? se demanda Céleste. Elle frotta sa cuisse sans y penser. Il y a des vocations qui sont comme des drogues. Peu importent les coups qu'on prend, continuer n'est pas optionnel.

Lorsque Céleste demanda, certes abruptement, s'il pensait qu'Anne Arnotte avait pu se suicider, le prêtre réagit spontanément.

— Non, certainement pas. Certainement, assurément pas. Impossible.

Un peu trop, peut-être. Céleste se contenta de le regarder d'un air neutre et d'attendre qu'il développe de lui-même sa pensée. Ce qu'il fit très rapidement, avec les mêmes arguments qu'Inès auparavant. Ithri, assis près de Céleste, prenait des notes à toute vitesse sur son téléphone. Comme à Inès, Céleste demanda au prêtre quand il avait vu Anne Arnotte pour la dernière fois. Comme Inès, à ce souvenir, les yeux du prêtre s'embuèrent.

— Vendredi, murmura-t-il. Vendredi matin, à la prison.

— Vous lui avez parlé ensuite ?

— Non. Les week-ends sont traditionnellement assez chargés. Je célébrais un mariage samedi, plusieurs malades m'avaient demandé de les visiter… Samedi soir, j'étais ici, je terminais mon sermon. Et dimanche, j'étais à l'église toute la matinée. J'ai déjeuné chez une paroissienne et je suis allé voir un mourant l'après-midi.

— Vous lui avez téléphoné, peut-être ?

Le prêtre secoua la tête.

— Pourriez-vous m'établir votre emploi du temps détaillé ? Et passer le déposer au commissariat ? Je vais avoir besoin d'enregistrer votre témoignage également, si vous voulez bien.

— Mon témoignage ? Mais je n'ai rien…

— C'est juste la procédure.

Céleste dut faire un faux mouvement en se relevant, car, pendant une seconde, sa jambe droite ne répondit plus. Elle se ressaisit, mais le mouvement n'avait échappé ni au prêtre ni à Ithri. Elle tendit la main au père Lucas pour prendre congé. Il avait la peau chaude, et une poignée de main ferme et douce.

Mais il avait l'air brisé. Et il n'avait pas d'alibi.

17 h 20

Gilbert

Trois coups secs frappés à la porte.

Gilbert, qui était près de s'assoupir, releva brusquement la tête. Nadia surgit de la cuisine en s'essuyant les mains sur son tablier déjà maculé de farine. Gilbert prit conscience des odeurs qui avaient envahi le salon. En temps normal, il en aurait salivé d'avance, mais aujourd'hui, bien qu'il n'ait rien avalé depuis son petit déjeuner, l'idée même de manger le révulsait. Lui qui avait connu la faim n'avait jamais sauté volontairement un repas. Jusqu'à aujourd'hui.

Du couloir de l'entrée, Nadia lui jeta un coup d'œil interrogateur. Personne n'aurait pu deviner que sa méthode pour gérer ses malheurs se nichait dans ses livres de cuisine, tant elle était sèche et mince. Elle allait probablement préparer de quoi alimenter un régiment, puis disposer le tout dans des barquettes en aluminium avant de refermer la porte du congélateur dessus pour de longs mois. Elle n'avait pas plus faim que lui. Elle n'allait rien manger de ce qu'elle cuisinait.

Gilbert lui envia brusquement ce loisir si simple et si fondamental, il lui envia sa capacité à occuper ses mains et son esprit pendant que lui était cloué dans sa chaise comme un paralytique. Il baissa les yeux sur sa jambe, plâtrée du pied au genou, étendue devant lui sur une extension de son fauteuil roulant. Il ne portait qu'un caleçon de coton, le vêtement le plus facile à enfiler qu'il eût trouvé. En émergeaient ses cuisses, encore épaisses et solides, aussi musclées que lorsqu'il avait vingt ans, même si sa peau s'était flétrie et qu'elle avait perdu son élasticité.

Il releva la tête alors que retentissaient pour la seconde fois des coups sur la porte et prit conscience que Nadia le regardait toujours. Elle avait les yeux rouges, et le dos rond. Il inclina la tête et se força à lui sourire.

D'où il était assis, Gilbert ne put voir à qui elle avait ouvert. Il ne reconnaissait pas non plus les voix. Une femme, semblait-il. Et un homme, peut-être. Mû plus par un sixième sens que par son ouïe, Gilbert se pencha pour saisir par terre une couverture qu'il étendit prestement sur sa jambe, masquant du même coup son fauteuil. Il épousseta par habitude le devant de sa chemise et se redressa sur son siège.

Nadia entra dans le salon, suivie par une femme au visage balafré et un métis maigrichon, aux cheveux volumineux et bouclés. Gilbert fronça les sourcils. Nadia avait parlé à la police, avait-elle raconté en rentrant, en larmes, à la maison à la fin de la matinée. Pétrifié, sous le choc de l'épouvantable nouvelle qu'elle apportait, déstabilisé par la détresse de son épouse, habituellement si solide et si calme, il l'avait écoutée lui relater la découverte du corps de Mademoiselle et les heures qui avaient suivi, le SAMU, la police et l'hypothèse grotesque que Mademoiselle aurait pu se suicider. Il n'aurait su dire ce qui accablait le plus sa femme, de la mort de Mademoiselle ou de l'idée qu'elle ait pu mettre fin à ses jours. Il avait cherché ses mots, décidé à ne pas ajouter à la souffrance de sa compagne, mais elle ne lui avait pas laissé le temps de parler.

« Cette policière, avait-elle expliqué d'une voix hachée par l'émotion, cette policière balafrée, elle n'avait pas l'air convaincue par le suicide. Le portable et l'ordinateur de Mademoiselle avaient disparu, Snow n'avait plus à manger, et je crois que quelqu'un avait déplacé Mademoiselle. »

Cette dernière supposition lui semblait à la fois déroutante et inquiétante.

La femme blonde s'approcha de lui en brandissant sa carte de police assez près pour qu'il puisse la lire, alors que son collègue se contentait de l'agiter hors de sa poche, un peu trop loin pour que Gilbert puisse discerner quoi que ce soit.

Il se raidit dans son fauteuil. Un sentiment de culpabilité s'insinua dans son esprit, comme une fumée toxique qui s'infiltrerait dans une pièce. Rien de cela ne serait arrivé s'il ne s'était pas cassé la cheville. Mademoiselle serait toujours en vie. Au début, il n'avait pu penser qu'à une seule chose : cela pouvait-il être un coup de ces sauvages ? Il avait fait répéter Nadia pour s'assurer que la porte d'entrée était verrouillée lorsqu'elle était arrivée.

— Monsieur Lévesque, nous aurions quelques questions à vous poser au sujet de Mme Arnotte.

La flic avait des yeux très clairs, plus clairs que le Pacifique qui bordait Lima. Gilbert avait toujours été fasciné par la blondeur et les yeux clairs. Le garçon, en revanche, ne lui plaisait pas. Ses cheveux trop longs, sa chemise qui sortait à moitié de son pantalon sans ceinture, ses chaussures poussiéreuses au bout râpé proclamaient insouciance et laisser-aller, et ne suscitaient que méfiance chez l'estropié. Il espéra que la femme soit la chef. Il avait toujours aimé que les femmes dirigent. Nadia dirigeait sa vie, Mademoiselle aussi.

Le jeune policier reprit :

— Monsieur Lévesque, comme vous le savez sans doute, nous enquêtons sur la mort de Mme Arnotte.

Gilbert le fixa sans rien dire. Il ne voulait pas parler de Mademoiselle. Il ne voulait pas penser à Mademoiselle. Et surtout pas à… Sa poitrine le brûlait, et ses paupières lui râpaient les yeux comme du papier de verre. Il fixa le policier. Le garçon lui rappelait Ahmed, rentré à la Légion en même temps que lui. Un sacré combattant, cet Ahmed. Ils étaient partis au Liban ensemble, engagés volontaires, jeunes hommes assoiffés d'action. Mais Ahmed était mort, parce qu'il avait oublié à qui devait aller en priorité sa loyauté.

Tandis que le jeune policier se lançait dans des explications prudentes sur les raisons qui les avaient conduits jusqu'ici (en savoir un peu plus sur Mademoiselle, qu'il appelait « Anne Arnotte », comme s'ils avaient gardé les troupeaux ensemble), le vieux militaire ne quittait pas l'autre flic des yeux. C'est d'elle qu'il fallait se méfier, décida-t-il en l'observant.

Habitué à la frugalité, Gilbert avait laissé Nadia imprimer sa marque sur toute la décoration de la maison, le choix des matières et des couleurs – ou plutôt de l'absence de couleurs, parce que Nadia avait mis du gris partout : foncé sur le sol ; clair pour le tapis et les canapés ; encore plus clair sur les murs. La seule exigence de Gilbert avait été une bibliothèque pour y entreposer ses livres – surtout ses livres d'histoire et de politique. Les tableaux sur les murs ne renseigneraient pas cette policière sur lui. Tout au plus allait-elle se dire qu'il y avait une grande fille, mariée, avec un nouveau-né, dans leur entourage.

— Monsieur Lévesque ?

Gilbert sortit brusquement de ses ruminations. Il n'avait pas du tout écouté la question du policier. Malgré sa détresse, Nadia vola à son secours avec son efficacité tranquille.

— Mon mari ne vous dira pas différemment, lieutenant, dit-elle d'une voix chevrotante. Mademoiselle était une personne bonne et généreuse qui n'avait pas d'ennemi.

Le silence retomba. Gilbert savait que la politesse exigeait de lui qu'il corrobore les propos de Nadia, mais il n'avait pas envie de parler à ce garçon. Il n'avait pas envie de parler du tout parce qu'il avait peur de laisser échapper quelque chose. Il avait même peur que les images qui tentaient de se frayer un chemin jusqu'à son esprit ne finissent par l'embrouiller.

— Vous avez servi dans la Légion ?

La policière se tenait parfaitement droite, comme si c'était sa posture naturelle. Quelque chose passa dans ses yeux, qu'il reconnut.

— Qu'est-ce qui vous fait dire ça ? répondit Gilbert tandis que Nadia hochait la tête.

Avec un demi-sourire, comme un magicien qui dévoile un truc vieux comme le monde, la policière désigna la bibliothèque.

— Les livres, dans la bibliothèque. *Parcours commando*, *Qui es-tu ? Où vas-tu ?*, la biographie de Rollet, *Par le sang versé*, tous bien plus abîmés que la plupart des autres livres. Le pli, sur votre chemise. La table à repasser à mi-hauteur pour repasser assis… ou en fauteuil. Alors ? Combien de temps ?

Il voyait bien qu'elle essayait de l'amadouer. Mademoiselle aussi lui posait des questions sur la Légion quand… Gilbert déglutit. Tout plutôt que repenser à cela.

— Vingt-cinq ans, reconnut-il d'une voix tendue.

Il avait beau avoir quitté la Légion depuis plus de quinze ans, la Légion ne l'avait jamais quitté. Il n'avait jamais cessé de repasser lui-même son linge, de refaire chaque matin le pli de son pantalon, de sa chemise, et même de son caleçon. L'ordre et la rigueur menaient si bien sa vie qu'il ne les remarquait même plus.

Mademoiselle appréciait cela. Et son silence. Mademoiselle appréciait son silence aussi.

— Amérique du Sud ? demanda la policière. Pérou ?

Cette fois-ci, Gilbert n'avait pas besoin de lui demander comment elle avait deviné. Il avait lu tant de fois *La Rébellion de Tupac Amaru* qu'il avait fallu recoller le dos avec du ruban adhésif. Il hocha la tête avec gravité. Il n'avait jamais caché ses convictions, et si elles avaient évolué au fil des années dans la Légion, il n'en avait pas honte.

— Vous êtes bénévole au centre de Mlle Arnotte ?

Gilbert hocha la tête. Ils avaient besoin d'un os à ronger.

— Oui, je débarrasse les tables, parfois je fais la plonge. Quand il y a des problèmes, je peux intervenir. J'aide, quoi.

Ça lui tordait le ventre d'en parler, parce que cela le renvoyait à son inutilité. Alors qu'il avait tiré Mademoiselle de tant de mauvais pas dans lesquels elle s'était fourrée, quand elle en avait vraiment eu besoin il n'avait pas été là.

Comme Gilbert l'avait prévu, le jeune policier saisit la balle au vol. Il avait ouvert son ordinateur portable, un tout petit format argenté.

— Quel genre de problèmes ? demanda-t-il.

Nadia se tassa sur elle-même en silence, comme si elle avait déjà entendu mille fois une réponse qui n'avait pas le moindre intérêt. Gilbert se força à hausser les épaules. Choisissant prudemment ses mots, il répondit :

— Généralement, des problèmes d'alcool.

Si les policiers décidaient d'interroger Virginie au Foyer, elle leur dirait qu'il venait tous les samedis pour donner un coup de main. Il doutait qu'elle s'ennuie à préciser qu'il attendait Mademoiselle au cas où elle aurait besoin qu'on la ramène chez elle. Les policiers concluraient qu'il n'était qu'un bénévole de plus.

— Monsieur Lévesque, intervint la policière. Nous avons des raisons de penser que Mlle Arnotte a été victime d'un homicide. Il n'y a pas eu effraction, ni violence, et nous soupçonnons qu'il s'agit d'un proche. Quelqu'un qui a un motif de lui en vouloir. Nous devons en apprendre le plus possible sur elle.

Il n'y avait ni supplique ni espoir dans les yeux de la policière. Elle attendait de lui qu'il fasse son devoir. Elle avait eu l'intelligence d'éviter la grandiloquence consistant à invoquer les valeurs et la France, mais Gilbert savait qu'ils parlaient le même langage. Il repensa au code d'honneur du légionnaire, qu'on lui avait fait répéter jusqu'à ce qu'il prononce correctement chacun des termes. *Au combat, tu agis sans passion et sans haine, tu respectes tes ennemis vaincus, tu n'abandonnes jamais ni tes morts, ni tes blessés, ni tes armes.* Il n'avait pas à se demander à qui allait sa loyauté. Il vouait à Mademoiselle une reconnaissance éternelle. Il s'interrogea brièvement sur le meilleur moyen de la servir. Fallait-il parler, ou se taire ?

Nadia l'observait de son regard rougi. Mais Nadia ne savait rien.

Gilbert repensa à Mademoiselle et les larmes affluèrent malgré lui. Il battit des paupières pour les chasser. Il songea aux conséquences des décisions qu'il pouvait prendre, soupesa chacune d'elles. Il avait conscience des regards insistants de sa femme, du jeune policier et peut-être aussi de cette policière. Mademoiselle aussi avait cet air de tranquille détermination. Il la revit assise dans la poussière à côté de lui, derrière le comptoir ou à servir la soupe. Il la revit, les bras chargés de vêtements, lui expliquer à quel point l'image que l'on donne de soi aux autres aide à forger sa propre image. L'espoir qu'elle apportait. Le réconfort.

Les yeux embués de larmes qu'il ne chercha pas cette fois à cacher, il répondit :

— Je suis désolé. J'aimerais tellement vous aider à trouver qui a fait ça. Mademoiselle était une personne rare, et tout le monde l'aimait. Elle faisait le bien autour d'elle. Je ne peux pas imaginer que qui que ce soit ait pu vouloir lui faire du mal.

Et il le pensait vraiment.

18 h 05

Céleste

Les deux policiers quittèrent la maison de Gilbert et Nadia un peu dépités.

— On dirait qu'on a affaire à une sainte, commenta sobrement Ithri.

— Etre une sainte n'a jamais empêché personne de se faire assassiner, répondit Céleste. Je pense qu'il nous cache quelque chose.

— Il avait l'air d'y croire, pourtant, objecta Ithri.

— Il y a quelque chose qu'il ne nous dit pas. Tu as remarqué comme il nous fixait, à la fin ? Est-ce qu'il protège quelqu'un ?

— C'est peut-être la présence de sa femme ? hasarda Ithri. Peut-être qu'il sait sur la victime des choses qu'il ne veut pas qu'elle sache.

Céleste acquiesça. L'hypothèse n'était pas bête.

— On reviendra le voir sans qu'elle soit là, alors.

Elle saisit une paire de lunettes de soleil dans la poche de sa parka.

— On continue par qui ? demanda Ithri.

Céleste le considéra en silence. Elle consulta sa montre et répondit :

— On va voir si les cadres de la biscuiterie bossent encore.

Le téléphone de Céleste vibra dans sa poche alors qu'elle ouvrait sa portière. Le visage de sa femme et son prénom s'affichaient sur l'écran. Elle leva son téléphone en direction d'Ithri, et elle décrocha.

— Tu as reçu du courrier, lui dit Marie de but en blanc.

Ni bonjour ni rien. Ça ne lui ressemblait pas. Elle devait être stressée. Immédiatement, Céleste comprit qui était l'expéditeur. Elle se glaça. Une part d'elle-même était avide de savoir, une autre part en refusait l'idée.

— C'est le tribunal. Je n'ai pas ouvert l'enveloppe.

Si seulement on pouvait faire comme les enfants, fermer les yeux et disparaître, pensa Céleste.

— Tu peux le faire ? demanda-t-elle entre ses dents. Ouvrir l'enveloppe ?

Elle perçut, dans un coin de son champ de vision, Ithri qui se tournait vers elle. Elle aurait dû lui sourire, faire un geste rassurant de la main, mais c'était au-dessus de ses forces. Pivotant d'un quart de tour pour échapper au regard de son collègue, elle s'éloigna de la voiture. Son bras la démangeait. Elle aurait pu se dire que c'était la poigne de Quémeneur qui avait mis à mal les tissus lésés, réveillé les douleurs des broches vissées dans ses os, mais cela aurait été se mentir. Elle pouvait mentir à Marie, elle pouvait mentir à l'institution, mais à elle-même ?

Un bruit de papier qu'on déchire. Une grande inspiration et Marie qui reprenait le téléphone. L'excitation dans sa voix était perceptible.

— Non-lieu, lui dit-elle. C'est une ordonnance de non-lieu. Oh, mon Dieu ! Oh, mon Dieu ! C'est une ordonnance de non-lieu. Oh, mon Dieu !

Le raclement familier des pieds de la chaise de la cuisine sur le parquet. Marie avait dû s'effondrer de soulagement. Etrangement, c'est seulement à ce moment que Céleste prit conscience de ce que ces derniers mois avaient dû être pour sa femme. L'étendue de son soulagement révélait l'étendue de son inquiétude, qu'elle n'avait jamais partagée. Céleste en ressentit une pointe de colère, injustement, comme un enfant à qui on a caché des choses. Avant que la raison lui revienne.

— Céleste ? Tu es là ? Tu as bien entendu ?

Céleste répondit oui, d'une voix rendue rauque par l'émotion.

Mais elle ne savait pas vraiment laquelle. De la délivrance ou de l'angoisse ? De la culpabilité ou de la consolation ? Ses yeux la piquaient et sa poitrine était serrée. Une chose était sûre, après une année d'instruction, quelqu'un avait décidé qu'elle ne paierait pas pour son crime.

18 h 17

Franck

Debout devant la fenêtre de son bureau, les mains dans les poches de son impeccable costume coupé sur mesure, Franck Lejeune observait la Porsche bleue qui venait de se garer sur le petit parking jouxtant les bureaux de la biscuiterie Arnotte. Le pare-soleil, baissé et affublé d'un écriteau *Police*, parlait pour la profession des deux étranges personnages qui en sortaient.

Ils étaient bizarrement assortis, longs et lents tous les deux, mais celui avec la tête blonde se tenait droit comme un piquet, alors que l'autre était mou comme un Carambar resté au soleil.

Franck était si absorbé dans sa contemplation des policiers traversant le parking qu'il n'entendit pas Ornella approcher derrière lui, comme d'habitude à pas feutrés.

— Les flics, remarqua-t-elle d'une voix acide. Qu'est-ce qu'ils veulent, encore ?

Le regard toujours rivé sur le parking, Franck ne répondit pas.

— Je ne les ai jamais vus, ces deux-là, reprit Ornella. Tu n'as pas eu de nouvelles ?

Franck secoua la tête sans piper mot, mais Ornella ne sembla pas s'en soucier.

— Je vais prévenir Nathalie de les envoyer dans le nouveau salon de réception. Avec le soleil bas, il y a une lumière rasante pénible qui devrait les faire dégager rapidement. Tu veux que je dise que tu es absent ?

Ornella pivota sur ses talons et, tendant le bras, saisit le combiné du téléphone pour donner ses instructions à la réceptionniste. Franck l'arrêta d'un geste.

— Non. C'est mon boulot. Ce n'est peut-être rien. Une visite de contrôle.

Ornella ricana.

— Avec de nouveaux flics ?

Franck perçut un mouvement de sa part, puis un bruit sec. Ornella venait de reposer sans délicatesse un gros presse-papiers transparent. Peut-être croyait-elle qu'il s'agissait de résine, même si le poids aurait dû la renseigner. Franck distingua très nettement une fissure qui venait d'apparaître près de l'angle, là où l'objet avait déjà été abîmé. Ornella esquissa une grimace d'excuse. Elle savait qu'il y tenait, pourtant. Quel besoin avait-elle de toujours tripoter quelque chose, où qu'elle soit ? Il la considéra froidement.

L'assistante d'Anne faisait presque partie des meubles. Elle était la mémoire de la maison, la plus ancienne employée de tous les services hors production. Avec ses cheveux ternes tirés en queue-de-cheval, son pull ras-du-cou marron glacé, son pantalon marine et ses chaussures plates, elle n'attirait l'œil de personne. Mais Franck savait exactement de quoi il retournait et jusqu'à quel point il pouvait lui faire confiance. Elle ne serait jamais une amie, mais elle serait toujours une alliée.

— Toujours pas de nouvelles d'Anne ?

Ornella fit non de la tête, et sa queue-de-cheval s'agita mollement.

— Elle avait dit qu'elle passerait avant de partir pour Hong Kong, mais je présume qu'elle a changé d'avis. Si on a la visite des flics, c'est plutôt une bonne chose qu'elle ne soit pas là.

Franck tira sur une petite peau qui dépassait près de son pouce. L'angoisse de sa situation lui tordait les tripes.

— Est-ce que j'ai bien fait de ne rien dire à Anne ?

Ornella s'approcha à pas lents et posa une main sur son épaule.

— Tu fais du mieux que tu peux compte tenu des circonstances, Franck.

— Mais si j'avais pu empêcher…

— Tu n'aurais rien pu empêcher. Ça aurait juste aggravé les choses. Ça va aller. Tu vas t'en sortir. Tout le monde va s'en sortir. Tu as fait ce qu'il fallait en appelant les douanes. Ce ne sera bientôt plus qu'un mauvais souvenir.

Mais Franck n'était pas convaincu.

18 h 25

Céleste

— Franck Lejeune, directeur général des Biscuiteries Arnotte. Nathalie m'informe que vous êtes de la police ?

Céleste cligna des yeux. La lumière qui nimbait la pièce d'un halo doré du plus bel effet l'éblouissait. Ithri, quant à lui, s'était stratégiquement placé dans son ombre.

Céleste reporta son attention sur l'homme qui venait de faire irruption dans la pièce.

Et se leva tandis qu'il se dirigeait vers elle.

— Céleste Ibarbengoetxea, capitaine de police, et voici le lieutenant Ithri Maksen, se présenta-t-elle.

L'homme cilla en croisant son regard, puis sourit. Il lui adressa une poignée de main ferme et fit de même avec Ithri.

Enfin, ouvrant sa veste, il désigna le canapé aux policiers avant de s'installer dans un fauteuil qui lui faisait face.

Le directeur général désirait impressionner et y réussissait plutôt bien. Grand, bien découplé, il avait un sourire généreux qui se propageait jusqu'à ses yeux et des dents d'une blancheur étincelante. Sa peau mate parlait plus de séances de bronzage que du sud de l'Europe, et sa carrure devait sans doute beaucoup à d'interminables séances de salle de sport. Costume gris à fines rayures bordeaux parfaitement coupé, chemise gris-bleu et cravate assortie, tout en lui respirait la prospérité et l'assurance.

Pourtant, de discrètes plaques rouges marbraient son cou autour du col de sa chemise et les peaux autour de ses ongles manucurés étaient arrachées.

— Puis-je vous demander la raison de votre visite ? demanda-t-il.

Céleste laissa passer plusieurs secondes sans cesser de le dévisager. Il s'enfonça confortablement dans le fauteuil et posa sa cheville droite sur son genou gauche, toujours souriant. Céleste perçut plus qu'elle n'entendit, ou ne vit, Maksen se tortiller sur son siège, gêné.

— Vous êtes le bras droit d'Anne Arnotte ?

L'homme opina. Sa décontraction venait probablement d'une pratique développée du contrôle de soi, parce que la petite veine qui battait à ses tempes n'avait cessé de gonfler et de s'affoler. Son sourire était figé.

Ithri avait déjà rassemblé une quantité impressionnante d'informations, qu'il avait débitées pendant le court trajet qui les avait menés depuis chez Gilbert. Ou plutôt, un impressionnant vide d'informations. Rien à signaler. RAS, *nada*, zéro. Rien du côté du fisc et de l'Urssaf, qui étaient venus deux fois ces dix dernières années, pas de litige commercial ni aux prud'hommes, aucune note de l'inspection du travail. Une société à la réputation aussi lisse que celle de sa patronne.

Des coupures de presse, pour l'essentiel. Quelques apparitions de convenance, comme l'inauguration du nouveau siège où ils se trouvaient, un dîner de charité ou une marche blanche.

Le directeur général n'était pas plus intéressant. Orphelin, un gosse de la Ddass qui avait connu foyers et familles d'accueil. Aucun casier et « inconnu des services de police », selon la formule consacrée. Un CAP vente action marchande en alternance, et soudain le gosse semblait s'être réveillé : BEP, BTS et, dix ans plus tard, directeur général de la biscuiterie. Rien de juteux pour un flic, autrement dit.

Céleste regarda distraitement autour d'elle. La salle dans laquelle ils se trouvaient était à la fois fonctionnelle et chaleureuse. De faux soubassements renfermaient de vrais placards, surmontés d'étagères remplies d'ouvrages plus ou moins écornés qui donnaient à la pièce des allures de maison de campagne. De grands miroirs aux cadres blancs ponctuaient les murs et agrandissaient la pièce. La table, placée dans un coin près de la fenêtre, pouvait accueillir une petite dizaine de personnes. En bois blanc, elle supportait un gros vase et un énorme bouquet de lis qui embaumait. Une discrète auréole se devinait sur la moquette épaisse sous la table.

Anne Arnotte était la tête et lui le bras armé, expliqua Lejeune. Ils travaillaient ensemble depuis qu'Anne avait repris la biscuiterie sept ans auparavant et l'avait promu responsable commercial, lui qui était alors le meilleur représentant de la société.

Il regarda ostensiblement sa montre. Une Jaeger-LeCoultre, pas un de ces objets connectés.

— Si c'est à Anne que vous vouliez parler, cela ne va malheureusement pas être possible, elle est en déplacement à l'étranger cette semaine, ajouta l'homme avec un sourire. Maintenant, peut-être voudriez-vous m'indiquer la raison de votre visite ?

Fallait-il être brutale ? Fallait-il prendre des gants ? Dans une enquête policière, tout le monde est plus ou moins suspect et plus ou moins témoin. Il n'y a pas moyen de savoir par avance si on agit bien ou pas. Céleste choisit la brutalité.

— Monsieur Lejeune, si nous sommes ici, c'est pour vous annoncer une triste nouvelle… Le corps de Mme Arnotte a été découvert sans vie ce matin par son employée de maison, à son appartement. Nous avons des raisons de croire que sa mort n'est pas naturelle.

Pendant plusieurs secondes, le visage de leur interlocuteur resta figé sur sa dernière expression, le temps, sans doute, que son cerveau prenne la mesure de ce que Céleste venait de lui annoncer. Puis il se décomposa devant les yeux des policiers, comme un tableau de Dalí. S'il était au courant de la mort d'Anne Arnotte, alors Franck Lejeune ne méritait pas seulement de faire la couverture de *Têtu*, il avait aussi un avenir dans le cinéma. Il se ratatina comme une compression de César et, lorsqu'il releva la tête, il en avait aussi l'aspect.

— Que s'est-il passé ?

L'homme avait postillonné, il se passa la main sur le menton pour s'essuyer.

— Nous l'ignorons, répondit Céleste. C'est la raison de notre présence ici.

— Est-ce qu'elle a été… tuée ?

Céleste ne dissimula pas son mouvement de surprise.

— Pourquoi pensez-vous cela, monsieur Lejeune ?

Il cligna rapidement des paupières, luttant visiblement pour recouvrer ses esprits, avant de répondre :

— Vous… vous venez de dire que vous pensiez que sa mort n'était pas naturelle. Alors qu'est-ce qu'il reste ? Suicide ? Pas son genre, pas sa religion. Reste le meurtre ou l'accident. Vous ne seriez pas ici pour un accident, n'est-ce pas ?

Ithri tendit à l'homme un mouchoir en papier, dans lequel Franck Lejeune se moucha, tandis que Céleste, d'une voix posée, lui répondait :

— Nous n'écartons aucune possibilité, monsieur Lejeune. Parlez-nous d'Anne Arnotte.

Luttant contre les larmes, Franck Lejeune parlait si bas que les deux policiers devaient tendre l'oreille pour comprendre ce qu'il disait. Sa réponse prit la forme d'un éloge funèbre.

— Ce n'est pas très difficile. Elle était parfaite. Elle est arrivée ici en 2012. Après la mort de sa mère. C'était une vieille biscuiterie familiale qui ronronnait. Elle avait connu son heure de gloire dans les années 1960. Anne a tout modernisé. On est passés au bio. Tout le monde l'aimait. Pas une grève. Des ventes en hausse permanente. Des perspectives d'export. Et une personnalité tellement agréable. Toujours d'humeur égale. Jamais un mot plus haut que l'autre. Exigeante, mais aussi structurante.

Le directeur général butait contre les mots, cherchant à faire bonne figure. Trois coups secs furent frappés à la porte.

— Monsieur Lejeune ? fit une voix de femme.

Franck Lejeune parut sortir de sa stupeur. Il se tamponna les yeux à gestes mesurés, puis se leva.

— Je reviens, indiqua-t-il.

En trois enjambées, il avait atteint la porte, qu'il ouvrit à la volée. Derrière se trouvait une femme entre deux âges qui s'apprêtait à frapper de nouveau. Il tira le battant derrière lui et chuchota quelque chose à l'oreille de son interlocutrice, puis revint dans la pièce.

Il reprit sa place dans le canapé, les bras appuyés sur les genoux, le corps penché vers les deux policiers, qu'il regarda avec intensité.

— C'est une patronne loyale et juste. Les Biscuiteries Arnotte ont un management patriarcal depuis leurs origines, un peu comme Pernod Ricard ou Michelin. Nous traitons bien nos employés et ils nous en sont reconnaissants. Mme Arnotte s'est parfaitement inscrite dans cette tradition.

— Et avec vous ?

Franck Lejeune cligna de nouveau des yeux avant de répondre :

— Elle m'a fait confiance, alors que je n'ai pas de grands diplômes. Je lui suis extrêmement reconnaissant. Nous avons des rapports très cordiaux et très professionnels basés sur la confiance et le partage de valeurs communes.

— Vous vous voyiez en dehors du travail ?

La question dut prendre le directeur de court, parce qu'il fixa un instant Céleste avec l'air de se demander si elle plaisantait.

— Non, voyons. D'ailleurs, Anne n'a pas vraiment de vie en dehors de son travail.

— Vous en parliez ?

Il fronça les sourcils.

— De sa vie en dehors du travail ? Non. Mais elle envoie beaucoup d'e-mails professionnels et modifie souvent des documents partagés pendant les week-ends, les samedis soir, le dimanche, les soirs de la semaine. Je ne suis pas connecté avec l'entreprise à ces moments-là, mais je reçois tout en rafale le lundi matin, précisa-t-il avec empressement.

— Pas de problème, répondit Céleste. Nous ne sommes pas l'inspection du travail.

Même si son langage corporel montrait une volonté d'ouverture et de coopération, l'homme en face d'elle était sur ses gardes. Céleste se demanda pourquoi.

— Comment ça se passe, dans l'entreprise ? Il y a des employés qui pourraient en avoir voulu à Mme Arnotte ?

Dans un mouvement vite réprimé, Franck Lejeune voulut arracher une des peaux autour de ses ongles. Il se racla la gorge et répondit :

— Bien sûr, nous avons nos problèmes, comme toutes les entreprises. Mais nous réussissons à les gérer sans que cela aille plus loin. Quand vous ne cherchez pas à abuser des gens, vous en récoltez les fruits. Nous sommes une entreprise qui fonctionne sur le principe du gagnant-gagnant.

— Quelqu'un aurait-il quitté l'entreprise en proférant des menaces contre la société ou Mme Arnotte ?

Franck se raidit avant de répondre, trop tard pour sembler spontané ou désinvolte.

— Non.

Céleste laissa passer le mensonge.

Ils quittèrent le directeur général et la biscuiterie Arnotte avec la carte de visite de Franck Lejeune en poche et le sentiment d'avoir fait chou blanc. Quoi que puisse cacher le jeune dirigeant, aucun des deux flics ne pouvait sérieusement penser qu'il ait quelque chose à voir avec la mort de sa patronne, qu'il vénérait visiblement.

— Ça continue, constata Ithri en donnant un coup de pied dans un caillou. Quel panégyrique ! Je finis par regretter de ne pas l'avoir rencontrée, cette femme.

Le caillou s'envola et retomba en rebondissant, avant de s'immobiliser. Ithri regarda Céleste. Elle avait remis ses lunettes et, comme lui, avait enfoncé les mains dans ses poches. Elle avait les yeux fixés sur le parking. Cette femme était un mystère. Il se demanda si elle réussissait parfois à se lâcher et à montrer une quelconque émotion.

— Ithri, cette immatriculation, là, la Mégane gris clair au bout du parking.

— ME-712-CI ?

— Ça ne te rappelle rien ?

Ithri coula un regard vers sa patronne.

— Sérieux ? Qu'est-ce que ça pourrait me rappeler ?

— Je l'ai repérée récemment. Je me suis fait la remarque : c'est bizarre, les initiales de Marie, sa date de naissance et les miennes. J'aurais bien aimé l'avoir. Mais où est-ce que j'ai bien pu voir ça ?

Ithri ne jugea pas utile de la questionner sur Marie. Il laissa passer quelques instants, puis, tout en ouvrant sa portière, dit à Céleste :

— J'ai eu une idée…

Elle s'installa dans la voiture tout en lui demandant :

— Laquelle ?

— Si elle a beaucoup d'argent et pas d'enfants, elle a peut-être fait un testament, pour éviter que sa fortune ne revienne à l'Etat.

— Bien vu, admit Céleste en démarrant.

Le moteur ronronna quelques secondes dans le silence. Puis Céleste desserra le frein à main, passa une vitesse, et la voiture s'élança avec le bruit de la soie qu'on déchire.

— Je pourrais consulter le fichier national.

— Il y en a un pour ça ?

— Ça va juste nous donner le nom de son notaire, si elle a fait un testament. Ensuite, il va falloir l'interroger gentiment.

— On verra bien. Comment accèdes-tu à ta base de données ?

Ithri avait déjà sorti son téléphone. Céleste l'observa du coin de l'œil. Le dos tout rond, les cheveux ébouriffés, les chaussures poussiéreuses, et, pourtant, il était tellement stylé. Il ne fallut que deux minutes à Ithri pour dénicher le nom d'Anne Arnotte et identifier son notaire, un certain Xavier Guilbaud, dont l'étude se trouvait en plein centre de Nantes, à dix minutes du commissariat.

Céleste consulta l'heure sur le tableau de bord.

— Ça m'étonnerait que ce soit encore ouvert.

18 h 40

Jeanne

— Ça sent bon.

La substitute du procureur Jeanne Destouches posa son sac à main sous le portemanteau et se débarrassa de son trench. Elle quitta ses escarpins et les aligna avec la plinthe du couloir, à côté de son sac, avant de s'engager dans la cuisine.

— Qu'est-ce que tu nous concoctes de bon ?

Avec un hochement de tête approbateur, Xavier lui glissa un regard furtif.

— Toi, tu as oublié que les Lefebvre viennent dîner.

Les yeux arrondis par la surprise et une main masquant sa bouche, Jeanne fit silencieusement marche arrière en direction de leur chambre. Elle ne se souvenait même pas d'avoir su que les Lefebvre étaient invités.

— Je suis prête dans douze minutes, cria-t-elle.

— Tu ferais mieux, lui lança son mari. Ils sont là dans vingt minutes et j'ai besoin que tu dresses la table.

Mais Jeanne ne l'entendit pas, parce qu'elle avait déjà filé sous la douche. Deux minutes plus tard elle en ressortait, et trois minutes après elle se tenait assise devant sa coiffeuse, vêtue de la petite robe noire à long décolleté dans le dos que Xavier avait étalée sur le lit. Il ne lui fallut pas plus de quatre minutes pour se maquiller. Se coiffer se révéla l'étape la plus délicate, mais elle opta finalement pour une queue-de-cheval améliorée qui dégageait son visage, comme Xavier l'aimait, et lui donnait un petit air adolescent. Elle passa rapidement les mains sur ses mollets, qui n'avaient pas besoin de retouche, fort heureusement, puis sauta dans une paire d'escarpins à hauts talons. Elle fonça dans l'entrée, débarrassa le portemanteau, saisit ses chaussures de la journée et son sac à main, qu'elle rapporta dans sa chambre et déposa au bas de l'armoire. Elle s'accorda vingt secondes devant le miroir pour reprendre sa respiration. Pas question de débarquer dans la cuisine en soufflant comme un phoque.

Xavier l'accueillit, douze minutes et trente secondes après son arrivée, avec un verre de vin blanc couvert de condensation et un comprimé au creux de la main.

— Finalement, nous serons six, commenta-t-il. J'ai demandé à Bertrand et à sa femme de venir. Comment me trouves-tu ?

Se détournant de son piano La Cornue, il écarta les bras en souriant à Jeanne.

Chemise immaculée, pantalon marine en gabardine de laine souple comme une caresse, bronzé, les dents blanches, le brushing impeccable, et un tablier de cuisinier noué autour de la taille, il aurait pu servir de modèle pour *GQ*, et Jeanne le lui dit.

Se dressant sur la pointe des pieds, elle tenta d'apercevoir le contenu des poêles et des casseroles, mais Xavier l'en empêcha.

— Tututut, c'est une surprise. Dépêche-toi de mettre la table, ils vont bientôt arriver. On aura besoin des fourchettes à homard. Tu te souviens à quoi ça ressemble ?

Jeanne disparut dans la salle à manger sans montrer son irritation. Une fois, elle avait confondu les fourchettes à crustacé et les fourchettes à homard, et cette histoire ne cessait de ressortir.

— Alors, cette journée ? demanda Xavier lorsque Jeanne revint dans la cuisine, la table de la salle à manger dressée pour six, y compris les fourchettes à homard.

Elle posa une fesse sur un tabouret de bar et saisit son verre de vin par le pied. Le liquide jaune scintilla sous les lumières croisées de la cuisine. Il faisait chaud, cela sentait bon, et le vin était, comme attendu, fabuleux.

— Alors, cette journée ? insista Xavier tout en remuant des cuillers dans ses faitouts.

Jeanne savait parfaitement quoi raconter. Ce qui la retenait, c'était surtout une histoire de secret professionnel. D'habitude, elle pouvait rester générale et s'arranger avec sa conscience, mais c'était impossible, en l'espèce. D'un autre côté, Xavier allait l'apprendre rapidement, si ce n'était déjà fait. Aussi finit-elle par dire, entre deux gorgées de vin :

— La présidente de la biscuiterie est morte.

Par bravade, elle ajouta que, selon la police, il s'agissait d'un homicide.

Le temps suspendit son vol, un instant, dans la cuisine. Les épaules de Xavier se figèrent. Une cuiller à la main, il resta immobile quelques secondes. Une bulle de sauce éclata avec un bruit mouillé, puis deux, puis plein. Jeanne cessa de respirer. Et le temps reprit son cours. Lui tournant toujours le dos, Xavier eut un petit rire.

— C'est ton premier homicide médiatique, non ? Il va falloir qu'on te fasse belle pour passer à la télé et que tu révises pour ne pas dire de bêtises.

Il se retourna à demi pour susurrer :

— Tous les hommes vont te désirer…

Jeanne allait répondre lorsque la sonnette retentit. Glissant au bas de son tabouret, elle épousseta le devant de sa robe, qui n'en avait pas besoin. Elle n'avait pas atteint la porte d'entrée qu'elle entendit Xavier lui crier, depuis la cuisine :

— Accueille-les, j'ai un coup de fil à passer. Deux minutes, pas plus.

21 h 10

Marie

Les dernières lueurs du jour mouraient dans une gerbe rouge sur les vignes alentour. Les moustiques commençaient à bourdonner autour de ses oreilles. Marie se leva de sa chaise longue en soupirant. L'index plongé dans son livre pour marquer sa page, elle entra dans le salon et posa l'ouvrage, retourné, sur la table.

Après quoi, elle ferma la porte-fenêtre en s'aidant de son pied, plus par habitude d'ailleurs que par nécessité. Elle résista à l'envie d'appuyer son front contre la vitre fraîche pour s'armer de courage. Elle avait une conscience aiguë de la présence de Céleste derrière elle, assise dans une chauffeuse et occupée à lire. Elle pivota sur ses talons et observa la scène en silence. Les bras et les jambes de sa femme ressortaient du fauteuil comme les pattes d'une araignée, longues et fines, sa tête d'oiseau penchée vers son épaule droite pour profiter de la lumière sous l'abat-jour. Céleste fronça brièvement les sourcils et affermit sa prise sur son livre. Si Marie ne l'avait pas aussi bien connue, elle aurait cru à la scène paisible d'une soirée à la campagne. Mille signes pourtant témoignaient de la tension qui habitait sa compagne : le pied droit qui battait la cadence, les yeux plissés, les bouts des doigts pressés contre le livre, livides, une raideur dans les épaules et la respiration saccadée. Sans compter sa lecture d'une lenteur inhabituelle. Céleste ne tournait pas les pages. Elle attendait que Marie sorte de la pièce.

Marie prit une grande inspiration, compta lentement jusqu'à six en expirant et fit un pas en avant. Elle prit place dans la chauffeuse face à Céleste. Celle-ci, agacée, leva les yeux.

— Je ne crois pas que ce soit une bonne idée que tu te charges de cette affaire.

Marie maudit sa voix bêlante qui ressemblait plus à une supplique qu'à la requête d'une adulte s'adressant à une autre adulte.

Le visage de Céleste se ferma instantanément.

— Moi, si.

Des rides minuscules se creusèrent à la commissure de ses lèvres. En temps ordinaire, Marie les aurait embrassées. Ce soir, elles lui donnaient envie de crier.

Elle insista :

— Une victime de viol, ça va te replonger dans ton passé. Tu as besoin de te reconstruire.

— Ça fait dix mois que je me reconstruis, Marie. Dix mois que je fais ce qu'on me dit, comme un bon chien-chien, que je vais voir la psy, que je vais voir le kiné, que je m'entraîne avec des débutants nullards qui ne comprennent rien à rien.

Céleste rythma son discours de gestes de la main, paume tournée vers le mur, comme pour clouer ses affirmations. Elle reprit :

— Je viens enfin de recommencer. De redevenir comme avant !

Marie n'y tint plus :

— Quel objectif ! Quand on voit où ça t'a menée…

— Dehors, Marie, il y a des victimes. Tu le sais, tu les soignes tous les jours, c'est ton métier. Le mien, c'est d'arrêter leurs bourreaux.

— A quel prix ? En devenir un toi-même pour oublier que tu es une victime ?

C'était un coup bas, et elle le savait. Marie avait conscience de ce que ses paroles avaient de désespéré. Mais elle n'était pas prête à traverser de nouveau ce qu'elles avaient traversé.

— Il y a non-lieu.

— Et ça t'absout ?

La conversation prenait un tour dangereux, mais ce soir ni l'une ni l'autre n'était capable d'écouter la voix de la raison.

Quelque chose passa dans les yeux de sa femme, que Marie fut incapable de décoder. Céleste se mit debout avec tant de brusquerie que son livre dégringola sur le tapis. En trois pas, elle fut hors de la pièce, cinq pas plus tard, la porte de son bureau claquait. Des coups sourds retentirent derrière la cloison. Céleste s'entraînait sur son punching-ball.

Marie s'avança pour saisir le livre tombé à terre et regarda la couverture. Un vieux Fred Vargas lu et relu. *Debout les morts*.

3

Mardi 28 mai

7 h 08

Docteur Sidler

A l'arrivée de sa femme, le docteur Rudolph Sidler referma son journal et se leva un peu cérémonieusement. Il retint d'une main la serviette qui menaçait de tomber. Comme chaque jour, il était vêtu d'un complet sur mesure de chez Scabal. La laine peignée que lui avait recommandée Massimo pour son voyage en France était aussi légère et fluide que promis. Il était ravi. Selon Françoise, la couleur orange brûlée de son costume du jour ne lui flattait guère le teint. Pur conformisme de sa part, certainement. Le docteur Sidler en raffolait. Il caressa discrètement le tissu du gilet, soigneusement boutonné sur une chemise lavande, appréciant la douceur de la laine.

Il se rassit, reposa la serviette sur ses genoux et reprit la lecture de son quotidien. Les yeux rivés sur le journal, il tendit le bras pour saisir son verre rempli de jus d'orange pressée et en but une gorgée. Ce qu'il lut était cependant si proprement stupéfiant qu'en reposant précipitamment son verre il heurta le rebord de son assiette. Françoise tourna la tête, surprise. Un peu de jus d'orange jaillit. Sous le regard éberlué de son épouse, le docteur essuya le dos de sa main sur la nappe sans interrompre sa lecture.

DÉCÈS MYSTÉRIEUX
D'UNE INDUSTRIELLE LOCALE

Nous avons appris hier le décès de Mlle Anne Arnotte, héritière des Biscuiteries Arnotte, créées par son grand-père et dont l'usine principale se trouve à Saint-Erembert, dans la grande banlieue nantaise.

Le corps sans vie de Mlle Arnotte a été découvert à son domicile ce lundi matin, par sa gouvernante. Les causes de la mort sont inconnues à ce stade. Il semblerait, cependant, selon une source proche de l'enquête, que ce décès soit traité comme mort suspecte par la police.

Mlle Arnotte avait repris les rênes de l'entreprise familiale à la disparition de sa mère, il y a sept ans. Diplômée de l'Ecole polytechnique de Zurich, Mlle Arnotte avait été auparavant directrice de la production des Laboratoires Zeromis, spécialisés dans le traitement de l'obésité. Sous son impulsion, les Biscuiteries Arnotte se sont ouvertes à des matières premières biologiques, locales, et les recettes ont été repensées pour être plus nourrissantes et meilleures pour la santé... sans sacrifier au goût inimitable qui a fait la réputation des biscuits Arnotte.

La nouvelle a été accueillie avec stupeur et tristesse par tous les Nantais. Les Biscuiteries Arnotte sont le premier employeur de la région et, de l'avis de tous, Mlle Arnotte y était très aimée. C'était également une philanthrope, qui a utilisé sa fortune pour faire le bien autour d'elle.

La maire de Nantes s'est déclarée personnellement très affectée par le décès brutal de Mlle Arnotte, « une bienfaitrice des arts et des lettres de la ville depuis de nombreuses années ». On se souvient de l'exposition « Le goûter au travers des âges », financée par les Biscuiteries Arnotte et la Ville de Nantes, qui a connu un vif succès et fait aujourd'hui le tour des capitales européennes.

Nos journalistes ont recueilli dans la rue des témoignages émus de Nantais, qui tous ont un lien avec les Biscuiteries Arnotte. Comme clients, bien entendu, mais aussi comme employés ou fournisseurs. Tous sont révoltés par l'injustice de cette mort soudaine, comme la perte d'une grande sœur ou d'une tante qu'on adore.

Mlle Arnotte ne laisse derrière elle ni mari ni enfants. La date des funérailles n'est pas encore connue.

Le docteur Sidler se souvenait parfaitement de la petite demoiselle Arnotte, qu'il avait suivie de nombreux mois, bien plus longtemps que la plupart de ses patients. Le jour de leur rencontre, c'était encore un petit chat sauvage, maigre, efflanqué, sur la défensive, prêt à donner un coup de griffe à qui s'approcherait trop près. Ce n'était rien de dire qu'elle était totalement rétive au traitement qu'il allait tenter de lui prodiguer. Mais sa mère avait été parfaitement claire sur ses intentions, et le médecin généraliste qui avait examiné la jeune fille avait souligné son mauvais état physique et psychologique.

Avait alors commencé pour le docteur Sidler un des sauvetages dont il était le plus fier dans sa carrière.

Il plia soigneusement son journal, qu'il posa sur la table, l'air songeur. Dieu merci, rien n'avait filtré du séjour de la jeune femme à la clinique Zeurmat, et il espérait que cela durerait.

— Une contrariété, mon ami ? demanda Françoise de sa voix chantante.

Françoise était née dans le canton de Fribourg, et elle ne s'était jamais débarrassée de son accent français lorsqu'elle parlait en suisse allemand. Rudolph trouvait cela adorable et attendrissant. Il sourit avec gentillesse à sa femme. Les années n'avaient pas eu de prise sur elle. Elle avait conservé ces yeux pétillants de vie qu'il lui avait connus lors de leur rencontre, cinquante ans auparavant.

— Une ancienne patiente, dit-il sans juger nécessaire de s'étendre sur le sujet. Elle est décédée ce week-end dans la région.

— Oh, répondit Françoise. Voilà qui est bien triste. Allons-nous visiter le château d'Amboise comme prévu, ce matin ?

9 h

Inès

Inès ouvrit les rideaux d'un coup sec. Son ouïe ne l'avait pas trompée. Il pleuvait des cordes. Le ciel était uniformément gris, et si bas que les nuages s'enroulaient autour des toitures lessivées. Le parc était terne, et les couleurs chaudes du printemps étaient délavées par ce temps. Les oiseaux s'efforçaient vaillamment de chanter, mais on entendait bien que le cœur n'y était pas. Snow avait beau se frotter contre ses jambes en ronronnant, elle n'y voyait que la douloureuse réminiscence de la mort d'Anne.

Inès frissonna. L'humidité s'insinuait facilement dans la maison, et même le parquet de sa chambre lui parut froid sous ses pieds nus. Pivotant sur ses talons, elle ouvrit sa penderie pour y saisir de quoi s'habiller, presque au hasard, en tous les cas sans beaucoup réfléchir. L'uniforme jean-tee-shirt-pull lui convenait bien ces derniers temps. Elle referma la porte aussi vite que possible, mais son regard croisa tout de même les étagères vides, aussi vides que l'autre côté du lit était froid. Comme si elle évoluait dans une photo découpée, amputée d'un de ses personnages. Paul-Antoine était parti et chaque matin lui rappelait son absence, et sa trahison. Aujourd'hui, un sentiment nouveau s'y mêla, fait de « si » et de « pourquoi pas ». Puis Inès pensa à ce qu'Anne, sa voix de la raison, lui rappelait. Mais Anne n'était plus là non plus. Inès quitta la chambre en deux pas, faisant l'impasse, pour une fois, sur le maquillage.

Avec la cuisine qui donnait sur une terrasse couverte d'un toit de plastique transparent, impossible d'ignorer la pluie et son martèlement méthodique. Inès alluma la radio, changea de station plusieurs fois, puis se décida pour de la musique en entendant le début des titres des informations locales : « Mort de l'industrielle Anne Arnotte… » Elle n'avait pas besoin d'un rappel permanent.

Après avoir rempli d'eau et de croquettes les bols du chat, elle alluma la machine à expresso, ouvrit la boîte à pain. Vide. Enfin, pleine de miettes. Evidemment, elle avait oublié d'en acheter. Priant pour que sa sœur, lors de sa dernière visite, ait laissé des vestiges de céréales des enfants, elle prit conscience qu'elle n'avait pas de lait. Il y avait des œufs. Elle les contempla quelques secondes, imaginant l'odeur de l'omelette se répandre dans la cuisine, puis referma la porte du frigo. Elle prit sa tasse de café, et se brûla presque les doigts avant de la poser sur la table de la cuisine.

Frissonnant de nouveau, elle brancha le radiateur électrique, une antiquité qui était là avant que Paul-Antoine n'achète la maison. Elle savait qu'elle n'obtiendrait qu'une maigre chaleur, mais ce serait mieux que rien. Elle n'allait pas allumer la cheminée, tout de même.

Assise, contemplant la pluie qui tombait, elle se sentit envahie par le découragement. L'idée que son (futur ex) mari cherche à se rapprocher d'elle accroissait sa morosité. Est-ce qu'elle pouvait lui pardonner d'avoir entretenu une liaison, puis, une fois acculé à la vérité, d'avoir choisi de suivre sa conquête au lieu de rester avec sa femme ? La semaine précédente, il était venu l'attendre à la sortie du Foyer, comme il en avait l'habitude. Avant. Les papillons qu'elle avait sentis s'éveiller au creux de son ventre n'étaient-ils pas simplement causés par la perspective de reprendre des habitudes ? Comment pourrait-elle partager son lit en sachant qu'il en avait désiré une autre, qu'il avait couché avec une autre, en faisant fi de leurs vœux sacrés ? Anne avait coutume de dire que la confiance, c'était zéro ou 100 %. Elle ne pourrait jamais avoir de nouveau 100 % confiance en son mari. Etait-il possible d'envisager une vie commune dans ces conditions ?

La sonnerie du téléphone la tira de ruminations toutes plus sinistres les unes que les autres. Elle se leva, grimaça en s'apercevant qu'il s'agissait des parents de Paul-Antoine, mais se força à sourire avant de répondre.

La mère de Paul-Antoine était une adorable vieille dame qui avait immédiatement pris le parti de sa belle-fille et vertement tancé son fils sur le caractère inadmissible de sa conduite. Depuis, elle téléphonait régulièrement pour prendre des nouvelles et discuter de la pluie et du beau temps. Inès alla s'installer dans le salon. Constance Fauré avait appris la mort d'Anne et appelait pour prendre des nouvelles de sa belle-fille.

C'était tellement gentil à elle, répondit Inès, qui ne put retenir ses larmes. Elle refusa poliment l'offre de Constance de venir lui tenir compagnie, même si elle convint que le désœuvrement ne l'aiderait pas à « remonter la pente ». Est-ce qu'Inès travaillait un nouveau morceau au piano ? Peut-être que la musique serait une aide ? Inès n'en doutait pas, mais jouer du piano ne remplirait pas ses journées.

— Je sais ce qu'il vous faut, répondit sa belle-mère. Il vous faut une distraction. Est-ce que je vous ai dit que Marie-Astrid attendait un bébé ?

Inès acquiesça. La grossesse de Marie-Astrid, la sœur cadette de Paul-Antoine, mariée sur le tard à un éleveur de bœufs argentin, avait été annoncée la semaine précédente.

— J'ai imaginé, comme ils habitent loin, fabriquer pour ce petit ange des tableaux qui retraceraient la jeunesse de sa maman. Je suis certaine que Marie-Astrid adorera avoir des photos d'elle petite pour chercher des ressemblances avec son bébé.

Inès convint qu'il s'agissait d'une très bonne idée. Le babillage de sa belle-mère lui changeait les idées. La pluie avait enfin cessé et elle se déplaça jusque sous la véranda, son emplacement préféré, d'où elle pouvait contempler le parc. Constance Fauré continua :

— J'ai l'impression qu'il me manque des cartons de photos et je me demandais si, par hasard, Paul-Antoine ne les aurait pas pris et aurait oublié de les rapporter…

Inès fronça les sourcils.

— Je ne vois pas pour quelle raison il les aurait emportés, objecta-t-elle prudemment.

A l'autre bout du téléphone, elle sentit sa belle-mère se raidir.

— Il est possible que ce soit Charlène… commença-t-elle.

Charlène était la fille que Paul-Antoine avait eue d'un premier mariage. Elle entretenait avec Inès des rapports exécrables, un point noir dans les relations avec son (futur ex) mari.

— Et vous croyez qu'ils peuvent être ici ? demanda Inès.

— C'est possible, oui, répondit Constance, manifestement soulagée. Ça vous ennuierait de chercher ? Je viendrais bien m'en occuper moi-même, mais avec ma hanche…

— Non, non, ça ne me dérange pas, Constance, répondit prestement Inès. Au contraire. Ça va me changer les idées. Je vous rappelle ce soir.

Inès salua sa belle-mère et raccrocha, heureuse d'avoir un objectif pour sa journée. Mais avant, il fallait qu'elle mange.

9 h 30

Céleste

— Alors ? Où en êtes-vous ?

A l'heure où Inès se préparait à sortir acheter un petit déjeuner, Céleste et Ithri entraient dans le bureau du commissaire Quémeneur. Ce dernier paraissait d'excellente humeur. Olivier Joubert venait de quitter son bureau, le sourire aux lèvres et un dossier sous le bras. A la machine, qui fournissait un café étonnamment riche et parfumé, Ithri avait glissé que Joubert s'était vu confier une enquête « facile » pour « lui redonner le moral » et qu'il avait déjà des résultats. Céleste supposa que le patron était content de son travail et, si une pointe de jalousie lui pinça la gorge un instant, elle s'empressa de chasser ce sentiment. Se voir confier une enquête pour homicide à son premier jour de retour dans un service d'investigation était plutôt inhabituel – même si une petite voix lui soufflait qu'on ne lui avait pas vraiment donné l'enquête et qu'elle était simplement partie constater un suicide. Le karma, avait-elle décidé.

D'un geste du menton, Quémeneur invita Céleste et Ithri à s'asseoir, tandis qu'il saisissait un coupe-papier et entreprenait de se curer les ongles avec. Céleste hésita avant de poser sa tasse de café sur le bureau du patron. Ithri prit place avec désinvolture dans un fauteuil et ouvrit son ordinateur.

— Vos investigations d'hier ont-elles donné quelque chose ?

Céleste s'attacha à rapporter aussi fidèlement que possible ce qu'ils avaient récolté la veille, soit pas grand-chose, mis à part le fait que personne, dans l'entourage de la victime, n'accréditait la thèse du suicide.

— Le portrait qui ressort est celui d'une personne qui faisait deux choses : travailler et du bénévolat. Très peu d'amis (la femme d'un entrepreneur local et le curé de la paroisse), pas de mondanités. Quelques déplacements : un voyage à Hong Kong, prévu aujourd'hui depuis un an, pour assister à un opéra, quelques allers-retours à Paris ces six derniers mois, c'est tout. Son agenda ne nous a pas appris grand-chose de plus. Il s'agit principalement de rendez-vous professionnels partagés avec son équipe. Pour le reste, manucure, coiffeur et généraliste. Pas de petit ami connu, pas la moindre relation sentimentale. Pas d'ennemi connu non plus ni d'animosité envers qui que ce soit. La piste d'un cambrioleur est peu probable, compte tenu des systèmes de sécurité de l'immeuble et de l'appartement, et de l'absence d'effraction. Casier vierge, on a envoyé une requête en Suisse pour savoir si elle était connue des services de police à l'époque où elle y vivait – ou depuis. On a pris rendez-vous avec son notaire pour consulter son testament. On y va en sortant.

Pierre Quémeneur fit glisser le coupe-papier entre deux doigts en s'aidant de l'autre main, puis, une fois arrivé au bout, recommença son manège. Il ne regardait pas ce qu'il faisait, visage fermé, l'air concentré.

— Causes de la mort ?

— La légiste est hésitante. Elle penche pour un empoisonnement.

— Est-ce que ça pourrait être accidentel ?

— Elle ne sait pas. On n'a rien trouvé ni dans la cuisine ni dans la poubelle qui puisse suggérer qu'elle ait absorbé par erreur des champignons ou quelque chose comme ça. La gouvernante nous dit qu'elle était très attentive à tout ce qu'elle mangeait, donc la théorie de l'accident alimentaire est peu probable. Il y a aussi un point d'injection dans la cheville. Ce n'est pas banal. En tout cas, la légiste ne peut se prononcer sur rien.

— Le viol ?

— La légiste a constaté la présence de sang et des blessures externes compatibles avec des violences sexuelles. On verra à l'autopsie si on récupère de l'ADN.

— Son emploi du temps ?

Ses questions commençaient à être pénibles. Céleste inspira longuement par le nez.

— Deux témoins l'ont vue samedi au foyer Saint-Antoine à l'heure habituelle, la responsable de l'établissement et sa meilleure amie, Inès Fauré. Elles ne savent pas exactement à quel moment elle est partie, un peu plus tard que d'habitude, ont-elles dit, mais elles n'ont pas noté l'heure. Personne ne l'a aperçue ensuite.

— Vous avez des relevés ?

Céleste se tourna vers Ithri. S'éclaircissant la gorge, celui-ci éteignit son ordinateur.

— Elle a quitté l'établissement à 22 h 35 et elle a regagné immédiatement son domicile, d'où elle n'a plus bougé.

— Ou les environs de son domicile.

— On a demandé dans les services s'il y avait eu un incident qui pourrait correspondre, mais non. On a déposé une réquisition sur les caméras de surveillance des alentours. Les privées, parce que la police municipale nous a déjà envoyé toutes ses images et on n'a rien.

Le commissaire laissa tomber son coupe-papier et tapa doucement du poing sur sa table.

— Flûte. Elle aurait donc pu mourir n'importe où et être ramenée dans la nuit de dimanche à lundi. Ou mourir chez elle.

Ithri acquiesça et Céleste précisa :

— On peut faire analyser ses vêtements pour rechercher des fibres qui proviendraient d'un autre endroit. Et en parlant de voiture, je vais demander l'examen de la sienne. Elle roulait en Maserati Levante, un SUV. On pourra peut-être retracer ses déplacements plus finement qu'avec le téléphone.

Quémeneur se leva et alla se planter devant la paroi vitrée de son bureau qui donnait sur l'espace commun de la police judiciaire. Plusieurs policiers en civil et en uniforme discutaient ou travaillaient, rivés à leur écran d'ordinateur.

— On en apprendra plus avec l'autopsie, répondit Céleste en feignant une patience exagérée. Ce qu'on sait, c'est que le suicide est exclu par les proches, l'accident peu probable, et que, si l'homicide est possible, on n'a pas l'ombre d'un mobile ! Est-ce qu'elle aurait pu être tuée de manière si élaborée pour masquer un viol ? Tout est tellement propre et net… Ça demande une certaine préméditation. On n'est pas dans le cadre d'un meurtre accidentel. Alors quoi ? La revanche ? L'argent ? Elle n'avait pas d'ennemi. Elle était bien implantée dans la communauté associative, c'était une patronne aimée, elle n'a même pas un PV pour stationnement. Elle avait des projets. Pas de mari ni d'enfants. Qui aurait pu lui vouloir du mal ?

— Probablement la personne à qui elle a ouvert, répondit Ithri, plus pour lui-même que pour ses deux compagnons.

— Ou qui avait les clés, ajouta Quémeneur. Vous avez vérifié auprès de la gouvernante ?

— Oui. Elle n'a pas connaissance d'une autre clé que la sienne ou celle de la victime. C'est une serrure très perfectionnée, on a envoyé une requête au fabricant avec le numéro de série pour savoir combien de clés sont en circulation.

— Son mari ?

Céleste fit la moue.

— J'en doute. Il nous cache quelque chose, mais il a l'air très attaché à Anne Arnotte. Et, de toute façon, il a une cheville dans le plâtre.

— Ça peut valoir la peine de vérifier si c'est juste une foulure, non ?

Céleste opina.

— Autre chose ?

Quémeneur trébucha en regagnant son bureau. Ithri plongea le nez dans ses notes tandis que Céleste continuait :

— Ses proches et son collègue de travail nous disent qu'elle n'avait pas de vie personnelle, mais on a retrouvé sur son sexe des poils pubiens foncés qui ne lui appartiennent pas. Il faut donc qu'on creuse ça. Une autre possibilité est que la gouvernante se tape quelqu'un dans le lit de sa patronne, mais je n'y crois pas.

Voyant l'heure qui tournait, Céleste se leva. Ithri l'imita.

— Maksen, vous pouvez nous laisser deux minutes, s'il vous plaît ? demanda le commissaire.

Le temps qu'Ithri, l'air perplexe, sorte de la pièce, Quémeneur se balança sur ses pieds d'avant en arrière en évitant soigneusement le regard de Céleste.

— J'ai quelque chose à vous demander, dit-il finalement.

Sa voix était si basse que Céleste était forcée de tendre l'oreille. Elle leva un sourcil sans commenter, attendant la suite.

Toujours oscillant et fasciné par les pointes de ses chaussures, Quémeneur lui dit :

— J'ai besoin de la BRI pour une intervention demain, mais il leur manque des effectifs.

Au mot « intervention », Céleste sentit comme des fourmis se répandre sur sa peau et une très légère tension dans la gorge. Elle resta immobile, l'expression neutre. Elle était incapable de dire si c'était de la peur ou de l'excitation. A l'idée d'enfiler de nouveau le lourd équipement, comme on entre dans un rôle ou dans une armure, elle avait envie de trépigner. Cela lui donnait le sentiment de grandir, pas d'être écrasée.

Mais son esprit ne pouvait pas s'arrêter là, juste là. Elle devait aussi penser aux conséquences possibles, à ce qui s'était passé. Marie allait lui en vouloir à mort.

Elle s'aperçut que Quémeneur la dévisageait en silence.

— Je sais que je vous demande beaucoup, lui dit-il presque dans un souffle. Les douanes ont eu un tuyau sur un trafic de drogue. Ils ont serré deux types et nous ont refilé l'affaire hier matin. On a exploité leurs portables, ça nous mène à un individu que les stups connaissent. Impossible de l'interroger sans l'interpeller.

Quémeneur s'appuya des deux mains sur son bureau.

— Mais on ne peut pas sans soutien. Il est trop dangereux… Ils… ils ne seront pas plus de deux, vous savez, pas de risque que… que ça se reproduise. Vous aurez les collègues en renfort. On a vraiment besoin de votre expérience.

Céleste se mordit la lèvre pour s'empêcher de sourire bêtement de joie et consentit en silence, savourant son excitation, repoussant l'angoisse qui cherchait à s'insinuer et avec elle la voix de Marie qui murmurait : « Cette fois-ci, seras-tu capable de ne pas rejoindre le camp des monstres ? »

Le rire d'Ithri lorsqu'elle lui raconta la requête de Quémeneur ressemblait à un aboiement. Ils avaient quitté le service aussitôt après leur entrevue, en direction de l'étude du notaire d'Anne. Celui-ci avait accepté de leur dévoiler la teneur du testament.

— Il déteste demander des services et être redevable. Il ne devait pas pouvoir faire autrement.

Puis Ithri ajouta :

— Et physiquement, avec votre jambe, là, ça va aller ?

Observateur, le jeune homme, songea Céleste. Elle fit signe que oui et mit son clignotant.

Il était presque 10 heures lorsque Céleste gara sa Porsche, à la hussarde, à proximité de l'office notarial. Elle hésita à baisser le pare-soleil. Ne risquait-elle pas plus de retrouver sa voiture caillassée qu'ornée d'une contravention ? Ithri résolut son dilemme en lui montrant le globe de la caméra de vidéosurveillance juste au-dessus d'eux.

L'étude se trouvait rue Beauregard, une ruelle du quartier médiéval dans le centre-ville. Ce qui était un coupe-gorge il y avait moins de vingt ans était maintenant un charmant passage dans un secteur prisé, à proximité du tramway. Le pavage avait été refait, les façades nettoyées, et le jaune et le vert des chaises en terrasse d'un restaurant apportaient des touches de couleur.

Les deux policiers s'immobilisèrent devant une porte cochère de belle facture, surmontée d'une gargouille polie par les années et un récent ravalement. Une plaque dorée située à droite indiquait l'étude et son étage, le troisième.

Les étages dans les vieux immeubles comme celui-ci étaient beaucoup plus élevés que dans les bâtiments récents et sa cuisse la brûlait, pourtant Céleste prit les escaliers.

A l'intérieur de l'étude, le décor changeait du tout au tout. Le parquet d'époque avait été conservé, ainsi que les moulures. Les hauts plafonds et les fenêtres dix-neuvième apportaient des flots de lumière, de même que les ouvertures réalisées dans le toit de l'immeuble. Le mobilier était laqué de blanc et de rouge, et la réceptionniste qui les accueillit avec amabilité portait un uniforme écarlate à col officier.

Elle s'appelait Magali et les mena immédiatement dans le bureau de Me Guilbaud, qui les attendait, ajouta-t-elle.

Céleste voulut bien la croire : à peine Magali eut-elle frappé à la porte que celle-ci s'ouvrit sur un très bel homme. Sa taille, la musculature qu'on devinait sous le costume bleu nuit impeccablement coupé et assorti à la couleur de ses yeux, ses mâchoires carrées et ses pommettes hautes en faisaient la personnification de la virilité triomphante du quinquagénaire établi, fortune faite et professionnellement accompli.

Le sourire qu'il leur adressa était chaleureux et c'est avec gentillesse qu'il demanda à Magali de leur apporter des cafés.

— Voulez-vous vous asseoir ? proposa-t-il en désignant les sièges confortables qui flanquaient son bureau, un énorme bloc blanc laqué posé sur un pied en forme de U renversé.

— Merci d'avoir accepté de nous recevoir aussi rapidement, dit Céleste en s'installant dans un fauteuil pivotant en cuir fauve.

La pièce était grande, lumineuse et dotée d'un ameublement masculin, moderne et cossu. Une bibliothèque occupait tout un pan de mur et Céleste reconnut les dos de revues juridiques qu'elle avait étudiées et de livres qu'elle avait lus.

— Je ne fais que mon devoir de citoyen, répondit le notaire.

Magali réapparut, portant un plateau sur lequel étaient posés une assiette de petits gâteaux, trois tasses en porcelaine et un pot de café qui embauma tout l'espace aussitôt qu'elle y pénétra.

— Comment puis-je vous aider ? reprit le notaire dès que la porte se fut refermée sur la réceptionniste.

— Comme je vous l'ai dit au téléphone, nous enquêtons sur la mort de Mlle Anne Arnotte, répondit Céleste, et nous souhaitons être informés de la teneur de son testament.

Un bref sourire éclaira le visage de Me Guilbaud.

— Je vous en ai fait préparer une copie.

Il tapota un dossier en cartonnette rouge. Céleste s'apprêtait à entrer dans le vif du sujet et à lui demander qui hériterait d'Anne Arnotte lorsque le notaire reprit la parole. Il avait les yeux humides et des trémolos dans la voix.

— Je la connaissais depuis l'enfance, vous savez. Nous avons fréquenté les mêmes établissements scolaires. Un bel exemple d'ascenseur social, d'ailleurs. Anne était issue de la haute bourgeoisie, mais j'habitais une ferme à plusieurs kilomètres de l'école.

Pendant son discours, les yeux de l'homme se perdirent dans le vague, au-dessus de la tête de Céleste. Un léger amusement flottait sur ses lèvres, comme si des souvenirs très doux affluaient à sa mémoire.

— Mes parents étaient aussi pauvres que les siens étaient fortunés. Nous nous sommes retrouvés au lycée Saint-Céderic grâce à Anne, qui m'avait recommandé à l'établissement. Et parce que j'avais un bon dossier scolaire, évidemment, ajouta-t-il avec un sourire timide.

Cette fois-ci, il adressa à Céleste un regard franc. Elle songea fortuitement et de manière incongrue que, eût-elle été attirée par les hommes, elle l'aurait été par celui-là. Chassant ce sentiment dérangeant, elle demanda :

— Vous connaissez le père Lucas, alors ?

Me Guilbaud se figea pendant quelques secondes. Puis il reprit contenance et répondit, l'air dégagé :

— Oui, bien sûr, nous étions des amis d'Anne tous les deux.

« Mais ce n'est pas ton ami », traduisit Céleste. Elle imagina sans difficulté une banale rivalité adolescente pour la belle du collège.

— Etes-vous toujours en contact avec lui ?

— Non, malheureusement, non.

— Pourquoi « malheureusement » ?

Avec un sourire d'excuse, le notaire répondit :

— C'est une figure de style. Nous nous sommes perdus de vue après l'adolescence et je… je ne suis pas très porté sur la religion.

— Mlle Arnotte l'était ?

— Oui, elle était très pieuse, mais elle n'en faisait pas du tout étalage au quotidien.

— Quel genre d'adolescente était-elle ?

Le notaire s'enfonça dans son fauteuil, qui protesta en grinçant.

— C'était une jeune fille formidable, solaire, drôle, enjouée, avide de vie. Elle était très populaire au collège comme au lycée. Je me suis toujours demandé pourquoi elle m'avait pris sous son aile.

— Vous vous voyiez toujours ?

— Oui, bien sûr. Nous déjeunions ensemble de temps à autre.

— Quand l'avez-vous vue pour la dernière fois ?

Le notaire leva les yeux au plafond.

— Je l'ai vue il y a à peu près dix jours. Magali vous renseignera mieux, puisque Anne avait rendez-vous… Mais que je suis bête ! La date est ici !

Il ouvrit le dossier. A l'intérieur, une simple feuille de papier A4 au bas de laquelle se distinguaient plusieurs signatures.

— Son testament ? fit Ithri.

Et, comme le notaire acquiesçait, le jeune policier insista :

— Il est ancien ?

— C'est très intéressant que vous me posiez cette question, parce que, précisément, ce testament a été signé il y a dix jours.

Les sourcils en accent circonflexe, Me Guilbaud dévisagea les deux policiers alternativement, l'air grave. Céleste ne put retenir un geste de surprise.

— Dix jours ? répéta-t-elle. Elle a rédigé un testament il y a dix jours ?

C'est après avoir posé la question qu'elle se souvint de ce que lui avait indiqué Ithri : Anne Arnotte était inscrite au fichier des testaments depuis sept ans. Elle précisa donc sa question :

— A-t-elle apporté des modifications majeures à ses dernières volontés lorsque vous l'avez vue il y a dix jours ?

Le notaire fixa Céleste.

— Considérables, répondit-il laconiquement.

— Que s'est-il passé ?

— Elle est venue me voir, il y a une quinzaine de jours, en me disant qu'elle souhaitait revoir en profondeur son testament. Elle m'a informé des dispositions qu'elle voulait prendre, des changements qu'elle désirait effectuer. Comme toujours dans ce cas-là, je lui ai conseillé de bien réfléchir aux conséquences que cela pouvait entraîner, et de revenir me voir cinq jours après. Elle a un peu renâclé, mais c'est ce qu'elle a fait. Sa décision était toujours la même, donc nous avons procédé à la modification du testament. Je vais vous en faire lecture, puis je vous indiquerai ce qui a changé.

Du plat de la main, il lissa la feuille de papier, l'air absent.

Céleste battit du pied pour évacuer son impatience. Anne Arnotte n'avait aucun héritier direct à qui léguer sa fortune. A qui avait-elle choisi de la laisser ? Cela leur donnerait-il un mobile plausible d'investigation ou au contraire allait-on en apprendre un peu plus sur le caractère de la légataire ? Et si elle avait tout légué à son chat ? L'image de l'animal peluchant sur ses jambes refit surface dans l'esprit de la policière.

La mine grave, le notaire s'éclaircit la voix et lut :

— « Je lègue la totalité de mes biens personnels à M. Killian Troarec, né le 24 avril 1970, ainsi que mes parts dans l'entreprise familiale. La transmission de ce patrimoine s'effectuera conformément aux statuts. »

Le notaire reposa le feuillet sur son bureau et regarda alternativement les deux policiers.

Céleste fut la première à prendre la parole :

— Qui est Killian Troarec ?

Le notaire devait s'attendre à cette question. Son expression ne changea pas lorsqu'il confessa :

— Je n'en ai aucune idée.

A ce stade de l'enquête, Céleste savait que le nom de Killian Troarec n'était apparu nulle part dans la procédure. Elle se tourna vers Ithri. Il hocha discrètement la tête. Céleste comprit qu'il avait quelque chose. Respirant plus librement, elle revint au notaire.

Ce dernier était tendu, comme s'il subissait une grosse pression nerveuse. Elle ne savait jamais d'emblée s'il fallait y prêter attention ou pas. La seule présence de la police pouvait être un calvaire pour des gens qui n'avaient rien à se reprocher. Elle fixa le notaire avec ostentation jusqu'à ce que celui-ci parle enfin.

— Lorsque Anne est venue me voir il y a une quinzaine de jours, elle m'a simplement dit qu'elle voulait changer son testament et tout léguer à cet homme. Elle n'a pas souhaité m'indiquer pour quelle raison. Tout ce que j'ai réussi à lui arracher, c'est : « Il mérite d'être mon légataire. » Quel mérite ? Je n'en sais rien.

— Un petit ami ?

— Elle ne m'a rien dit à ce sujet. En revanche, pour ce que ça vaut, je l'ai trouvée plus légère, au cours de ces deux rendez-vous. Plus souriante, plus rieuse. Je me suis effectivement demandé si c'était un petit ami.

— Est-ce que ça lui était déjà arrivé de revoir son testament pour un homme qu'elle aurait rencontré ?

Inexplicablement, le notaire sembla se détendre. Il laissa ses bras glisser vers l'arrière et se passa une main dans les cheveux.

— Non, répondit-il. Anne n'avait pas de petit ami, ni aucune relation suivie, ni aucune relation sentimentale, d'ailleurs. C'était une femme entièrement dévouée à son métier et à ses bonnes œuvres, comme elle les appelait. Elle était très croyante, mais cela ne signifie pas qu'elle ait fait vœu de chasteté non plus. Elle attendait peut-être d'avoir trouvé « le bon », conclut-il en mimant les guillemets avec ses doigts. Et c'est peut-être ce Troarec, en effet. Je vous le répète, je n'en sais rien. Tout ce que j'ai pour l'identifier, c'est une date de naissance. Si vous pouviez me donner un coup de main, d'ailleurs, j'apprécierais. Ça m'éviterait de payer un enquêteur.

— Et quels étaient les termes du testament précédent ?

Me Guilbaud saisit un autre dossier sur son bureau.

— Je me doutais que vous alliez poser la question, confessa-t-il avec un sourire.

Le document cette fois comportait plusieurs pages. Le notaire le fit glisser en direction des deux policiers.

— Pour faire simple, elle léguait des biens immobiliers à sa gouvernante, Nadia Lévesque, et à son amie, Inès Fauré. Le reste de sa fortune personnelle revenait au fonds de dotation Bellanger, la fondation qui s'occupe du foyer Saint-Antoine et du Bercail.

Céleste fronça les sourcils tandis qu'Ithri, avançant la main, se saisissait du testament.

— C'est une copie, lui lança le notaire, vous pouvez la conserver.

— Qui était au courant de l'un ou l'autre testament ?

— Personne à ma connaissance, mais Anne a fort bien pu en parler autour d'elle.

— De quand datait celui-ci ? demanda Céleste en se penchant vers Ithri, qui feuilletait le document.

Le jeune homme examina brièvement la dernière page.

— Du 19 mai 2014, dit-il.

Céleste dévisagea le notaire. L'homme de loi souffla.

— Elle a effectué une donation en même temps qu'elle modifiait son testament. Une donation très importante. Elle a donné à sa gouvernante et à Mme Fauré les biens immobiliers qu'elle leur destinait dans le testament précédent.

— Elles le savaient ?

Le notaire secoua la tête.

— Normalement, non. C'était une condition posée par Anne. Elle désirait que la donation soit secrète et ne leur soit révélée qu'après sa mort.

— Et c'est légal, ça ? demanda Céleste.

Le notaire haussa les épaules.

— Avec un peu de connaissances juridiques, on rend à peu près n'importe quoi légal, remarqua-t-il avec un sourire en coin.

Se rendit-il brusquement compte qu'il parlait à des officiers de police ? Toujours est-il qu'il ajouta précipitamment :

— Anne partait d'une bonne intention. Elle voulait s'assurer que Nadia, qui lui était dévouée depuis plus de sept ans et s'occupait de sa famille depuis bientôt trente, serait à l'abri du besoin. Et son amie aussi, probablement.

— Les connaissez-vous ?

— Qui ça ? La gouvernante et son amie ? Non. Anne m'en a beaucoup parlé, mais je ne les ai jamais rencontrées.

Le notaire recula son fauteuil et croisa les jambes d'une manière à la fois décontractée et élégante. Ithri cessa de taper. De la fenêtre montait un grondement sourd mais ténu, celui de la circulation, lointaine. La sonnette de l'entrée retentit à deux reprises, étouffée. Céleste se sentait dans un cocon. Ou un nid. Mais fermé. Le genre dont on ne s'échappe pas. Le notaire dardait son regard bleu sur elle.

— Savez-vous pourquoi la donation va à Mme Lévesque et pas à son mari ? interrogea Ithri alors que le silence s'installait.

— Non. Elle devait avoir ses raisons. Je ne sais pas.

— Et pour Mme Fauré ? Savez-vous pourquoi elle a effectué cette donation ?

— Comme pour sa gouvernante, je présume. Pour la mettre à l'abri du besoin.

— A l'abri du besoin… à l'abri des hommes ? Ces deux femmes sont mariées. Pourquoi une donation pour elles seules ?

Le notaire haussa les épaules en signe d'ignorance.

— J'ai beau la connaître depuis l'enfance, je suis son notaire, pas son confident.

Céleste fronça les sourcils.

— A qui appartiennent ces biens, aujourd'hui ? demanda-t-elle.

— A Mme Lévesque et à Mme Fauré, bien entendu. La mort d'Anne a automatiquement entraîné le transfert du droit de jouissance de ces biens.

— Vous les avez prévenues ?

— C'est vous qui m'avez appris le décès de mon amie, hier soir… Je peux vous assurer que je vais les avertir rapidement, maintenant que la police est au courant de la teneur du testament. Est-ce que je peux compter sur votre discrétion pendant… disons vingt-quatre heures, le temps que j'informe ces deux personnes ? questionna Me Guilbaud avec une insolence inattendue.

Curieux personnage, songea Céleste. Du patron affable à l'ami éploré, de l'auxiliaire dévoué de la justice au juriste provocateur, il avait montré tant de personnalités différentes au cours de l'entretien qu'elle se demanda laquelle était authentique.

Après l'avoir remercié pour son aide et s'être assurés qu'il viendrait déposer au commissariat le lendemain, les deux policiers prirent congé, sans se départir de l'impression que l'homme de loi n'avait pas été tout à fait sincère.

— C'est un bon motif pour n'importe qui, ce testament, remarqua Ithri, à peine la porte de l'étude refermée dans leur dos.

Tout en parlant, il commença à dévaler les trois étages à la suite de Céleste.

— Je pensais que les notaires étaient spécialisés dans la recherche d'héritiers. Il n'a pas dû se donner beaucoup de mal, celui-là.

Les escaliers en colimaçon peuvent être traîtres, en particulier dans les vieux immeubles, lorsqu'ils ont été arpentés pendant des décennies, voire plusieurs siècles. En jetant un coup d'œil intrigué à Ithri, derrière son dos, Céleste dérapa sur le bord d'une marche, se rattrapa in extremis à la rambarde, mais ne réussit pas à empêcher son genou d'amortir tout le poids de son corps. Elle grimaça et reprit ses appuis.

Ithri se pencha vers elle dans un geste empreint de sollicitude.

— Ça va ?

Ça allait, mais ça n'allait pas. La brûlure qui se propageait de son genou à sa hanche était parfaitement supportable et Céleste avait vu pire. Mais la douleur faisait inévitablement naître en elle une vague de colère et de désespoir née de la certitude qu'elle aurait beau lutter de tout son être, y imprimer toute sa volonté, faire semblant aussi fort qu'elle le pouvait, elle ne serait jamais plus celle qu'elle avait été.

Elle se força à descendre les escaliers à son rythme habituel et Ithri ne fit pas de commentaire.

— J'ai son adresse, ajouta le jeune policier tandis qu'ils atteignaient le rez-de-chaussée. C'est un chef d'entreprise et il habite à Trentemoult.

L'esprit engourdi par la douleur, Céleste se demanda comment il se débrouillait, puis décida que le comment importait peu. Ce qui comptait, c'était que cela marche.

— Trouve-moi aussi cette fondation Bellanger qui vient de se faire souffler l'héritage. Quelqu'un là-bas n'était peut-être pas au courant du changement de testament.

Dehors, la pluie tombait à verse. Céleste se précipita vers sa voiture et se jeta sur son siège derrière le volant. Encombré par son téléphone, son ordinateur et sa sacoche, Ithri mit plus de temps à s'installer, ce qui donna à Céleste le temps de vérifier si elle avait reçu des appels. Rien. Elle avait pourtant envoyé à Marie un SMS d'excuses.

— Où est-ce qu'on va ? dit Ithri, une fois sa ceinture de sécurité bouclée.

— As-tu une suggestion ?

— Les Transports de l'Ouest. La société de transport de Killian Troarec, qui se trouve à exactement deux kilomètres et trois cents mètres de la biscuiterie Arnotte.

Céleste et Ithri empruntèrent le périphérique sud, en direction de Saint-Erembert. Ithri pianotait sur son ordinateur, s'efforçant de recueillir un maximum d'informations sur leur futur interlocuteur.

— Killian Troarec a racheté les Transports de l'Ouest il y a cinq ans ; il est président-directeur général. Ça a l'air de plutôt bien marcher pour lui, l'an dernier sa société a dégagé 170 000 euros de bénéfices pour un chiffre d'affaires de presque 7 millions. Pas forcément banal, dans cette industrie, des bénéfices pareils.

Céleste glissa un regard en douce à son passager. Que connaissait-il à l'industrie du transport routier ?

Ithri continuait ses recherches tandis que la route se déroulait devant les roues de la Porsche. Killian Troarec avait obtenu un MBA en 2010.

— Et avant ça, rien du tout… continua Ithri. Vous avez des enfants ?

Surprise, Céleste bafouilla un « oui », mais Ithri ne sembla pas s'en formaliser.

— J'entends tous les parents de mon entourage se plaindre des réseaux sociaux, mais je dois dire que c'est un sacré outil pour notre boulot. Voyez cette photo, dit-il en brandissant son ordinateur pour que Céleste puisse y jeter un coup d'œil.

Elle tourna la tête brièvement pour apercevoir un homme d'une cinquantaine d'années, avec un léger début d'embonpoint, cheveux mouillés, engoncé dans une combinaison de plongée, brandir un poisson de belle taille sur fond de plage de sable blanc et de mer turquoise.

— Il l'a mise en photo de profil Facebook, elle est publique. Résultat, tout le monde sait qu'il est allé passer des vacances à l'île Maurice en février dernier. J'espère qu'il ne raconte pas à son contrôleur des impôts qu'il n'a pas pu se payer l'année dernière, parce qu'on voit même qu'il est allé au Club Med, ajouta le jeune policier avec un rire sec.

Céleste ralentit en arrivant aux abords du village. Elle longea un lotissement propret, maisons blanches sans étages et toits de tuiles luisant sous le soleil. Tournant à droite puis à gauche, ils s'engagèrent dans la zone artisanale, qui respirait le neuf : larges routes, grilles neuves ceignant les emplacements des entreprises établies, bâtiments blancs, bas, carrés et largement vitrés côtoyant des entrepôts couverts de tôle. A cette heure de la journée, l'endroit était une fourmilière, des fourgonnettes allant et venant, quelques poids lourds reculant, avec ce bip-bip si familier. Bientôt, la vieille Porsche bleue s'engagea sur l'immense aire de parking des Transports de l'Ouest. Suivant les indications, Céleste s'y gara.

Les deux policiers entrèrent dans un minuscule vestibule où trônait un portemanteau croulant sous les vêtements. Ils s'avancèrent et débouchèrent dans une pièce rectangulaire de belle taille encombrée de grands bureaux rassemblés au milieu de la pièce. L'espace était gai, en raison probablement des grandes fenêtres qui apportaient de la lumière à foison et des dessins d'enfant décorant les armoires contre les murs.

Une forte odeur de thé aux fruits rouges flottait dans l'air. Derrière les bureaux, quatre paires d'yeux étaient braquées sur les policiers. Une jeune femme très brune à cheveux longs et piercing dans le nez, sorte de Morticia Addams à vingt ans, avait visiblement été interrompue par l'arrivée impromptue des deux policiers, parce qu'elle abaissa son bras, poing dressé dans les airs.

Son vis-à-vis, une jeune femme rousse à la crinière domestiquée en chignon, s'était tourné pour examiner les nouveaux arrivants. Elle avait les yeux cernés et tenait, elle aussi, une tasse fumante entre ses mains. Céleste remarqua que ses mains se crispaient, mais elle commençait à avoir l'habitude de produire cet effet-là. Les deux femmes du fond, plus âgées, vêtues pareillement de pulls à col roulé, faisaient de gros efforts pour ne pas dévisager Céleste.

Celle-ci sortit de la poche arrière de son pantalon sa carte de police, qu'elle approcha de la première des occupantes du bureau.

— Nous venons parler à M. Troarec, pouvez-vous le prévenir ?

La rousse aux cheveux bouclés se leva en acquiesçant. Elle avait une voix grave plutôt sexy. Par l'échancrure de son chemisier, Céleste aperçut une peau laiteuse qui la fit regarder ailleurs. Un sourire ténu naquit sur les lèvres de la femme, qui dit, en s'adressant à la policière :

— Je vais le chercher.

L'escalier en colimaçon résonna sous ses pas, puis le silence retomba. Ithri, gêné, se balançait d'un pied sur l'autre. Céleste, solidement campée sur ses jambes, observait alternativement chacune des femmes qui lui faisaient face, s'employant à fixer leur physionomie. Elle n'avait pas une très bonne mémoire des visages, ce qui était assurément un handicap pour un policier, mais en s'entraînant elle constatait des progrès. Cela lui donnait aussi un air légèrement menaçant qui n'était pas pour lui déplaire. Elle préférait être crainte.

Le bruit des pas qui descendaient quatre à quatre l'escalier en colimaçon, bien différent de celui, mesuré, de la rousse, annonça l'arrivée de Killian Troarec. Il sauta sur le sol plutôt qu'il y posa le pied et l'ambiance de la pièce changea subtilement. Les trois femmes se redressèrent, leurs faces s'éclairèrent.

Céleste pivota sur ses talons. A première vue, leur réaction ne s'expliquait pas par le physique du patron. Taille moyenne, poitrail épais, cheveux plutôt sel que poivre, un visage à la bouche large et au nez écrasé. Ni par son accoutrement : un jean délavé et trop ample, une chemise de trappeur canadien sur un tee-shirt échancré et des chaussures de sport noir et vert fluo. Ses lèvres s'ouvrirent sur une denture impeccable de star de cinéma et il tendit la main. Sa poigne était ferme, et sa peau étonnamment douce.

Killian Troarec avait un air ouvert, franc et direct. Des yeux bleus sous des paupières lourdes. Elle n'y lut ni crainte ni malice.

Il se présenta avec une voix de basse assez inhabituelle, dont l'effet viril était altéré par un léger défaut d'élocution, à mi-chemin entre chuintement et zozotement. Lorsqu'il parlait, la courbure de sa bouche perdait de sa symétrie. Cela aurait pu sembler bizarre, mais c'était plutôt attrayant.

— Vous êtes les policiers ? Que puis-je faire pour vous ?

— Nous sommes ici pour vous entretenir d'une affaire privée.

Killian Troarec haussa les sourcils.

— Pas de problème, suivez-moi.

Les deux policiers lui emboîtèrent le pas et grimpèrent à sa suite l'escalier en colimaçon. Killian Troarec avait l'aisance d'un danseur, bien que le métal tremblât à chaque impact.

Ils débouchèrent dans une grande pièce qui baignait dans la lumière apportée à flots par les baies vitrées. Au loin, un ruban lumineux se déroulait, sans doute une rivière qui étincelait sous le soleil. Un souffle d'air caressa les cheveux de Céleste, qui tourna la tête. Une des fenêtres était ouverte. Elle avait l'impression de se trouver au sommet d'une tour, contemplant la vallée qui s'étendait à ses pieds.

N'importe quoi ! se rabroua-t-elle. Pourquoi pas Raiponce, aussi ?

En jetant un coup d'œil à Ithri, elle constata que le jeune homme était pris lui aussi par la magie du lieu.

— Un problème avec un de mes employés ?

Tout en parlant, Killian Troarec désigna la table ronde qui se trouvait au centre de la pièce. Il tira lui-même une chaise sur laquelle il s'assit, un sourire aux lèvres.

— Alors, que me voulez-vous ?

D'habitude, quand la police débarque et demande à vous interroger, vous avez peur. La plupart du temps, vous ne savez pas pourquoi, mais vous avez peur.

Ce n'était pas le cas de Killian Troarec.

— Une personne de votre connaissance est morte hier, dit finalement Céleste.

— Ah oui, Anne Arnotte, répondit l'entrepreneur. C'est très triste, je l'ai appris tout à l'heure en appelant Franck Lejeune. Que lui est-il arrivé, au juste ? M. Lejeune a été très évasif.

— Depuis combien de temps connaissez-vous Mlle Arnotte ?

Killian Troarec ne sembla pas se formaliser que Céleste ne lui réponde pas. Il se gratta la joue avec quatre doigts.

— Très peu de temps. Nous avons été contactés par les Biscuiteries il y a un peu plus de deux mois, je crois, dans le cadre d'un appel d'offres ; elles travaillaient depuis des lustres avec les transports Bernion et désiraient changer.

— Vous a-t-on dit pourquoi ?

— Non. Probablement une question de prix. Ou de philosophie.

— Vous avez obtenu le contrat ?

— Oui.

Le sourire de Troarec courait jusqu'à ses yeux.

— Que pensez-vous de Mlle Arnotte ?

— Je la connaissais à peine. De réputation un peu plus, évidemment, on ne peut pas diriger une entreprise ou même simplement vivre dans la région sans entendre parler des Biscuiteries et de sa pédégère, mais je ne l'avais jamais rencontrée personnellement jusqu'à ce rendez-vous il y a trois semaines.

— Et alors ?

— Alors pas grand-chose. Elle avait l'air un peu cul pincé, mais elle était venue dans un objectif gagnant-gagnant, ce qui m'a plu évidemment.

— Qu'est-ce que vous entendez par là ?

— Elle ne cherchait pas à nous pressurer, comme d'autres. Elle comprenait qu'on doit nous aussi gagner notre vie.

— Vous voulez dire que les négociations ont été agréables ?

L'éclat de rire de Killian Troarec fit tressaillir Ithri.

— Ce sont des négociations, c'est toujours une histoire de tirer un maximum de couverture à soi. Mais nous avions un objectif commun, sur lequel nous nous sommes accordés. Cela dit, j'ai surtout traité avec son DG, Franck Lejeune.

— Avez-vous entretenu des relations personnelles avec Mlle Arnotte ? demanda Céleste.

Troarec secoua la tête en souriant.

— Je ne sais pas ce que vous cherchez, mais, comme je viens de vous le dire, je l'ai rencontrée seulement dans le cadre du travail. Je ne vais pas vous dire que je suis effondré par sa mort.

— Alors comment expliquez-vous qu'elle vous ait légué sa fortune ? demanda Céleste sans ambages.

— Qu'elle m'ait… quoi ?

Le temps s'immobilisa. Killian Troarec fixa la policière pendant de longs instants, l'air de ne pas comprendre. Céleste répéta sa question. Il ouvrit la bouche, la referma, ses mains retombèrent sur ses cuisses, il regarda ailleurs, inspira bruyamment. Sa pomme d'Adam monta, redescendit pendant que ses paumes étreignaient ses genoux.

Il était surpris. Mais était-il surpris de la teneur du testament ou du fait que la police était déjà au courant ?

Lorsqu'il répondit, ce fut inaudible et Céleste le pria de répéter. Troarec se racla la gorge avant de reprendre.

— Je ne sais pas.

— Vous héritez d'une fortune considérable d'une femme célibataire que vous ne connaissez pas, c'est ça ?

Killian Troarec fit signe que oui. Il avait le visage tout rouge tout à coup, et les sourcils froncés.

— Pouvez-vous me dire où vous étiez ce week-end ?

Le froncement de sourcils s'accentua. Troarec marmonna une réponse.

— Est-ce que vous pourriez parler plus fort, monsieur Troarec ?

— Je fais du modélisme. J'étais sur le terrain d'aviation tout l'après-midi. Et samedi, je suis… j'étais avec ma copine. Dimanche aussi.

— Elle pourra nous le confirmer ? J'ai besoin de ses coordonnées.

— Attendez, qu'est-ce que vous êtes en train de me dire, là ? Je n'ai rien à voir avec Mme Arnotte. Je ne la connaissais pas personnellement, je ne l'ai pas vue pendant le week-end et je ne sais même pas où elle habitait.

Troarec parlait fort, penché en avant, une main devant lui. Que se passait-il dans sa tête ? Culpabilité ? Innocence ? Panique ? Déni ? Son attitude laissait planer un doute sur son emploi du temps. Il aurait dû avoir l'air soulagé de fournir un alibi. Et il ne l'était pas.

Troarec se leva pour sortir de sa poche arrière de pantalon un iPhone qu'il eut du mal à extraire. Il batailla avec l'appareil, appuyant sur toutes les touches les unes après les autres, s'arrêta, soupira. Une odeur de transpiration âcre vint heurter les narines de Céleste.

Troarec tendit son téléphone à Ithri.

— Merde ! Euh, désolé. C'est un nouveau téléphone, je ne suis pas trop habitué encore. Pourtant, elle m'avait dit qu'elle avait tout mis… Ecoutez, dit-il en s'adressant au policier qui attendait qu'il parle, les doigts suspendus au-dessus de son clavier. Vous pouvez me trouver Hortense ? Hortense Germain. Dans mes contacts.

Ithri lui prit le téléphone des mains pour le lui rendre presque immédiatement. Troarec se justifia à nouveau, ce qui sembla plus suspect à Céleste encore.

— J'avais un vieux Nokia qui ne faisait que téléphone, mais votre… Mme Arnotte me l'a ruiné en renversant un pot de fleurs dessus vendredi. Elle m'en a fait livrer un nouveau, un Apple machin tout neuf, mais c'est un peu trop compliqué pour moi.

Killian Troarec se tut. Il baissa les yeux sur son téléphone, qui s'était éteint. Il le contempla, l'air perplexe.

Céleste jeta un coup d'œil à son collègue, qui se leva, retira le téléphone des mains de Killian et, consultant l'écran, nota un numéro de téléphone.

— Quelqu'un vous a vu, avec votre amie ? interrogea Céleste.

Troarec se prit la tête entre les mains sans répondre. Il avait des avant-bras très musclés, parsemés de poils poivre et sel. Sur la face interne de son bras, un tatouage assez ancien en forme de double hélice stylisée. Le bouton de poignet de sa chemise manquait et un fil pendait. Les épaules de l'homme se mirent à tressauter et Céleste crut qu'il pleurait.

Mais lorsque Troarec releva la tête, il était hilare, secoué par un fou rire qu'il ne parvenait pas à maîtriser. Il se leva brusquement pour aller se planter devant une fenêtre, une main devant la bouche. Une fois calmé, il revint s'asseoir devant les policiers. Il y avait des larmes de rire dans ses yeux.

— Je vous prie de m'excuser. C'est nerveux. Vous voulez mon emploi du temps pour samedi ? Donc je suis allé sur le terrain d'aviation de modélisme à Carquefou. J'en suis parti vers 17 heures ou 17 h 30, puis je suis rentré chez moi à Trentemoult. Mon amie m'a rejoint vers 18 h 30 et nous avons passé la soirée et la nuit ensemble, ainsi que la journée du lendemain. Je pense que le boulanger m'a vu dimanche matin, mais j'y vais tous les week-ends, je ne sais pas s'il se souviendra de moi.

— Personne d'autre que votre amie ne vous a vu après 17 h 30 samedi soir ? insista Céleste.

Killian Troarec se gratta le crâne puis, avec un soupir, répondit à côté.

— Ecoutez, je suis aussi abasourdi que vous. Je vous le répète, je n'avais jamais vu Mme Arnotte avant de la rencontrer pour un motif purement professionnel il y a trois semaines. Je n'ai aucun rapport personnel avec elle. Je ne sais pas où elle habite, je n'ai jamais bu un verre avec elle après le boulot, rien. C'est une cliente, c'est tout. Je l'ai vue pour la dernière fois vendredi dernier au siège de sa société, j'ai passé ma journée de samedi avec des amis et la soirée avec ma petite amie, ils pourront tous en témoigner. Maintenant, je vais vous demander de bien vouloir quitter les lieux. Je suis d'accord pour coopérer, pas pour être traité en suspect.

Le visage de Troarec n'avait plus rien d'affable. Ses mâchoires étaient crispées, et son regard fixe. Céleste prit conscience de sa musculature, de son poids bien réparti sur le sol. C'est un homme qui sait se battre, songea-t-elle. Il avait repris le contrôle de lui-même et l'entretien était terminé. Pour aujourd'hui, pensa Céleste. Elle hésita à le provoquer puis renonça, ne voyant pas très bien ce qu'elle avait à y gagner. Elle ne pouvait pas juger de son attitude vis-à-vis des femmes en général, ne sachant que trop bien à quel point elle était devenue hors norme.

Elle se leva. Ithri l'imita, avec un peu trop d'empressement, peut-être, parce que les pieds de sa chaise se prirent dans la moquette et qu'elle tomba sur le sol avec un bruit mat.

— Merci, monsieur Troarec, fit Céleste, indifférente aux agissements de son collègue.

Elle tendit la main vers Killian Troarec en se penchant vers lui.

— Nous allons vérifier votre alibi et nous reviendrons vers vous si nous en avons besoin.

Troarec soutint son regard sans ciller, mais ne lui broya pas la main.

Les deux policiers attendirent de se trouver sur le parking pour échanger leurs impressions.

— Je ne serais pas étonné qu'il ait déjà eu affaire aux flics, remarqua Ithri.

Céleste pensait exactement comme lui, mais, pour la forme, elle objecta :

— Tu n'as rien trouvé dans ses antécédents.

Elle se plia en deux pour s'asseoir et ferma la portière de sa voiture avec un claquement mat, remarquant que le véhicule devenait leur quartier général d'enquête. Il lui semblait que Marie lui avait parlé d'une machine à expresso qui se branchait sur un allume-cigare. Ce ne serait peut-être pas du luxe, se dit-elle. Ithri, lui, réagit :

— Je ne suis pas omniscient non plus. Ce n'est pas avec une recherche de dix minutes en voiture qu'on trouve tout ce qu'il y a à trouver… Donnez-moi deux heures et on en reparlera. On va à l'autopsie ?

Céleste considéra en silence son coéquipier. Le moteur au ralenti sonnait comme une musique à ses oreilles.

— Tu as raison, il y a quelque chose de pas clair, avec ce gars, répondit-elle finalement. Il ne se comporte pas du tout comme on pourrait l'attendre. Je te dépose au service, tu vas creuser ses antécédents. Moi je vais à l'autopsie. On se retrouve après.

Sans surprise, c'est la docteure Sara Belome qui officiait comme légiste. Pieds nus dans ses sabots blancs, ses vêtements de salle d'opération recouverts d'un grand tablier en toile cirée, elle portait sur la tête un calot coloré et des lunettes de protection en plastique transparent qui lui donnaient l'air d'un elfe punk. Elle observa en silence Céleste qui entrait dans la salle d'autopsie, où le corps de la victime se devinait sous un grand drap blanc.

Bras croisés sous la poitrine, elle fixa la policière, qui enfilait le même genre de tenue, charlotte sur la tête, tablier, gants de latex. Consciente d'être dévisagée, Céleste se concentra sur ses gestes simples. Elle se demanda où et quand Marie l'avait rencontrée et ce qui pouvait susciter l'hostilité qu'elle semblait déclencher chez la médecin. Elle était certaine de ne jamais avoir entendu parler d'elle, en tous les cas.

— On s'est connues en internat, fit la docteure en réponse à la question que Céleste n'avait pas formulée. Elle a choisi les encore vivants alors que, moi, j'ai préféré les complètement morts. Mais on se croise de temps à autre. Une sacrée personnalité, Marie, n'est-ce pas ?

Céleste ne savait pas si elles s'étaient vues récemment, mais elle n'aimait pas tellement le regard inquisiteur que la docteure Belome lui lançait.

Elles furent interrompues par le technicien de salle qui pénétra dans la pièce, les bras encombrés de sacs de prélèvement, accompagné de deux policiers de l'identité judiciaire chargés de prendre des photos et de récupérer les scellés. Céleste les salua d'un geste de la main.

Personne n'aime les autopsies, en partie parce que c'est dégoûtant, et en partie parce que c'est mortellement ennuyeux. Céleste se préparait donc à encaisser le discours technique de la docteure Belome, sans pouvoir s'empêcher de se demander si celle-ci avait pu être pour Marie un peu plus qu'une copine de fac. Elle se recula donc pour s'adosser au mur et prendre des notes.

Lorsque le technicien enleva le drap qui recouvrait le corps d'Anne Arnotte, Céleste avait les jambes croisées et le stylo en l'air. Mais il lui fallut moins d'une seconde pour se redresser et guère plus de deux pour rejoindre la paillasse d'autopsie. Admettre ce qu'elle voyait mit plus de temps.

Puis son téléphone vibra dans sa poche et elle se détourna pour pouvoir se concentrer sur son appel. C'était Ithri. Elle ne se souvenait pas d'avoir enregistré son numéro sur son téléphone. Mais elle prit quand même l'appel.

La docteure Belome lui lança un regard courroucé.

— Il a passé dix-huit ans aux Etats-Unis, lui dit son collègue sans autre préambule.

— Qui ça ?

— Troarec, vous m'avez dit de vérifier ses antécédents. Il a été condamné pour agression sexuelle il y a vingt-trois ans, les gars de l'IJ viennent de m'appeler, ils ont un match avec les empreintes digitales sur le verre à eau chez Mlle Arnotte.

— Attends… quoi ? Ce sont ses empreintes, sur le verre à eau qu'on a récupéré chez la victime ? Et il a été condamné pour agression sexuelle ?

— Je n'en sais pas plus. J'ai demandé copie du jugement. Il n'a pas pris lourd. Un an avec sursis. Il est parti aux Etats-Unis tout de suite après et il est revenu il y a cinq ou six ans pour faire son MBA. Puis il a créé son entreprise. Deux contraventions de stationnement. Il a acheté cash une maison à Trentemoult il y a six ans, rien de suspect. Et il roule dans une Porsche encore plus vieille que la vôtre. Première immatriculation le 12 juillet 1958.

Utilisant le pied de son bistouri, la docteure Belome donna de petits coups sur la table d'autopsie métallique, comme si elle battait la mesure d'une musique imaginaire.

— Tu peux essayer de retracer ses déplacements ?

— Déjà fait. On n'a pas de signal entre vendredi après-midi et lundi matin. Il nous a dit que Mme Arnotte avait ruiné son téléphone vendredi, vous vous souvenez ?

— Oui.

Céleste tourna le dos à la légiste, agacée par son comportement.

— Le téléphone de sa copine est plus bavard, continua Ithri. Elle est bien allée à Trentemoult, comme il nous l'a dit, mais elle est ressortie vers 19 h 30. Elle est allée à Saint-Erembert.

— A l'usine ?

— Non, l'usine est à l'est. Elle est allée au sud. Je n'ai que la triangulation, pas l'adresse précise.

— Localise-moi cette copine, on y va dès que j'ai fini ici.

Ça semblait presque trop beau, mais Céleste savait aussi que les meurtres ingénieux étaient l'exception et que les imbéciles étaient légion. Y compris au point de laisser leurs empreintes sur le lieu du crime.

— Elle habite à Saint-Erembert, au nord.

Céleste soupira.

— Décidément, c'est un nid de vipères, ce village. Je passe te chercher tout à l'heure. Envoie-moi l'adresse par SMS.

Avant d'avoir terminé sa phrase, elle entendit son téléphone bourdonner pour la prévenir de l'arrivée d'un message.

— A plus, dit Ithri.

Et il raccrocha.

Céleste regarda l'écran, interloquée. Elle avait l'impression de conclure une conversation téléphonique avec sa fille.

Quand elle se retourna, Sara Belome l'attendait, les coudes posés sur la paillasse, au mépris des règles de la police scientifique.

— Ça y est, on peut continuer ?

Elle avait le ton aigre comme si c'était le dixième coup de fil de la matinée. Céleste s'abstint de répliquer.

— Observez ça, reprit la légiste. C'est du beau travail, non ?

Elle se tourna vers Céleste, les yeux pétillants.

— J'ai eu l'impression d'être un restaurateur de tableaux. C'était caché par un maquillage professionnel, très impressionnant et très couvrant.

Anne Arnotte était tatouée. Très tatouée. Sur les bras, le torse et le haut des cuisses, des motifs d'inspiration japonaise évoquaient la colère et la mort. Une tête de diable, rouge comme le sang, ricanait sur son flanc droit. Sur le ventre, un marteau écrasait un vase qui se brisait en mille morceaux. L'ensemble était fascinant, les motifs s'imbriquant les uns dans les autres. Céleste regretta de ne pas avoir pu les admirer sur une peau vivante.

— C'est un travail de très grande qualité, remarqua Sara Belome.

Céleste hocha la tête en silence et demanda au policier chargé de prendre les photos de doubler ses prises de vues et de tout lui envoyer immédiatement. Elle avait une idée précise de qui aller interroger. Est-ce qu'elle pouvait lui envoyer un SMS en douce ?

— Bon, maintenant qu'on a bien rigolé, il va falloir passer aux choses sérieuses, soupira la docteure Belome. Bistouri.

L'heure qui suivit s'écoula comme un lent cauchemar au cours duquel Céleste pensa vomir trois fois et s'évanouir au moins deux. D'abord, il y avait l'odeur, écœurante, de l'intérieur d'un corps humain. Le bruit de la scie Stryker qui découpe les os. Et puis surtout, il y avait l'idée. L'idée que cette femme qui était aimée de tous, qui s'efforçait de faire le bien, qui avait pris soin de son âme et de son corps, était ouverte et vidée comme un poisson ou un chevreuil, organe après organe, y compris dans ce qu'elle avait de plus intime, pour trouver les preuves des violences qu'elle avait subies.

C'était une chose d'intervenir, équipée et armée. C'en était une autre que d'assister au dépeçage méthodique de ce qui avait été un être humain, dans une pièce étroite et fermée. Ça n'avait pas été loin d'être elle, sur cette table, et cette pensée rendait l'opération d'autant plus macabre.

Le choc de l'utérus, des ovaires et du vagin d'Anne Arnotte atterrissant sur la table de dissection lui donna des haut-le-cœur. Céleste avait les pieds en plomb. Sa cuisse la brûlait, sans doute à cause de la station debout prolongée, et son cœur battait fort. Mais lorsque ses mains devinrent moites, elle sut qu'il fallait qu'elle fasse quelque chose. Sara Belome continuait de dicter, parlant d'ecchymoses et de lacérations sur la fourchette vulvaire et la partie antérieure du vagin et, même s'il s'agissait de termes scientifiques destinés à tenir à distance la réalité, Céleste ne parvenait pas à en faire autant avec ses souvenirs, dans une sorte de maelström entre passé et présent. Elle posa une paume sur le carrelage frais qui tapissait les murs de la salle d'autopsie, puis se passa la main dans le cou.

— Prenez un verre d'eau, conseilla la docteure Belome sans se détourner.

Le technicien lui indiqua du menton une fontaine dans un coin de la salle. Belome et lui avaient tous deux les mains prises dans un mélange infect de tissus découpés et couvertes de filets de sang. Sara Belome parla de tissu cicatriciel, de déchirures superficielles et profondes, invitant les policiers de l'identité judiciaire à photographier le moindre de ses gestes. Tout le monde évitait soigneusement de la regarder.

C'est ce qui aida Céleste à reprendre le dessus. L'orgueil. Elle braqua les yeux sur les fenêtres opacifiées placées en hauteur sur le mur et fit couler un peu d'eau dans son cou. Se sentant un peu mieux, elle s'avança près du cadavre, concentrant son attention sur les tatouages du bras.

Un groupe de carpes koïs dévalaient l'avant-bras droit dans une mer bleu marine agitée de vagues bleu ciel. De loin, on aurait dit une manche bleue qui se serait arrêtée au-dessus du coude. Et au milieu de cette avalanche de poissons bleus, cachée sur la face interne du bras, une petite fille en robe rouge glissait sur les vagues, pieds nus, tête blonde.

16 h 30

Inès

Inès se laissa tomber sur le sofa de la véranda. Devant elle, empilés n'importe comment, six petits cartons remplis (à condition qu'on puisse se fier à ce qui était écrit dessus) de photos datant d'avant 1990.

Elle n'avait toujours pas compris pour quelle raison sa belle-fille les aurait empruntés à ses grands-parents ni pourquoi elle ne les avait pas rendus, mais rien ne l'étonnait de Charlène, de toute façon, qui s'était toujours comportée de la manière la plus égoïste possible.

Après le coup de téléphone de sa belle-mère, manger l'avait requinquée et elle s'était installée au piano, laissant le temps filer derrière sa musique. Localiser les cartons de photos lui avait demandé beaucoup plus de temps que prévu. Ça lui avait pris près de deux heures pour les dénicher, dans le grenier, empilés derrière une commode qui avait appartenu à Charlène et couverts d'une bonne centaine d'années de poussière.

Elle avait pris une douche après les avoir redescendus et époussetés avec un torchon qui s'était rapidement noirci. Il lui semblait que de la poussière tapissait l'intérieur de son nez et de sa gorge, collant sa chevelure par mèches, poissant ses mains. Les cheveux attachés en chignon lâche, vêtue d'un pantalon de yoga et d'un long pull fluide, elle s'était ensuite préparé une théière de tisane au gingembre et au miel dont l'odeur se diffusa rapidement autour d'elle, chaude et réconfortante.

Confortablement installée sur le sofa crème, Inès ouvrit le premier carton. Elle avait toujours adoré les photos, et toutes celles qu'elle avait prises depuis son mariage avec Paul-Antoine étaient soigneusement rangées et classées dans des albums étiquetés, alignés sur les étagères du salon. Elle avait même rapporté ses albums de jeune fille, qui occupaient une autre bibliothèque, dans la chambre d'amis. Les six cartons auguraient donc d'une soirée en compagnie d'un passé qu'elle ne connaissait pas vraiment et dans lequel elle se réjouissait de plonger.

Dès le premier, noté AV-1960, elle fut comblée. Elle soupçonna Charlène d'avoir mis la main sur la collection entière des photos de famille. Il s'agissait de clichés de ses beaux-parents, jeunes fiancés, mariés et jeunes mariés, mais aussi, probablement, de leurs parents. Ces photos-là étaient officielles, prises à une époque où l'on n'immortalisait pas pour un oui ou pour un non la scène qui se déroulait sous nos yeux. Photos de classes, de mariages, d'anniversaires aussi, même si plus de la moitié du carton était remplie d'images du mariage – grandiose – de ses beaux-parents. Inès s'amusa de reconnaître les lieux, constata combien ils avaient changé, versa une larme sur la flèche de Notre-Dame et s'étonna que l'Hermitage ait déjà été un établissement prisé. Elle admira les robes et les tenues si chics de sa belle-mère, l'omniprésence des chapeaux et des gants, en songeant qu'elle aurait aimé vivre à cette époque. En soupirant, elle s'efforça de mettre un peu d'ordre dans les clichés et de les regrouper chronologiquement.

Il lui fallut attendre le troisième carton (1965-1970) pour commencer à reconnaître son (futur ex) mari, accompagné de ses frères et sœurs. Le contrôle des naissances n'était pas à l'ordre du jour à cette période, et sa belle-mère avait eu le bonheur (du moins l'affirmait-elle) de donner le jour à sept beaux enfants, tous blonds et vêtus de smocks et de bloomers Liberty, au point qu'il était difficile de les identifier. En 1970, néanmoins, Paul-Antoine avait huit ans et Inès pensa l'avoir repéré sur plusieurs photos. Impossible, cependant, de différencier Marie-Astrid de ses deux sœurs. Dans le quatrième carton (1970-1977), on reconnaissait plus nettement Paul-Antoine et Marie-Astrid. Les photos couleur la montraient régulièrement pieds nus et les mains pleines de boue, ce que ni Marie-Odile ni Marie-Camille n'auraient accepté.

Le cinquième carton (1977-1982) renfermait des trésors. Les coupes de cheveux au bol, les pantalons à pattes d'éléphant et les chemises à long col avaient fini par infuser la famille Fauré. Inès tria soigneusement ces images, qui seraient certainement frappées de censure par sa belle-mère.

C'est le sixième carton (1982-1990) qui apporta à Inès le plus d'interrogations. Les photos de famille se faisaient rares. Quelques instantanés de repas, de vacances au ski ou sur la plage. Beaucoup de portraits des enfants qui étaient adolescents, désormais, voire jeunes adultes. Il devenait plus facile de distinguer les frères et sœurs de Paul-Antoine et lui-même, mais de nouveaux arrivants faisaient irruption et Inès, bien que connaissant la famille intimement depuis plus d'une décennie, avait du mal à les identifier. C'étaient les clichés de Paul-Antoine qui retenaient son attention, évidemment. Elle se demanda si elle allait reconnaître l'ex-femme de son (futur ex) mari parmi les visages inconnus qui se pressaient. Photos de soirées, de feux de bois sur la plage, de vacances en groupes.

Inès n'avait jamais été très douée pour les ressemblances entre les personnes, ce qui la handicapait. C'est plutôt une expression qui lui mit la puce à l'oreille, un cliché sur lequel figurait Paul-Antoine, adossé à un muret, ainsi que trois autres garçons entourant une fille de trois quarts. Longs cheveux blonds, une minceur de liane et un maillot de bain deux pièces orange, celle-ci riait en fixant l'objectif et on distinguait très nettement ses deux dents de devant largement écartées. Les dents de la chance, disait-on à l'époque.

Mue par une brusque inspiration, Inès fouilla frénétiquement le reste de la boîte, sélectionna toutes les images avec cette fille et ces garçons, les étala sur la petite table de la véranda. Il fallait bien se rendre à l'évidence. C'étaient des amis qui grandissaient ensemble, au fil des saisons. Ils se connaissaient suffisamment pour se tenir par le cou, ou par la taille, pour se sourire ou se poser la tête sur l'épaule. Cette fille, c'était Anne. Anne, entourée pendant des années d'une cour de garçons parmi lesquels Inès reconnaissait son (futur ex) mari. Le deuxième, malingre, les joues creuses, le dos voûté et les cheveux longs, lui disait quelque chose, mais elle eut beau battre le rappel dans son esprit, elle ne parvint pas à l'identifier. Quant au troisième, souvent vêtu de vêtements tape-à-l'œil typiques de la jeunesse dorée, elle ne l'avait jamais vu.

Ainsi, Paul-Antoine avait connu Anne lorsqu'ils étaient tous les deux adolescents.

Mais pourquoi n'en avait-il jamais parlé, pas une fois ? Et pourquoi Anne n'avait-elle rien dit non plus ?

Songeuse, Inès se mit debout. Un peu trop vite, probablement, parce qu'elle sentit le sol se dérober sous ses pieds. Elle jeta un coup d'œil sur une pendule et retint un cri de stupeur. Elle avait complètement oublié de déjeuner.

17 h 30

Céleste

— Maman ?

Céleste se figea. Ithri prit un air dégagé et regarda les maisons défiler tandis que la Porsche dévalait les rues.

— Oui, chérie ?

— Je suis invitée à une fête samedi. C'est pour l'anniversaire de Pierre. Tu ne le connais pas, mais j'y vais avec Emilie, tu es d'accord ?

— Ecoute, est-ce que tu as demandé…

La petite voix de l'autre côté ne lui laissa pas le temps de finir.

— Ah non, ça suffit de vous renvoyer la balle. C'est à toi que je demande. Tu pourras venir me chercher ? Je n'ai pas envie de rester en rade dans la campagne à 2 heures du matin parce qu'il y a eu une urgence vitale au CHU et que la seule personne disponible était le docteur Evrard, comme la dernière fois.

Céleste soupira et jeta un coup d'œil discret à Ithri. Le jeune homme continuait d'admirer les trottoirs déserts de la rue de Coulmiers qui défilaient devant ses yeux.

— OK. Mais envoie-moi le nom et l'adresse de ce garçon, s'il te plaît.

Elle entendit Emma grogner à l'autre bout du téléphone.

— Emma, c'est la condition. De toute façon, j'en aurai besoin pour venir te chercher.

— Oui, bon, ça va. Je t'envoie ça par SMS. On ne t'a pas dit que c'était interdit d'utiliser les fichiers de la police à des fins personnelles ?

Cette fois-ci, Céleste en était sûre, Ithri avait gloussé.

— Très drôle. Je bosse, je raccroche.

— Merci. A tout à l'heure.

— Elle a quel âge ? demanda Ithri.

— Seize ans.

Le policier s'étonna.

— Vous l'avez eue très jeune, non ?

Céleste se sentit flattée par le compliment, mais ne releva pas. A la place, elle changea de sujet et raconta l'autopsie. La légiste avait confirmé sa première estimation de l'heure approximative de la mort et remerciait Ithri pour ses données.

Anne Arnotte, malgré ses cours de yoga, de Pilates et son alimentation végétarienne, n'était pas une femme en très bonne santé. Elle présentait une cholangite sclérosante primitive et une hydronéphrose, termes techniques désignant des atteintes du foie et des voies urinaires, qui n'avaient joué aucun rôle dans sa mort. Les analyses de sang et de fluides en diraient peut-être un peu plus long sur d'éventuelles maladies. L'analyse toxicologique révélerait si la victime avait consommé de la drogue ou de l'alcool, mais son estomac était totalement vide. Il n'y avait aucune trace d'ingestion forcée ni d'agression, à l'exception des violences sexuelles. Qui n'étaient pas les premières, les orifices d'Anne Arnotte présentant des cicatrices, témoignages de violences antérieures. L'autopsie confirmait que le cadavre avait été déplacé, longtemps après sa mort. La victime était décédée en position fœtale et avait été positionnée sur le dos plusieurs heures après la mort. Et puis il y avait les tatouages.

— On s'arrêtera dans un salon de tatouage en rentrant, dit Céleste. Un spécialiste de l'irezumi, le tatouage japonais. Il pourra peut-être nous aiguiller. J'ai besoin que tu rappelles les gars de l'IJ aussi pour savoir où on en est des indices matériels. Les soixante-douze premières heures sont cruciales, ils nous ont dit qu'ils allaient accélérer le mouvement et je ne vois pas grand-chose venir.

Céleste s'engagea dans le tunnel sous les lignes SNCF, puis tourna à gauche vers le pont Eric-Tabarly. Ils avaient rendez-vous chez la petite amie de Troarec, son alibi pour la nuit de la mort d'Anne Arnotte.

— On va mettre le paquet sur Troarec. D'abord le testament, ensuite, cette condamnation pour agression sexuelle… On sait tous ce que ça veut dire, une agression sexuelle. Ça veut dire un viol sans preuve.

Ithri eut l'air d'hésiter, puis finalement se lança.

— La plainte a été déposée par les parents d'une mineure de quinze ans. Troarec avait dix-neuf ans à l'époque. Il était élève à Saint-Cyr. Son père est militaire, au fait. Enfin, était. Il est mort peu de temps avant que Troarec ne rentre en France. La plainte ne vient pas de la fille, mais des parents. Dans ses dépositions, elle dit qu'il n'y a pas eu de contrainte, c'est sans doute pour ça qu'il n'a pas écopé d'une condamnation pour viol. Troarec a été viré de l'armée. Il a quitté le pays. Depuis qu'il est rentré, j'ai creusé un peu, zéro problème. Il gagne de l'argent, il paie des impôts, il ne fait pas parler de lui.

— Ça ne veut rien dire.

Ithri haussa les épaules.

— J'ai essayé de croiser les données avec celles de la victime. Je n'ai rien trouvé. Il ne fait pas de bénévolat, n'est pas allé en prison, n'a pas été SDF, n'a jamais travaillé comme salarié en France, et surtout pas pour la biscuiterie, il habite à vingt kilomètres de chez elle et à quinze de son entreprise.

— Donc mis à part le fait qu'ils ont grandi dans la même région…

— Même pas. Son père appartenait au 3e RIMA et il était basé à Vannes. J'ai cherché si les parents d'Anne Arnotte avaient eu une maison de vacances dans ce coin-là, mais je n'ai rien trouvé du tout.

— Des frères et sœurs ?

— Une sœur qui habite à La Mure, près de Grenoble, depuis une trentaine d'années. Et les fadettes d'Arnotte ne disent rien de différent de son agenda. Elle n'a pas été triangulée une seule fois à Trentemoult. J'ai juste regardé en vitesse avant que vous n'arriviez, et les lieux et les dates collent.

— A part des rendez-vous professionnels et un testament, objecta Céleste. Quand même, on nè lègue pas sa fortune à un fournisseur.

Le silence retomba dans l'habitacle pendant que la voiture dévalait les rues désertes de Saint-Sébastien. Céleste n'avait pas besoin de GPS et savourait la maîtrise que lui donnait sa connaissance de la ville. Il lui avait fallu plusieurs années pour réussir à s'y retrouver en région parisienne et imaginer des itinéraires secondaires.

— Il faut qu'on demande des effectifs au patron. Je veux qu'on interroge les voisins de Troarec sur ses allées et venues. Avec la bagnole qu'il a, on a une chance que quelqu'un ait remarqué quelque chose. Il faut qu'on les interroge aussi sur Anne Arnotte. Il suffirait qu'on trouve un seul témoin qui l'ait vue entrer chez lui et son compte est bon. On aurait le mobile, le moyen…

Le petit immeuble où vivait Hortense Germain se situait au bout d'un cul-de-sac dans une rue tranquille bordée par deux autres bâtiments.

C'était une de ces constructions récentes à trois étages, peintes de bandes de couleurs différentes afin de masquer le manque d'imagination de l'architecte ou le budget serré du promoteur. Les champignons avaient déjà pris possession des rebords des fenêtres et leur empreinte gris sale s'étalait en coulures repoussantes.

Cherchant le bâtiment 2B, Céleste croisa le regard d'une femme qui l'observait derrière sa vitre. La rue était déserte. On n'entendait que le grondement lointain du périphérique ou quelques voitures passant dans les rues voisines.

Dans la cage d'escalier, en revanche, point de silence. Télévision, musique, tous les bruits filtraient de sous les portes et se mélangeaient dans un brouhaha.

Devant l'appartement d'Hortense, les deux policiers furent accueillis par une odeur de cuisine et le son d'un concerto pour violons.

Céleste frappa.

Les deux policiers n'eurent pas longtemps à attendre, et c'est la jeune femme rousse qui se trouvait dans le bureau d'accueil de l'entreprise de Killian Troarec qui vint leur ouvrir.

Elle s'effaça pour les laisser entrer. En s'excusant, elle virevolta vers une chaîne stéréo qui avait au moins son âge et baissa le volume de la musique. Elle portait un corsaire couleur rouille et un pull manifestement tricoté à la main sous un tablier proclamant qu'elle était la chef de la cuisine. Le pantalon la moulait. Elle avait la taille haute et fine, les hanches larges et les fesses rondes, et, lorsqu'elle marchait, celles-ci ondulaient dans le mouvement.

Céleste détourna les yeux et regarda autour d'elle.

Hortense Germain avait tiré le meilleur parti possible de son petit appartement. L'entrée donnait directement dans une cuisine équipée d'électroménager coloré : un réfrigérateur couleur anis, une bouilloire turquoise, un lave-linge carmin, une machine à expresso orange. Une table en formica jaune trônait au milieu de la pièce, les tabourets assortis soigneusement rangés entre ses pieds en bois. Sur le gaz, une cocotte grésillait en dégageant des odeurs appétissantes.

— Qu'est-ce que vous voulez savoir ? demanda Hortense par-dessus son épaule.

Leur tournant le dos, elle transféra des morceaux de viande dans la cocotte puis remua le tout avec douceur.

Céleste n'aimait pas devoir l'interroger sans pouvoir observer son visage, mais ne voulait pas la braquer non plus. Les yeux rivés sur les omoplates d'Hortense Germain, elle répondit :

— M. Troarec vous a appelée ?

Malgré le sifflement de la cocotte, les policiers entendirent distinctement Hortense Germain soupirer.

— Nous avons besoin de connaître votre emploi du temps de ce week-end, continua Céleste.

— Pourquoi ?

Hortense fit volte-face et fixa la policière, qui se trouva un instant décontenancée par la candeur de la jeune femme. Elle souriait, mais on la sentait sur ses gardes. Les deux femmes se jaugèrent quelques instants, après quoi, Hortense se tourna de nouveau. Elle renversa le contenu d'un saladier puis celui d'un petit pot de porcelaine blanche dans sa cocotte, dont le frémissement s'intensifia un instant, avant de décroître. Ithri jeta un coup d'œil interrogateur à Céleste.

La rousse dut se rendre à l'évidence qu'on ne la laisserait pas se cacher indéfiniment au-dessus de ses fourneaux. Avec de petits gestes secs qui pouvaient passer pour l'expression d'une certaine frustration, elle baissa le gaz et posa le couvercle sur la cocotte en fonte. Elle défit la boucle de son tablier, le lança sur le dossier d'une chaise et, avec un sourire contraint, demanda aux policiers :

— Vous voulez passer au salon ?

Le col en V de son pull plongeait entre des seins généreux dont Céleste apercevait la naissance, éclaboussée de taches de rousseur contrastant sur la peau crémeuse.

Le salon, une petite pièce dotée de grandes fenêtres, n'était pas aussi coloré que la cuisine. Un tapis bleu nuit à bordure multicolore réchauffait le fade carrelage blanc ; sur les murs, des affiches Belle Epoque. Le canapé était vieux, mais son cuir marron glacé luisait comme s'il avait été récemment nourri. Sur la table basse en verre, un cactus nain et un cendrier propre. Hortense se laissa tomber sur un fauteuil face aux deux policiers, qui choisirent le sofa.

— Le nom de Killian Troarec est apparu dans une enquête et nous aurions besoin de votre témoignage, répondit finalement Céleste en fixant son visage.

Hortense se mit à jouer avec un fil qui s'était échappé de son pull puis demanda :

— Que voulez-vous savoir ?

Céleste pensa qu'à tirer sur le fil elle allait le casser et faire un trou. Elle répéta qu'ils avaient besoin d'un emploi du temps détaillé.

Hortense se leva en soupirant ostensiblement et se dirigea vers la cuisine. D'un geste typiquement féminin, elle bascula une hanche sur le côté tout en consultant son téléphone. Apparemment insensible aux charmes de la jeune femme, Ithri attendait sagement, les doigts en suspens au-dessus du clavier de son ordinateur.

— Nous avions rendez-vous chez lui à 18 h 30, dit Hortense. Ensuite, nous avons passé la soirée et la nuit ensemble, ainsi que la journée du dimanche. Je l'ai perdu de vue de 4 heures du matin, heure à laquelle je me suis effondrée, mais l'ai trouvé dans son lit, à 10 heures du matin, heure à laquelle il m'a réveillée avec un café et des croissants.

— Où êtes-vous allés samedi soir ? insista Céleste.

Hortense revint s'asseoir sur le fauteuil, le dos un peu rond, les genoux qui se touchaient.

— Je vous le répète, nous avons passé la soirée et la nuit ensemble.

— Nous avons des éléments, madame Germain, qui indiquent que vous avez quitté le domicile de M. Troarec pour Saint-Erembert ce soir-là. Où êtes-vous allés ?

— Il m'a prévenue que vous alliez m'interroger là-dessus.

— Et que vous a-t-il priée de nous répondre ?

Hortense eut l'air décontenancée par la question directe de Céleste puis, d'une voix plus assurée, dit :

— La vérité. Que nous avions passé la soirée et la nuit ensemble ! Vous n'allez pas en parler au bureau ?

Ithri arqua les sourcils de surprise, mais continua de prendre des notes en silence. Est-ce que lui aussi se demandait si elle était aussi tarte qu'elle en donnait l'impression ou si elle jouait un rôle ? s'interrogea Céleste. Elle répondit à Hortense :

— Non, à moins que cela soit nécessaire. Qu'est-ce qui vous inquiète ?

Hortense avait retrouvé le fil de sa manche.

— Mme Renouard… C'est la chef comptable. Elle a bien insisté quand elle m'a embauchée. Elle m'a dit qu'il était hors de question que je tourne autour des chauffeurs, que les couples, ça posait trop de problèmes. Je ne voudrais pas être virée. J'aime bien travailler là-bas.

Céleste tiqua :

— C'est sans doute différent quand on est avec le patron…

— Ça m'étonnerait. La morale, c'est la morale… vieille bique…

Ça n'était pas crédible, pensa Céleste, il devait y avoir autre chose. Elle décida de changer complètement de sujet.

— Depuis combien de temps travaillez-vous aux Transports de l'Ouest ?

Hortense se tortilla sur son tabouret et reprit le fil qui pendait. Il s'était allongé et le pull gondolait.

— Un mois et demi.

— Et vous connaissiez M. Troarec avant d'être embauchée ?

Les yeux d'Hortense reflétaient la plus grande innocence lorsqu'elle répliqua que non, elle ne connaissait pas M. Troarec, pourquoi posait-elle cette question ? Céleste répondit par une autre question.

— Où étiez-vous avant ? Avant de travailler aux Transports de l'Ouest ?

— Au chômage.

— Et avant ça ?

— A *La Source de l'Ouest*. Au service comptable.

— Vous avez été virée ?

Hortense se passa la main dans les cheveux et la pointe de son sein droit remonta de plusieurs centimètres.

— Non, je suis partie. Le patron me harcelait.

Céleste n'avait pas besoin de contempler la jeune femme pour comprendre de quoi elle parlait. Le genre de corps qui peut être aussi bien une chance qu'une croix à porter, dans certains milieux, avec certains hommes. Elle comprenait très bien.

— Qu'avez-vous fait avec M. Troarec ?

Surprise, Hortense releva brusquement la tête vers Céleste, puis, battant des cils, jeta un regard à Ithri comme pour chercher de l'aide.

— Que voulez-vous savoir exactement ? demanda-t-elle quand elle se rendit compte que c'était peine perdue.

Pression, contre-pression. Pourquoi n'avait-elle pas répondu qu'ils avaient commandé des pizzas et qu'ils s'étaient envoyés en l'air toute la nuit ? Céleste décida de bluffer.

— Où êtes-vous allés ?

— Ça ne sert à rien, personne ne témoignera.

Bingo, jubila Céleste intérieurement. Demeurant de marbre, elle demanda :

— Pour quelle raison ?

Cette insistance à ne pas répondre commençait à lui taper sur les nerfs.

— C'était une soirée masquée.

— Où ça ?

— Ici, enfin, à Saint-Erembert.

Les doigts d'Ithri marquèrent un bref arrêt, puis reprirent leur danse au-dessus du clavier.

— Vous n'avez vu le visage de personne ?

Hortense secoua la tête. Elle tira sur sa manche de pull et le fil se rétracta, mais pas complètement.

— Une ou deux personnes, mais je ne sais pas qui c'est.

— C'était une soirée mystère ?

La jeune femme acquiesça. Elle lissait son pull de la pointe de l'ongle, essayant de reformer les mailles qui s'étaient distendues, tirant sur le tricot. Céleste l'imaginait sans difficulté en marquise du siècle des Lumières, le buste sanglé dans un corset qui faisait remonter ses seins en les exposant presque entièrement, les traits cachés derrière un loup de velours, la bouche écarlate.

— Et les participants, ils ont vu votre visage ?

Pour la première fois depuis le début de l'entretien, Hortense sembla gênée, se tortilla sur son fauteuil.

— C'est vraiment important, madame Germain, si vous pouviez nous trouver une personne qui confirme votre alibi.

Céleste ne comprenait pas les réserves de son interlocutrice. Gêne d'avoir participé à une soirée déguisée à son âge ? Un silence contraint s'installa. Hortense continuait de jouer avec son fil. Ithri avait cessé de prendre des notes. Puis il demanda, d'un ton circonspect :

— Est-ce que c'était une soirée privée dans une maison ?

Hortense hocha la tête.

— Dans une impasse, avec un grand sapin sur le rond-point ?

Hortense opina de nouveau. Ithri avait le visage en feu et les oreilles cramoisies.

Il se passait quelque chose et Céleste ne comprenait rien. Est-ce que, à loucher sur Hortense, elle avait laissé passer une information ? La flic attendit quelques minutes – ou quelques secondes, mais le temps lui parut s'étirer –, son témoin et son collègue évoquant des faits dont elle ignorait tout et qu'aucun ne souhaitait expliquer.

— Est-ce que je peux avoir des précisions sur cette soirée ? dit Céleste sur un ton plus aigre qu'elle ne l'aurait souhaité.

Ithri piqua du nez vers son écran.

— C'est… c'était une soirée un peu spéciale, commença Hortense.

Sa peau de rousse s'était marbrée de plaques rouges qui ne la mettaient pas en valeur. Elle referma la bouche.

— Une partie fine, débita Ithri d'une voix sourde, comme s'il parlait d'une séance de torture de chatons trop mignons.

— Ah, dit Céleste.

Amusée et intriguée par la réaction de son collègue, elle redressa le buste.

— Une partouze organisée chez un particulier, c'est ça ?

Et comme personne ne réagissait :

— Ça n'est pas illégal, que je sache.

Percevant peut-être une forme de reconnaissance, Hortense précisa à mi-voix, en marmonnant :

— Pas vraiment une partouze… On vient en couple et on… on échange. Il faut s'inscrire.

— OK, acquiesça Céleste, qui ne tenait pas à se laisser piéger par une argumentation sémantique. Vous avez plusieurs témoins, alors ?

— Non, justement, à cause des masques.

— Il y a peut-être d'autres particularités qui pourraient nous permettre d'identifier les participants, persifla Céleste, agacée.

Elle ne comprenait pas très bien que les gens n'assument pas leurs choix. L'embarras d'Hortense agit comme une douche froide sur sa libido. Céleste la considéra durement, tout charme envolé. Le pull mou, la peau un peu lâche sur les mâchoires, les ongles écaillés, les dents jaunissantes ; le carrosse redevenu citrouille, en quelque sorte.

— M. Troarec a les coordonnées de la personne qui organise ? demanda Céleste pour faire avancer l'audition.

— Non, c'est moi qui l'ai emmené là-bas. C'est une femme qui s'en occupe.

Au temps pour les a priori, pensa Céleste.

— Ecoutez, reprit Hortense. Je ne sais pas ce que vous vous imaginez…

— Je n'imagine rien, madame Germain, répliqua Céleste en se levant. M. Troarec a besoin d'un alibi. Je ne vous apprendrai pas que les témoignages des mères ou des petites amies sont souvent sujets à caution et que trouver une tierce personne pour confirmer ce que vous me dites arrangerait grandement ses affaires.

— Vous allez l'arrêter ? s'enquit Hortense d'une voix paniquée.

— Je ne peux pas vous répondre. Essayez de retrouver votre organisatrice ou un témoin et dites-lui de venir déposer. Je vous attends également d'ici demain au commissariat central, place Waldeck-Rousseau.

Elle posa sa carte sur la table du salon.

— C'est mon numéro de portable. Appelez-moi, ajouta-t-elle d'un ton plus doux. C'est vraiment dans l'intérêt de M. Troarec.

Céleste allait tourner les talons, lorsqu'une idée lui traversa l'esprit.

— Vous connaissez les Biscuiteries Arnotte ? demanda-t-elle.

Hortense haussa mécaniquement les épaules. Le rouge refluait progressivement de son visage.

— J'habite à Saint-Erembert. Je respire les biscuits Arnotte vingt-quatre heures sur vingt-quatre.

— Vous avez travaillé chez eux ?

Hortense releva la tête avec une lenteur exagérée.

— Oui, en intérim, l'an dernier.

— Vous connaissez Mlle Arnotte ?

— Bien sûr, c'est la patronne.

— Je veux dire, personnellement.

Hortense ouvrit de grands yeux étonnés.

— Vous savez qu'elle est morte ?

— Killian me l'a dit. Il a eu peur de ne pas pouvoir signer le contrat.

— Et c'est important pour la société ?

Hortense fit une drôle de grimace en répondant, les bras écartés en signe d'ignorance.

— Oui, évidemment. Ce sont des gros volumes.

— Comment ça se passe, le travail, chez eux ?

Les épaules de la jeune femme s'abaissèrent, son dos s'arrondit. Ses cheveux captèrent un instant un rai de lumière et leur couleur explosa en symphonie d'orangés. Puis ils retrouvèrent l'ombre.

— C'est plutôt bien. Carré. Bien organisé. Bonne ambiance. Bon, ça fait un moment, ça a pu changer.

— Vous connaissez Franck Lejeune ?

— Bien sûr, c'est le DG… Je ne les voyais pas trop, les patrons, vous savez. J'étais à la comptabilité fournisseurs, je saisissais des factures et des règlements. Quand j'avais un problème, je m'adressais à Mme… Renelieu, je crois, la chef comptable.

— Pourquoi n'êtes-vous pas restée ?

Le regard d'Hortense se troubla. La jeune femme se raidit.

— C'était un remplacement de congé maternité. La personne que je remplaçais est revenue, je suis partie, j'ai trouvé du boulot ailleurs. C'est pour quoi, toutes ces questions, exactement ? C'est quoi, le problème avec Killian ?

Céleste n'était pas là pour donner des réponses, mais pour en trouver.

— De la routine. Merci pour votre témoignage. N'oubliez pas de venir déposer au commissariat.

Elle adressa à Hortense un sourire rassurant avant de prendre congé et de quitter l'appartement, Ithri sur les talons.

Coïncidence ou pas, la victime du barbecue aussi saisissait les factures fournisseurs.

— Il y a du monde, dans ces soirées ? demanda Céleste à Ithri en bouclant sa ceinture de sécurité.

Celui-ci avait soigneusement évité de croiser son regard depuis son intervention chez Hortense Germain. Pour une fois, il était resté silencieux après l'audition d'un témoin et Céleste pouvait comprendre pourquoi. Qu'il soit au fait du lieu de rendez-vous d'Hortense Germain, de Killian Troarec et de leurs petits camarades partouzeurs allait certainement simplifier l'enquête, et elle se doutait qu'il lui en avait coûté de mentionner qu'il connaissait cette maison et ses pratiques.

Il n'avait pas l'air d'un partouzeur, pourtant, se dit Céleste avant de se reprendre presque immédiatement. Elle était bien placée pour savoir que personne n'avait jamais la tête de l'emploi. Si seulement c'était aussi facile. Si les violeurs avaient des têtes de violeurs, et les agresseurs des têtes de violents. Non que cela n'arrivât pas. Mais le contraire n'était pas vrai. Malgré tout, à contempler son jeune collègue, qui tenait de la gravure de mode 3.0, elle l'imaginait plus offrir un bouquet de roses à une amoureuse pour la Saint-Valentin que tout nu au milieu d'une mêlée moite et gémissante. « Mais l'un doit-il exclure l'autre ? » pouvait-elle entendre Marie lui demander, comme en voix off. Est-ce que l'exultation collective des corps devait proscrire une pureté individuelle de sentiments ?

S'il comprit la question de Céleste, Ithri se garda bien de répondre. Lunettes vissées sur le nez, concentré sur son téléphone, il faisait défiler son écran à toute vitesse, apparemment sourd au monde extérieur.

Céleste démarra, accéléra doucement. Elle avait décidé d'essayer de tirer le fil des tatouages d'Anne Arnotte et savait exactement qui interroger. Elle tourna donc à gauche au lieu d'à droite à la sortie de la rue où vivait Hortense, ce qui ne sembla pas éveiller l'attention d'Ithri, l'œil toujours braqué sur son portable.

Celui-ci se mit à vibrer. Ithri le porta à son oreille, murmura quelque chose que Céleste ne perçut pas, parce qu'elle doublait en même temps un tracteur antédiluvien et que le moteur de la Porsche rugissait.

Du coin de l'œil, elle vit qu'Ithri prenait des notes. Elle l'entendit remercier et conclure par « moi aussi ». Cet appel n'avait peut-être aucun rapport avec le travail, finalement.

Le trajet dura presque une demi-heure, qu'Ithri passa à pianoter sur son téléphone. Lorsque Céleste coupa le moteur de sa voiture, il parut s'éveiller d'un long rêve, regarda autour de lui, un peu désorienté, puis il se tourna vers Céleste avec un sourire. Il avait gardé ses lunettes de soleil, qui lui donnaient l'air d'un play-boy, et, par l'échancrure de sa chemise entrouverte, on voyait la peau de son torse et quelques poils. Il avait une incisive tournée, qui faisait une saillie presque imperceptible. Il braqua son téléphone, écran vers Céleste, Google Maps ouvert.

— Je les ai récupérées, lui dit-il.

Céleste essaya de déchiffrer l'adresse.

— C'est bien les coordonnées de l'organisatrice que vous vouliez ?

Céleste acquiesça.

— Les voilà. Je n'ai pas de nom en revanche, juste un pseudo : Lollipops, 36, impasse des Palombes, à Saint-Erembert. J'ai aussi une adresse e-mail : lollipops-duvignoble@hotmail.com, et un numéro de téléphone qui est enregistré au nom d'une société. Le gérant est un certain Lucien Dumoulin, né en 1930 et décédé depuis trois ans. Je n'ai pas réussi à trouver qui est derrière tout ça.

Céleste garda un silence perplexe.

— On y va ? demanda Ithri.

Pas vraiment l'attitude que Céleste avait prévue. Ce garçon est plein de surprises, songea-t-elle.

— On ira demain, plutôt. (Elle leva les yeux au ciel et se reprit :) Non, pas demain matin, j'ai cette intervention avec Joubert.

Un éclat de rire. Ce garçon lui faisait penser à ses filles quand elles étaient petites. Si faciles à distraire…

— Vous allez jouer les gros bras ?

Céleste pencha brièvement la tête vers lui. C'était une façon de voir les choses.

— Je peux y aller, si vous voulez, dit Ithri.

Céleste réfléchit rapidement. Après tout, il était à l'origine de tout cela.

— OK, dit-elle. Vas-y demain matin. Tiens-moi au courant.

Ithri serra les poings devant lui, un grand sourire aux lèvres. Puis il demanda, comme s'ils sortaient tout juste de l'appartement d'Hortense Germain au lieu de rouler au pas dans le centre-ville de Nantes :

— Vous y croyez, vous, à l'alibi ?

Au lieu de répondre, Céleste l'interrogea.

— Il y a du monde, dans ces soirées ?

Ithri hésita et consulta son téléphone.

— Tu n'y es jamais allé ?

— Dans ces soirées ? Ah non, quelle horreur !

Céleste arqua les sourcils et un soupir de soulagement lui souleva la poitrine malgré elle. Ithri avait des rires au fond de la gorge lorsqu'il reprit :

— Vous avez cru… vous avez cru que j'y étais… (Un hoquet. Du coin de l'œil, Céleste l'observa qui portait la main à son visage et il rit doucement.) C'est ma sœur, elle est traiteur et elle a travaillé pour eux.

— Et c'est maintenant que tu le dis ? Il faut qu'on aille la voir !

— Pas la peine, je viens de discuter avec elle par textos. Elle n'a rien d'autre sur l'organisatrice que ce que je vous ai dit. Tout est réglé par virement bancaire. Elle a seulement fait quelques interventions ponctuelles. Il y a un dîner à table pour une poignée de VIP, après quoi les autres… euh… les autres participants arrivent et… euh… les festivités commencent. Son rôle à elle, c'était le dîner et de fournir des plateaux pour le reste de la soirée. Les clients les rapportaient ensuite. Elle confirme que tout le monde vient masqué, mais le parking, c'est le Festival de Cannes. Que des grosses bagnoles. Elle m'a dit également que c'est une maison particulière que la propriétaire transforme en… euh… maison de plaisirs une fois par mois. Elle fournissait pour une soixantaine de personnes.

Céleste resta interloquée deux secondes, bouche ouverte.

— Tant que ça ?

Ithri éclata de rire.

— Oui, on n'imagine pas, n'est-ce pas ? Elle ne sait pas s'il y a une clientèle d'habitués. Elle m'a dit que le staff n'était pas en contact avec la clientèle, sauf pour le dîner VIP, et encore, à peine.

— Est-ce qu'elle sait qui s'occupait de la restauration samedi dernier ?

— Non. Elle va se renseigner.

— Bon. Remercie ta sœur. Et pour répondre à ta question, je veux bien croire que cette Hortense est sincère, mais elle aurait très bien pu perdre de vue Troarec le temps qu'il fasse l'aller-retour chez la victime. Il faut qu'on aille voir par nous-mêmes à quoi ressemble cette maison. Avec un peu de chance, il y a des caméras.

— Je vérifierai, dit Ithri. Avec le compte bancaire qui a payé ma sœur, on devrait remonter jusqu'à l'organisateur. On arrive où, là ?

— Chez un tatoueur. Je veux lui montrer les photos d'Anne Arnotte.

18 h 55

Ithri

L'échoppe du tatoueur était coincée entre un kebab et un magasin de bijoux, au beau milieu du quartier du Bouffay et à quelques rues de l'étude de Me Guilbaud. Les vitrines laissaient voir une petite pièce aux murs de pierre apparente, avec parquet au sol et photos éclairées évoquant une galerie d'art spécialisée dans les estampes japonaises. Un escalier de verre situé au fond du local conduisait, supposa Ithri, à la salle de tatouage.

Quelques notes de koto, l'instrument à cordes plat dont les geishas s'étaient faites les spécialistes, retentirent à l'ouverture de la porte.

Alors que Céleste se dirigeait vers le fond de la pièce, Ithri s'approcha des photos accrochées aux murs. Ce qu'il avait pris pour des estampes était en fait des tatouages, uniquement de grandes pièces. On y reconnaissait deux styles distincts, même si tous avaient trait à l'art japonais. L'un, très coloré, représentant un animal ou une figure centrale, visage grimaçant, serpent, coq, carpe ou samouraï, sur un fond qui visait à le mettre en valeur : fleurs, flammes, mers déchaînées, plumes, circonvolutions diverses. L'autre style était plus axé sur les lignes, n'utilisant que du noir et du rouge.

— Céleste, dit une voix haute et flûtée.

Ithri se retourna. Une longue jeune femme brune aux cheveux ramenés en chignon japonais s'inclinait devant Céleste, les mains jointes.

— Que me vaut le plaisir de ta visite ?

Ce n'était pas une formule de politesse. Si Ithri ne pouvait pas voir le visage de Céleste d'où il était placé, il avait une vue directe sur celui de l'autre femme. Ses yeux, ourlés de longs cils sombres et aux paupières délicatement maquillées, étaient braqués sur sa patronne. Son sourire les illuminait. Elle se tenait droite, les mains humblement placées devant elle, mais avec une retenue tellement puissante qu'elle n'en était que plus évidente. Etait-ce dû à la présence d'Ithri ? La Japonaise n'avait même pas semblé s'apercevoir de son existence.

Céleste sortit de la poche de sa parka son téléphone.

— J'ai besoin de ton expertise, Miyako.

Celle-ci hocha la tête avec un sourire modeste.

— J'enquête sur la mort d'une femme couverte de tatouages.

Miyako porta la main à sa bouche, les sourcils arqués. Céleste la prévint :

— Ce sont des photos d'autopsie. Tu ne verras pas de corps découpé, mais tu dois savoir que cette femme est décédée.

Miyako tendit la main. La manche de son chemisier glissa et dévoila un avant-bras tatoué. Du noir, des fleurs rouges et une bordure bien nette. La tatoueuse parut alors se rendre compte de la présence d'Ithri et suspendit son geste avec un sourire. Sa peau translucide, ses grands yeux sombres et ses poses artistiques lui donnaient une apparence artificielle. Elle le faisait penser à une androïde de *Westworld* ou de *Blade Runner*. Presque humaine, avec une subtile différence, un je-ne-sais-quoi indiquant sa vraie nature.

Il cligna des yeux, avança mécaniquement la main, se reprit et s'inclina, les mains posées à plat sur ses cuisses.

— Ithri Maksen, police judiciaire.

— Oh, désolée, dit Céleste en se retournant, j'ai oublié de te présenter mon équipier. Ithri, voici Miyako Katomore, maître irezumi.

De nouveau, Miyako s'inclina en souriant.

— Elle est tatouée sur une bonne partie du corps, reprit Céleste, revenant à ses photos. Le torse, les bras, le haut des cuisses, le dos, les fesses. Uniquement des tatouages japonais. Lorsqu'on l'a retrouvée, les tatouages étaient intégralement masqués par un produit cosmétique assez bluffant, je dois t'avouer. J'aurais besoin que tu me dises si c'est toi qui les lui as faits et si c'est du bunshin.

Miyako prit le téléphone de Céleste et fit rapidement défiler les photos. Délaissant son petit numéro d'Asiatique éthérée, elle se glissa derrière le comptoir situé au fond de la pièce. Là, elle mania la souris devant son écran pendant quelques minutes, prenant des notes.

Fasciné par les clichés suspendus au mur, Ithri s'arrêta devant chacun d'eux. Il se prit à songer à l'effet que ces tatouages avaient dans la réalité, à la manière dont ils bougeaient avec les muscles. Plusieurs d'entre eux masquaient – ou, au contraire, sublimaient – des cicatrices, et Ithri se demanda si cela avait un rapport avec Céleste. Il essaya de reconnaître la policière dans l'étalage de photos. Etait-ce le sien, ce bras couvert d'un serpent cornu écarlate à l'air furieux ? Etait-ce sa cuisse, cet entrelacs de cicatrices utilisées pour souligner les contours d'un dragon rugissant ? Etait-ce son dos, ce personnage grimaçant qui surplombait des marques boursouflées, comme des vestiges de coups de fouet ? Etait-ce son bras, ces oiseaux perchés sur une branche invisible faite de chair couturée ?

Miyako interrompit ses interrogations en s'adressant à Céleste.

— Ce n'est pas moi qui ai fait ça. Ces tatouages sont assez anciens, une bonne dizaine d'années, je pense. C'est indéniablement du tebori.

Elle se pencha de côté pour expliquer à Ithri :

— *Tebori* est un terme japonais pour désigner une technique de tatouage à la main. Au lieu d'utiliser une machine automatique, qu'on appelle un dermographe, le tatoueur se sert d'un bambou sur lequel sont fixées des aiguilles. C'est plus long, plus douloureux et plus coûteux, mais cela permet d'obtenir des tatouages qui vieillissent superbement. Ceux-là ont dû nécessiter plus d'une centaine d'heures de travail.

— Tu peux identifier du tebori à l'œil nu sur la photo d'un cadavre ? s'étonna Céleste, une pointe d'incrédulité dans la voix.

Miyako ferma les yeux à demi d'un air mystérieux. Il émanait d'elle une sensualité orientale, faite de légèreté et de non-dits. Céleste attendait la suite. La Japonaise éclata de rire et rendit à Céleste son téléphone.

— Non, répondit-elle. C'est parce que le tatoueur a diffusé des photos de son travail.

Et, de la main, elle invita les deux policiers à la rejoindre derrière l'ordinateur.

— C'est drôle, ça ne cadre pas trop avec la personnalité de notre victime, la publicité, grommela Ithri.

— Vous ne la reconnaîtrez pas, précisa Miyako, mais vous reconnaîtrez les tatouages. En revanche, je vous préviens, je n'ai que le sujibori, le contour du tatouage.

Avec un sourire d'excuse, elle avoua :

— Comme la plupart de mes collègues, je collectionne tout ce qui sort de l'ordinaire. Et, à l'époque, on n'avait pas Instagram, seulement les e-mails.

Elle éclata de rire en se reculant pour les laisser regarder les photos qu'elle avait exhumées de son ordinateur. Vu la complexité des motifs, le doute n'était en effet guère permis sur le fait qu'il s'agissait bien d'Anne Arnotte au début de son tatouage. On reconnaissait la carpe koï et la petite fille qui surfait sur les vagues, les démons grimaçants qui se disputaient les seins et le ventre. Et le marteau écrasant un vase.

— Dans le tatouage traditionnel japonais, expliqua Miyako, le tatoueur commence par dessiner sur le corps, de préférence à la main, et, même s'ils sont de plus en plus nombreux à utiliser le dermographe pour cette étape, c'est normalement réalisé au tebori. Ensuite seulement, on remplit. En revanche, tu remarqueras qu'il y a plusieurs tatouages, ma photo ne concerne que celui du début. Un bras et le torse.

— Dis-moi, l'interrompit Céleste, si tu as les photos, as-tu aussi le nom du tatoueur ?

Les yeux pleins d'espoir, elle s'était tournée vers la tatoueuse. Dans l'esprit d'Ithri, le doute n'était pas permis. Il se passait entre les deux femmes quelque chose qui le dépassait. Il ne put s'empêcher de ressentir une certaine excitation à l'idée d'en savoir un peu plus sur les énigmatiques tatouages d'Anne Arnotte. Difficile, dans son esprit, de lier cette bourgeoise généreuse et austère et ce corps marqué dans sa chair de manière indélébile. Qu'est-ce que cela signifiait ? Pour quelle raison s'était-elle infligé cette souffrance ? Que cherchait-elle en se marquant de la sorte ? Pourquoi massacrer un si beau corps ? Cherchait-elle à se rapprocher des marginaux qu'elle côtoyait dans le cadre de ses bonnes œuvres ? Ou bien était-ce en rébellion à un ordre établi, celui de ses parents ? Celui de son milieu ? Un travail d'une telle ampleur créait obligatoirement des liens forts avec le tatoueur. Il en fallait, du courage, pour subir un tel encrage – en décalage avec les valeurs bio affichées par la victime, d'ailleurs. Ou peut-être trouvait-on de l'encre écologique ? Il y avait forcément des répercussions en matière de santé lorsqu'on s'en injectait autant dans le corps.

Ithri laissait doucement dériver ses pensées, s'attendant à ce que la femme leur donne un nom, une adresse qui les conduiraient à un autre tatoueur qui raconterait non pas la technique mais l'histoire, et lèverait le voile sur les motivations de la victime.

C'est une porte que Miyako ferma. Son visage refléta une tristesse subite.

— Menreiki Sensei. Malheureusement, il est mort l'année dernière.

Puis un sourire léger éclaira son visage.

— En revanche, tu apprendras peut-être quelque chose en passant la victime à la lumière noire.

19 h

Marie

— Comment s'est passée ta journée ?

Marie releva la tête de sa planche à découper pour contempler sa fille. Mon Dieu, comme elle était belle. Une angoisse teintée de tristesse l'étreignit brusquement. Emma n'était plus son bébé. Elle n'était même plus sa petite fille. Elle portait son regard hors de la famille désormais, vers sa propre vie. Elle lui échappait.

— Ça a été.

Emma posa nonchalamment son sac par terre et se dirigea vers le placard qui contenait les gâteaux. Elle suspendit son mouvement et prit sa mère dans ses bras, nichant sa tête dans son cou. Bien vite, pourtant, elle recula.

— Ah ! Pouah ! Tu coupes des oignons ?

Marie éclata de rire et Emma lui tira la langue en souriant.

Elle lui ressemblait, brune de cheveux et mate de peau, avec des yeux foncés en amande et un corps bien dessiné. Un corps plus jeune, évidemment, plein de sève, plein de vie, plein de promesses. Marie lui sourit avec tendresse sans qu'Emma semble s'en émouvoir. Quel âge merveilleux lorsque l'on croit encore que ce que l'on a est acquis ! L'amour de ses parents, un toit et de quoi manger, l'avenir ouvert devant soi. Profite, pensa-t-elle. Profite avant que la réalité ne te rattrape. Les angoisses, les fâcheries, les décisions, les tuiles.

Elle contempla sa fille, qui avait entassé dans une assiette plusieurs cookies et s'était servi un verre de lait. Emma les saisit avec précaution et se dirigea à petits pas vers le salon et la télévision. Les cookies étaient en équilibre instable et le verre était plein. Ses longs cheveux battaient son dos et le soleil déclinant qui passait par les fenêtres leur donnait des reflets roux. Marie savoura cet instant parfait de vie familiale, sa fille, le soleil du soir et le calme du logis, puis recommença à émincer ses oignons. Elle écrasa de l'ail sur sa planche à découper et fit glisser la préparation dans une poêle beurrée. Les oignons grésillèrent un instant pendant qu'elle remuait le tout énergiquement. Elle n'avait qu'une heure devant elle avant de repartir à l'hôpital. Il fallait qu'elle appelle Céleste pour lui demander d'arrêter de faire la tête. Elles s'étaient à peine adressé la parole en deux jours. Cette interne qui s'était cassé la jambe dimanche matin avait été une tuile, mais cela faisait partie du métier. D'habitude, Céleste n'était pas mesquine sur les changements de programme de dernière minute. S'essuyant les mains sur son tablier, Marie tendit le bras vers son téléphone.

L'écran s'alluma de lui-même. Ah ! Zut, c'était le téléphone d'Emma, qui s'était encore trompée. Il était vraiment temps d'investir dans des coques différentes, un jour elle partirait au lycée avec le téléphone de sa mère. Marie jeta un coup d'œil sur l'écran, attirée par la lumière plutôt qu'animée par la curiosité. Le téléphone était un prolongement de la main d'Emma et s'allumait et s'éteignait sans cesse au gré des messages que ses copines et elles s'échangeaient. Cette fois, c'était une photo. Marie se figea.

Lorsque Emma revint chercher son appareil, l'écran était déjà noir. Mais la photo était gravée dans l'esprit de sa mère. Sa fille, debout, le tee-shirt relevé, montrant ses seins.

19 h 20

Jeanne

— Ça sent bon.

Jeanne posa son sac à main sous le portemanteau et enleva son trench. Elle aligna ses escarpins avec la plinthe du couloir, à côté du sac.

— Qu'est-ce que tu mitonnes ?

Les effluves d'épices qui parvenaient de la cuisine étaient un ravissement. Elle sentit l'eau lui venir à la bouche. Xavier avait son tablier de réception noué autour de la taille et, à son regard, Jeanne comprit immédiatement.

— Désolé de ne pas t'avoir prévenue, eut-il le bon goût de déclarer. Ça a été la folie au bureau, cette fin de journée, mais le président Tervier vient dîner. Il n'est allé dîner chez aucun de mes concurrents, ce qui est un signe fort. J'ai invité Thibault et sa femme, Me Levrard et son épouse, et le jeune Me Querard, tu sais, le fils de l'ancien président.

Jeanne s'appliqua à se montrer enthousiaste. Pourtant, elle n'en pouvait plus de cette campagne pour l'élection du président régional de la Chambre des notaires. Xavier était décidé à la remporter, comme point d'orgue de sa carrière. C'était la dernière ligne droite et il multipliait les dîners avec les membres importants du réseau local. Chez lui, parce qu'il avait la réputation d'être un excellent cuisinier et qu'il tenait à montrer une vie de famille équilibrée. Elle ne supportait plus de faire tapisserie tous les soirs. Elle mangeait trop, elle ne dormait pas assez. Et Xavier buvait trop. D'un autre côté, il fallait reconnaître que cela leur évitait de rester tous les deux seuls à la maison.

— Combien de temps ai-je devant moi ?

— Trente-huit minutes. Ça te donne le temps de souffler. Et j'ai dressé la table, ajouta-t-il tandis qu'elle se dirigeait vers leur chambre, prenant sur elle pour le remercier à voix haute.

Sur le grand lit était étendue sa robe émeraude. Jeanne grimaça. Elle n'aimait pas cette robe. Elle pensait l'avoir repoussée en bouchon tout au fond de l'armoire, derrière un tas de boîtes. La femme de ménage avait dû la ressortir.

Elle s'accorda cinq minutes sous le jet brûlant de la douche en se promettant de terminer par de l'eau glacée. La mort d'Anne Arnotte la préoccupait. Elle s'interrogeait sur la conduite à tenir. Pouvait-elle en parler à Xavier, alors qu'il était, d'une certaine façon, partie prenante ? Elle se demanda aussi s'il avait couché avec Anne Arnotte. S'il couchait encore avec elle. Elle retint un petit rire pendant qu'elle s'essuyait soigneusement le corps. Ce n'est pas comme si elle en était à une maîtresse près, non plus. Comme un automate, elle se dirigea vers son dressing et choisit avec soin des sous-vêtements assortis à sa robe.

Elle devait admettre que celle-ci lui allait à la perfection. Coupée dans un crêpe de soie léger comme un souffle d'air, elle enserrait ses seins telles deux mains gantées. Le reste était d'une seule pièce, et le tissu fluide épousait les formes de son corps au moindre mouvement. Elle tourna devant le miroir, laissa l'étoffe caresser sa peau.

Est-ce qu'elle devait porter des escarpins ou bien pouvait-elle se contenter de ballerines ? Elle avait les talons en feu et aurait vendu son âme pour marcher pieds nus. La paire de stilettos en satin rangée près du lit lui apporta la réponse. Le visage fermé, elle y glissa ses pieds, grandissant d'un coup de dix centimètres.

Jeanne savait à quel point il était primordial que le président reparte de chez eux avec la certitude que Xavier était un successeur idéal. C'était lui qui ferait ou déferait son successeur, et Xavier voulait son siège plus que tout.

Pour lui, le petit va-nu-pieds, fils d'un ouvrier agricole analphabète et d'une mère au foyer, présider l'ordre régional des notaires représenterait le sommet d'une carrière à laquelle il se dévouait depuis ses vingt ans, et la première marche vers une carrière politique dans laquelle il imaginait sa consécration.

Et cette première marche, l'attitude irréprochable de sa femme l'aiderait sans aucun doute à la franchir. Jeanne avait donc bien les enjeux de la soirée à l'esprit lorsqu'elle s'assit devant sa coiffeuse pour se maquiller. Elle trouva ses pommettes un peu trop saillantes et ses joues un peu creuses, et força sur le rouge à lèvres pour détourner l'attention. Elle choisit les gros bracelets en argent que Xavier lui avait rapportés du Sri Lanka, constatant qu'elle n'avait plus autant de difficulté qu'auparavant pour les enfiler. Elle avait perdu du poids ces derniers mois, un peu trop peut-être.

Sa montre bipa. Jeanne se leva avec lenteur et rejoignit Xavier dans la cuisine en prenant soin de ne pas traîner des pieds.

Celui-ci l'accueillit avec un rictus appréciateur.

— Je suis conscient de ta fatigue, chaton, je te suis reconnaissant pour tes efforts. Tu es magnifique dans cette robe, vraiment splendide. J'ai beaucoup de chance.

Elle le remercia d'un sourire. Il savait toujours quoi dire et quoi faire, avec elle. Elle se souvint avec tendresse du début de leur histoire, lorsqu'il mettait un point d'honneur à exaucer ses moindres désirs. Le prince charmant, avait-elle pensé au beau milieu de cette période féerique de son existence. Evidemment, la vie au quotidien était bien différente, mais c'était la vie, n'est-ce pas ?

Il lui avait préparé sur le comptoir un verre de chardonnay frais et même une assiette de carottes à grignoter. Et une petite pilule qui lui ferait voir la vie en rose. Elle leva son verre à sa santé et s'assit sur un tabouret de bar.

— Tu connais la dernière avancée sur le testament d'Anne Arnotte, je présume ? lui lança-t-il alors qu'il lui tournait le dos et se tortillait derrière ses fourneaux.

Xavier était bien la seule personne de sa connaissance capable de se trémousser sur *Peer Gynt*. Une vague de tendresse la submergea. Il sait prendre soin de moi, se dit-elle en faisant passer son comprimé avec une gorgée de vin. Je dois arrêter d'être négative et de considérer seulement ce qui ne me plaît pas. J'ai un homme magnifique, doté de passions élégantes, qui a un avis sur la mode féminine et qui me pousse à être la meilleure version de moi-même. De quoi est-ce que je me plains, alors que mes copines de fac, que je ne fréquente plus, se lamentent sur leur patapouf qui s'empiffre de pizzas en regardant des matchs de foot, incapable de distinguer une blouse Kiabi d'un chemisier Hermès ? Avec un petit hoquet de rire, elle reprit une gorgée de vin.

Xavier se tourna vers elle. Elle lui sourit, étonnée qu'il ait entendu son gloussement. Puis elle réalisa qu'il venait de lui poser une question. Elle avala de travers, dans sa hâte à répondre. Xavier se retourna vers les fourneaux. Reposant son verre bruyamment, Jeanne s'assura qu'elle n'avait pas recraché sur sa robe.

— La capitaine Ibar m'a appelée ce soir, dit-elle un peu fort en masquant du mieux qu'elle le pouvait le brusque accès de panique qui flambait dans ses veines.

Elle chercha un torchon tout en parlant, épongea les gouttes qui avaient éclaboussé le comptoir. Ça sentait le romarin et le vin jaune, et peut-être une pointe de curry. Dans le wok, de tout petits bouillons agitaient doucement un liquide ocre.

— Elle m'a raconté, pour le testament. C'est incroyable, cette histoire ! Et tu ne m'avais rien dit !

— Secret professionnel, ma chère, répondit Xavier, goguenard, par-dessus son épaule. Ils l'ont retrouvé, le bienheureux légataire ?

— Il n'en savait rien, ne la connaissait pas.

— Il a un alibi ?

— Sa copine !

— Et qu'est-ce qu'ils en pensent, les flics ? Il y a des preuves contre lui ?

Jeanne n'avait rien mangé de la journée et le chardonnay se ruait dans ses veines à la vitesse d'un cheval au galop. Elle se sentait bien, détendue, et d'humeur guillerette. Entraînée par l'euphorie du moment, elle se risqua à plaisanter :

— Secret professionnel, mon cher.

Xavier pirouetta sur ses talons et Jeanne vit avec horreur une goutte de curry quitter la cuiller en bois, puis louper Xavier et s'écraser sur la porte du four. Elle reprit sa respiration.

— Les flics ne pensent pas, répondit-elle avec un peu de précipitation. Ils suivent mes instructions.

Xavier sourit lentement. Cette barbe poivre et sel soigneusement taillée et ces boucles sur le sommet de son crâne, en allongeant son visage, adoucissaient la dureté de ses traits. Planté ainsi au milieu de la cuisine, habillé et coiffé comme une star de cinéma, il lui faisait plus envie que jamais. Inexplicablement, elle ressentit une bouffée de jalousie à l'idée que la femme de Tervier, celle de Levrard ou encore celle de Thibault, tous des confrères, allaient le rencontrer pour la première fois. Puis le bon sens reprit le dessus. De quoi es-tu jalouse ? se demanda-t-elle. Il est à toi. Personne ne va te le prendre. Personne ne rivalise avec toi.

Personne ne peut être sa chienne comme tu sais l'être.

Anne

Je vous ai cherchés. Je vous ai cherchés partout. J'ai téléphoné. J'ai posé la question aux autres, à ceux qui vous connaissaient. Vous aviez disparu. Vous étiez partis. J'avais besoin de vous et vous n'étiez pas là.

Mère avait raison, alors.

« Ton comportement est la clé de tes relations avec autrui, Anne. Montre que tu es droite, honnête et qu'on peut compter sur toi, et tu auras des amis droits, honnêtes et fiables. Comporte-toi comme une traînée, on te traitera comme une traînée. » La première fois qu'elle m'a fait cette leçon, j'avais onze ans et j'avais volé du rouge à lèvres dans son cabinet de toilette. Comme j'aimais ce rouge puissant, gourmand, épais ! Je le transportais depuis trois jours dans ma trousse, comme ça, sans rien faire d'autre que l'ouvrir pour contempler le bâton velouté et brillant, pour respirer son odeur. Jusqu'à ce qu'il soit temps de passer à la vitesse supérieure. Je l'avais alors appliqué sur mes lèvres pendant la récré. Je me souviens encore de la jubilation qui avait suivi le parcours du bâton sur mes lèvres, de la caresse de cette crème épaisse et grasse sur ma bouche, de son goût un peu âcre. Malheureusement, mère Fernande m'avait surprise et avait illico presto téléphoné à Mère. Qui était arrivée dans l'heure, furieuse comme jamais, et m'avait déversé le sermon le plus interminable de toute mon existence.

Je n'ai jamais su si elle voyait une menace dans mes seins tout frais qui poussaient, dans mon corps qui s'allongeait, perdait ses rondeurs d'enfant afin d'en extirper les grandes jambes et les longues mains que j'ai maintenant. Je n'ai jamais su si elle y voyait le reflet de ses peurs, de son égoïsme, ou si, déjà, elle comprenait qu'elle ne parviendrait pas à me mater comme elle avait été matée, elle, enfermée dans la case étroite que l'aristocratie réserve aux jolies femmes, celle d'une vie de paillettes et de sourires, de façades miroitantes et d'existences vides.

Parler de ma mère n'est pas chose aisée. Vous allez penser que je la dénigre par plaisir, que je profite là de l'occasion de me venger. S'il y a une chose que vous devez savoir à propos de Mère, c'est qu'elle est tout entière dominée par une obsession de la perfection qui n'est rien d'autre que la patiente construction d'un décor de cinéma dont la face cachée n'intéresse personne. Vous n'imaginez pas comme elle m'a fait la guerre pour faire disparaître mon strabisme ! Combien d'ophtalmos j'ai vus ! Combien de paires de lunettes toutes plus extravagantes les unes que les autres elle a achetées pour essayer de corriger cet œil qui s'obstinait pourtant à chercher l'autre du regard ! Et les dentistes et les orthodontistes ! J'ai cassé tous les appareils, je me suis déchiré l'intérieur des joues pour échapper aux instruments de torture qu'elle m'imposait pour rapprocher mes incisives, mes « dents du bonheur », comme les appelait Père. Père laissait à Mère une grande latitude dans mon éducation. Il n'intervenait que pour poser des limites, ce qui est arrivé lorsque, après que j'eus piétiné la quatorzième paire de lunettes, Mère a voulu m'imposer une chirurgie correctrice déconseillée chez les enfants.

Mère aurait dû jouer au poker. Elle maîtrise l'art d'adopter en toute circonstance l'attitude et la posture qu'on attend d'elle, sans jamais le moindre faux pas ni la moindre hésitation. Tout le monde l'adore, évidemment, parce qu'elle donne à chacun ce qu'il attend d'elle. Père a trouvé une épouse dévouée capable d'organiser au pied levé un dîner d'apparat en trois heures, mes profs voient une mère totalement impliquée dans les études de sa fille, le boulanger du village claironne à qui veut l'entendre que sa baguette tradition est la meilleure que Mme Arnotte ait jamais dégustée – Mère ne mange pas, elle déguste. Je suis sans doute son seul échec. Elle m'a rêvée à son image, m'a traînée de cours particulier en cours particulier, n'a accepté qu'après une haute lutte qu'elle a finalement perdue, que j'aille à l'école du village. Et tout ça pour quoi ?

Si vous interrogez Mère, je suis certaine qu'elle niera tout. Et qu'elle vous racontera, des larmes dans les yeux, un mouchoir bordé de dentelle serré dans ses mains maigres aux doigts fins, comment elle a dû se résoudre, un bel après-midi de juin, à me conduire elle-même dans un établissement suisse spécialisé dans le traitement des addictions. Si vous disséquiez sa vie, vous verriez en elle une femme d'une conscience sociale et d'une droiture remarquables : éducation chez les sœurs, mariage précoce avec un grand bourgeois nantais, difficultés terribles à concevoir l'ayant entraînée dans des activités de dame patronnesse admirables – c'est elle qui a mis en place la Maison des Parents –, puis l'enfant miracle qui arrive à l'aube de la quarantaine. Elle a tout de suite vu la possibilité de créer un prolongement d'elle-même, m'a réservé des places dans les meilleures écoles privées anglaises dès ma naissance, a fait venir une nanny à plein temps, puis une gouvernante. Elle s'est aperçue que la docilité dont elle-même se rappelait avoir fait preuve n'était peut-être pas dans mes gènes et a donc engagé une préceptrice, en plus de la gouvernante, pour m'inculquer les bases de la culture générale nécessaire à une dame ainsi que la bonne éducation seyant à notre statut social. Rien n'y a fait. Alors elle a changé de masque. Elle est devenue Mme Parfaite, affublée de la plus insupportable, de la plus rétive de toutes les petites filles du village, celle qui refusait de se plier aux règles. Elle n'avait plus d'autre choix que de me mater, n'est-ce pas ? Qui sait comment j'aurais pu tourner sans sa présence vigilante, son exigence constante, sans les punitions qu'elle m'infligeait avec une régularité et une sévérité qui forçaient l'admiration. C'est pour son bien, voyez-vous. Qui aime bien châtie bien. Une correction n'a jamais tué personne. Jusqu'à ce que je cède. Et qu'elle réussisse. A me faire devenir comme elle.

La maîtresse des masques. La reine des apparences.

Elle a adoré. Me montrer. Me sortir. M'exhiber comme un joyau. Ma fille, c'est cette blonde époustouflante là-bas, dans une robe rubis. La reine des rallyes. La présidente d'honneur du comité d'entreprise de la biscuiterie. Préposée aux distributions de cadeaux de Pâques et de Noël.

La coqueluche de la bonne société et des ouvriers de Père.

Comment j'ai pu, moi, duper Mère restera un mystère.

« Je leur ai téléphoné. Tout est réglé. Ils t'attendent. »

Ce sont les derniers mots que j'ai entendus de sa bouche. Elle les a prononcés dans le silence assourdissant de notre grosse Mercedes noire exactement trente minutes après notre départ précipité. Nous avons roulé sans nous arrêter jusqu'à Zurich. Je ne l'ai plus jamais revue. Plus jamais.

4

Mercredi 29 mai

4 h 35

Céleste

— Attention. Top. Intervention !

Deux policiers coururent jusqu'à la machine à café en riant. Céleste frissonna. Elle avait eu du mal à dormir.

Elle posa son mug sur son bureau et retira le couvercle pour en humer l'odeur. Elle ne s'accordait qu'une tasse avant une intervention – trop de caféine risquait de la pousser vers ses limites. Un collègue de nuit traversa la salle commune, lui adressa un signe de tête machinal avant de détourner le regard. A l'accueil, les policiers de service n'avaient pas été plus chaleureux. Pas grave. Céleste sourit malgré elle, toute au plaisir de l'anticipation.

Pour tuer le temps, elle tira sa chaise à roulettes et s'y laissa tomber. Marie était – encore – de garde la veille, si bien qu'elle n'avait pas pu lui rebattre les oreilles avec ses recommandations et ses réserves quasi maternelles.

Elle observa les Post-it qu'Ithri avait laissés sur son bureau, la veille. Il avait pris rendez-vous le vendredi suivant avec la légiste pour examiner les tatouages d'Anne Arnotte à la lumière noire. Il avait consulté les comptes bancaires de l'héritier, noté qu'il était à l'abri du besoin. Céleste songea qu'être à l'abri du besoin n'était qu'une question de point de vue et qu'Ithri n'avait peut-être pas beaucoup d'expérience en la matière.

Il avait aussi pris la liberté de faire quelques recherches sur le tatoueur présumé, qui se faisait appeler « Menreiki Sensei », un certain Stéphane Destran. Tous les détails se trouvaient dans son rapport. Le tatoueur avait eu un accident de moto l'année précédente. Une mort sans mystère, d'après le rapport de police, un banal et triste refus de priorité.

Les membres du groupe de Joubert et les autres collègues de la police judiciaire arrivèrent au compte-gouttes sans qu'aucun d'entre eux vienne la saluer. Elle repéra bien vite les policiers que la BRI leur avait affectés, trois hommes en tout et pour tout, qui se tenaient un peu à l'écart. Elle traversa la pièce pour les rejoindre et se présenter. A leur expression, Céleste comprit qu'ils savaient parfaitement qui elle était avant même qu'elle n'ouvre la bouche. L'un d'eux lui tapota l'épaule pour la saluer, ses yeux plongés dans les siens, et elle fut émue par ce geste de soutien familier. Les autres s'assirent près d'elle pendant le briefing de Joubert, en appui silencieux. Ceux-là ne croyaient pas qu'elle était un monstre ni un boulet.

A 5 h 30, le convoi s'ébranla, voitures banalisées et van d'unité d'intervention. L'équipement pesait sur les épaules, la tête, le cou, les jambes de Céleste. Son cœur battait la chamade comme un chevreau fou dans un champ de luzerne. Elle savoura la sensation déconcertante d'être de nouveau entière. Comme si l'attirail, au lieu de la clouer au sol, la libérait.

A 5 h 57, les dix policiers du groupe, appuyés par Céleste et les hommes de la BRI, fortement protégés et encagoulés, s'étaient réparti les accès de la petite maison où le suspect, un certain Damien Urvoa, avait été logé, sans qu'on sache s'il était accompagné ou pas de celui que les stups désignaient comme son lieutenant.

A 6 heures exactement, l'ouvre-porte hydraulique entra en action. Les policiers firent irruption dans la maisonnette, déferlant dans les pièces qui leur avaient été assignées. Joubert s'était réservé la chambre d'Urvoa et il avait gagné le gros lot. Le suspect dormait à poil et son premier réflexe ne fut pas de riposter mais de cacher pénis et testicules, ce qui facilita son arrestation.

A 6 h 15, il était menotté, la mission terminée et les policiers mobilisés avaient sécurisé le périmètre. Par chance, les effectifs avaient été surestimés, si bien qu'il n'y avait pas la moindre égratignure à déplorer du côté des forces de l'ordre. Le commissaire Quémeneur était enchanté.

A 6 h 30, Damien Urvoa couinait comme un porc sur le canapé du salon et Olivier Joubert gisait sur le parquet flottant, recroquevillé en chien de fusil. Quémeneur, quant à lui, avait l'allure d'un boxeur sonné par un uppercut.

Urvoa n'avait pas très bien réagi à la lecture de ses droits et à l'annonce de sa garde à vue, et avait foncé tête la première sur Joubert. Surpris, ce dernier avait titubé avant de se reprendre. En temps normal, il aurait attrapé Urvoa par le col de sa chemise ou de son tee-shirt. Seulement voilà, Urvoa était torse nu.

Etonnée que son collègue se soit laissé surprendre par un suspect considéré comme dangereux, Céleste avait esquissé le geste de se précipiter pour l'aider, mais Quémeneur, qui se trouvait près d'elle, l'avait retenue par le bras.

En conversation avec la procureure pour faire un point sur la situation, il avait posé son téléphone sur sa poitrine et chuchoté à Céleste :

« Laisse-le-lui. »

Elle avait regardé le visage blême de son collègue, en position de combat. Ils étaient neuf autour de lui. Urvoa était un imbécile. Il n'avait aucune chance de s'échapper.

« C'est toi ! avait beuglé Joubert, l'air mauvais. C'est toi qui l'as cramée ! »

Céleste avait jeté un coup d'œil à Quémeneur, sans comprendre. De quoi parlait Joubert ? Etait-il si obsédé par son affaire qu'il en venait à se tromper d'intervention ? Etait-ce une séquelle de sa bagarre du samedi précédent ? Il perdait la tête.

Joubert s'était élancé. Urvoa, toujours nu, avait fléchi les jambes, prêt à encaisser l'impact – ou à l'esquiver, c'était difficile à dire. Il était plus grand et plus lourd que le policier, et probablement plus vicieux, mais la technique du premier l'avait emporté sur celle du second, qui s'était trouvé, en moins de temps qu'il n'en faut pour l'écrire, étalé par terre à plat ventre, les mains dans le dos, les soixante-quinze kilos de Joubert concentrés dans un genou enfoncé dans son flanc. Il aurait pu en profiter pour lui donner un coup dans les testicules ou le passer à tabac, avait songé Céleste, à qui cela n'aurait fait ni chaud ni froid.

Au lieu de saisir l'occasion de tabasser son suspect, Joubert l'avait relevé par le bras, demandé qu'on lui apporte de quoi s'habiller, puis s'était effondré au sol.

La plus grande confusion s'était alors installée, les policiers s'élançant soit vers leur collègue soit vers l'homme menotté, qui protestait de son innocence dans le langage fleuri qu'affectionnent les racailles des cités. Céleste était restée bras ballants, inutile.

Dans un coin de la pièce, un collègue appelait une ambulance. Quémeneur, penché au-dessus de Joubert, écarta avec vigueur les autres flics.

— De l'air, de l'air ! tonna-t-il. (Puis, un ton plus bas :) Olivier ! Réponds-moi.

Le sexe toujours à l'air, Urvoa était fermement maintenu sur le canapé par deux collègues, alors qu'un troisième policier surgissait de la chambre avec une chemise et un pantalon.

Le flic au téléphone avec le 15 s'approcha de Joubert.

— Non, sa tête n'a rien heurté, il n'y a pas de sang. Attendez. (Eloignant le téléphone de son visage, il s'adressa à Quémeneur :) Vous avez pris son pouls ?

Le commissaire saisit le poignet de Joubert entre deux doigts. Sa main tressautait et, recroquevillé, il se tenait l'épaule. Des gouttelettes de transpiration perlaient sur son front et il haletait comme s'il venait de courir un cent mètres. D'où elle était, Céleste le voyait secoué de haut-le-cœur. Quelque chose étreignit la poitrine de la policière, pas un pressentiment, plutôt une certitude.

— Est-ce qu'il a mal à l'épaule ? demanda-t-elle.

Personne ne réagit. Elle se rapprocha.

— Est-ce qu'il a mal à l'épaule ? répéta-t-elle en haussant la voix.

Quémeneur se tourna vers elle, l'air courroucé. Le cordon de flics, en revanche, se laissa impressionner et s'ouvrit devant elle. Elle s'agenouilla près de Joubert. Toucha sa peau. Froide et moite. Le policier s'agita, gémit. Céleste toucha son ventre. Dur, gonflé. Le pouls affolé.

Elle arracha le téléphone des mains du collègue et articula très distinctement :

— Urgence vitale ! Envoyez une équipe immédiatement. Rate éclatée.

Dans un silence de mort seulement troublé par les rugissements d'Urvoa, Céleste énuméra les symptômes qu'elle connaissait par cœur, comme tous les flics d'intervention. Pâleur, transpiration, position fœtale, douleur dans l'épaule, nausées, ventre dur à la suite d'un coup violent. Elle évoqua la lutte du week-end précédent.

Elle se sentait mieux que depuis des jours, des semaines. Elle avait les idées claires, l'esprit net. En contrôle de la situation, de son corps, de ses réactions. Pour un peu, elle aurait pu sentir le sang caresser l'intérieur de ses vaisseaux sanguins.

A l'autre bout du fil, l'opérateur avait tout de suite activé le protocole d'urgence. Presque une minute s'écoula. Le médecin du 15 reprit :

— L'équipe est partie. Je vous envoie aussi un groupe qui est sur une urgence non vitale. Ils arriveront peut-être avant.

Quémeneur se mit à faire les cent pas en se rongeant les ongles, renvoyant sèchement les policiers à leur perquisition.

Joubert perdit connaissance juste avant que la sirène deux tons du SAMU ne retentisse. Le véhicule ne s'était pas encore arrêté que deux hommes bondirent du camion et se précipitèrent à la suite du policier qui les guettait dans la rue. Deux autres infirmiers suivaient, portant un brancard. En deux minutes, Joubert était parti, dans le vacarme de la sirène et le crissement des pneus. « Hémorragie interne massive », avait lancé le médecin du SAMU avec cette façon caractéristique de mélanger extrême tension et calme olympien.

Quémeneur se tourna avec lenteur vers Céleste et la fixa longuement. Elle soutint son regard puis, n'y tenant plus, tourna les talons pour rejoindre les deux collègues qui fouillaient la chambre d'Urvoa. Elle portait encore son équipement, ce dont elle se moquait. Elle avait besoin de faire quelque chose, d'évacuer l'adrénaline. Idéalement, elle aurait aimé courir, frapper quelqu'un ou quelque chose, mais elle ne pouvait pas piquer un sprint en tenue de tortue Ninja au cœur d'une cité sensible. Cogner sur le suspect ne semblait pas non plus être une option.

La chambre d'Urvoa était grande et dotée de lits jumeaux. Des couettes blanches gisaient par terre, à demi cachées par les matelas tirés des sommiers. Le mur du fond était intégralement tapissé de livres. Intriguée, Céleste s'approcha. Des polars, des pamphlets, quelques livres politiques. Un essai de sociologie intitulé *La Violence des riches* sur la table de chevet séparant les deux lits. Céleste le saisit. Le livre s'ouvrit sur un passage surligné en jaune : *Le corps porte les stigmates, positifs ou négatifs, de ses origines et de ses conditions de vie.* Céleste esquissa un sourire. Voilà une lecture qui ne collait guère avec le portrait de Damien Urvoa, dressé le matin même par Joubert. Elle retourna le livre pour le reposer sur la table de chevet. Une photo en dégringola et voleta jusqu'au sol.

Céleste se baissa pour la ramasser et demeura interdite. La photo était ancienne, mais on reconnaissait sans difficulté la crinière indomptée et la peau laiteuse d'Hortense Germain.

— Oh, mon Dieu, qu'est-il arrivé à ton visage ?

Un choc. Un choc en plein cœur.

Céleste fixa Jeanne, qui se précipitait vers elle. Ses cheveux étaient longs, à présent, elle avait des ridules aux coins des yeux et de la joaillerie autour du cou, et pourtant c'était la même Jeanne, avec ce pas énergique et ce déhanchement si particulier. A l'époque, déjà, elle marchait comme un général, prête à pulvériser les obstacles qui se mettraient sur sa route. A attaquer le sol de la sorte, elle avait cassé un de ses talons hauts, un jour, et Céleste avait ri à en perdre haleine. Elles l'avaient appelé son « talon d'Achille ».

Sous le regard interloqué de Quémeneur et des quelques policiers présents, Jeanne s'arrêta brusquement à quelques centimètres du visage de Céleste. Elle ne semblait pas du tout surprise de la voir. Evidemment. Un nom pareil. Elle avait dû le remarquer dans la paperasse. Pourquoi n'avait-elle rien dit ? Elle portait un autre parfum.

Il y avait des paillettes dans ses yeux. Céleste s'en souvenait, maintenant. A quelques mètres d'elle, un de ses collègues fit tomber un tas de papiers sur le sol, dans un bruit sourd. Une odeur de poussière lui monta aux narines.

Jeanne laissa retomber la main qu'elle allait lever vers le visage de Céleste. D'une voix métallique, cette fois, elle répéta :

— Qu'est-il arrivé ?

— Blessure en service, répondit Céleste, bien consciente des regards braqués sur elles. Je te raconterai, ajouta-t-elle un ton plus bas.

Elle tourna la tête vers Quémeneur et les autres flics, qui observaient la scène en silence. Le commissaire faisait cette drôle de tête, avec un seul sourcil levé, qui traduisait sa perplexité, tandis que les deux autres flics avaient adopté une expression de curiosité. Douloureusement consciente d'être le centre de l'attention et d'ouvrir la porte à un flot de ragots, Céleste choisit de faire comme si de rien n'était et d'agir avec Jeanne comme elle l'aurait fait avec n'importe quel substitut. Elle agita la photo d'Hortense.

— C'était dans un livre, sur la table de chevet. Il s'agit d'une personne impliquée dans la mort d'Anne Arnotte. La petite amie du suspect.

Jeanne la considéra froidement. Il émanait d'elle une vague d'hostilité qui prit Céleste par surprise.

— Ce ne serait pas la première femme à avoir eu plusieurs amants dans sa vie.

C'est bien à toi de me dire ça, songea Céleste. Elle regarda la photo, se concentra sur ses souvenirs de la jeune femme rousse. Elle avait l'air plus jeune, les traits lissés, le sourire dans les yeux et toujours ces boucles rousses et soyeuses qui tombaient en cascade. Nantes n'était pas une si petite ville pour qu'un flic tombe par hasard sur la même personne impliquée dans deux affaires différentes. Pourtant, quelle était la probabilité pour que deux femmes aussi différentes que Miyako et Jeanne ressurgissent dans sa vie quasiment le même jour après toutes ces années ?

Quémeneur se rapprocha des deux femmes.

— Jeanne, à propos de l'intervention…

Jeanne fit volte-face :

— Oui, bien sûr. Une minute, Pierre.

« Pierre ? » Dans un geste douloureusement familier, la procureure rassembla sa masse de cheveux sur une épaule puis la renvoya dans son dos. Céleste aperçut les grains de beauté disposés en triangle sous l'oreille gauche de Jeanne. Elle vit aussi une alliance briller à son annulaire.

— Je veux que tu mettes le paquet sur le mec qui hérite. Il n'y a pas meilleur mobile que l'argent. On n'a que sept jours pour l'enquête en flagrance, il faut que je sache si je dois ouvrir une information judiciaire d'ici là.

Jeanne avait la voix sèche comme un coup de fouet.

Un jour, alors qu'elles étaient toutes les deux étudiantes et au premier rang du cours du professeur Gaudissant, Céleste avait effleuré l'avant-bras de Jeanne, juste pour voir ses poils se hérisser. Le ton qu'avait alors pris la jeune femme pour lui signifier de ne jamais recommencer était du même acabit. Céleste hésita à tourner les talons pour rentrer au commissariat, puis elle se souvint qu'elle était venue avec des collègues et n'avait donc pas de voiture à disposition. Elle acquiesça avant de se détourner de la substitute et du commissaire, qui lui faisait un compte rendu des événements de la matinée.

En quelques pas, elle fut à l'extérieur de la maison. Le temps était de nouveau en train de tourner et le soleil perçait les nuages. Avisant une chaise en plastique blanc, elle s'y installa, les jambes allongées. Elle n'était pas préparée à repenser à Miyako, ni à revoir Jeanne. Et elle n'était pas préparée à être troublée après tout ce temps.

Pas question de s'interroger sur le sentiment qui lui essorait l'estomac. A la place, elle pensa à Marie, à sa peau de soleil, à ses yeux rieurs et à ses mains douces. Elle pensa à sa vie, à leurs filles, au quotidien qu'elles avaient choisi, à sa voiture, à l'herbe à tondre, et se demanda s'il fallait passer au drive en rentrant. Même si, à l'intérieur, c'était inexplicablement tout vide et tout noir.

Son téléphone vibra dans la poche arrière de son pantalon, mais le temps qu'elle mit à réagir et l'extirper lui fit manquer l'appel. Elle espérait y voir affiché le prénom Marie, mais c'est Ithri qui avait laissé un message.

« Dites, patron, vous rentrez bientôt ? La voiture du suspect... Elle s'est fait flasher rue de Strasbourg à deux cents mètres de chez la victime. Samedi soir. A 23 heures. Et l'enquête de voisinage que vous avez demandée... Il y a une voisine qui a vu une grande blonde entrer chez lui, mardi dernier. »

8 h 38

Docteur Sidler

Le docteur Sidler s'installa à la table ronde pour prendre son petit déjeuner. Cela faisait bientôt un mois que Françoise et lui étaient partis de leur chalet de l'Oberland bernois pour visiter les châteaux de la Loire. De l'avis de Rudolph Sidler, ils avaient vu assez de vieilles pierres et de jardins à la française pour les vingt années à venir. Ils avaient aussi suffisamment rencontré de Français et, pire encore, de compatriotes suisses en vacances qui se comportaient comme en pays conquis. La France, c'était une idée de Françoise, évidemment. Françoise et sa passion pour la Renaissance française. Il aurait préféré aller à Rome ou à Florence, où, au moins, le soleil brillait. Il se réjouissait de bientôt reprendre sa Mercedes pour rentrer à la maison.

Françoise s'était révélée plus infatigable que jamais et intraitable sur le programme de visite. Heureusement, pour compenser, il y avait les restaurants. Elle surveillait sa ligne mais ne refusait jamais à Rudolph un dessert supplémentaire, si bien que le tour de taille de ce dernier, malgré les kilomètres arpentés dans des couloirs balayés par des vents glacés, avait pris quelques centimètres. Il était temps de rentrer et de retrouver les délices de son terroir, fromages moelleux et meringues double crème, qui n'avaient jamais fait grossir personne.

D'ici là, pas question de tourner le dos aux viennoiseries que le serveur venait de déposer obligeamment sur la table. Le docteur Sidler déploya son journal, profitant de l'absence de Françoise, occupée à boucler les valises. Il allongea le bras pour saisir un croissant, qu'il porta négligemment à sa bouche tout en parcourant les articles de la page internationale. Il cessa de mastiquer après avoir commencé à lire les nouvelles locales.

DÉCÈS SUSPECT D'ANNE ARNOTTE

La police judiciaire est chargée d'éclaircir les circonstances entourant la mort de Mme Arnotte. Un inconnu hériterait de la totalité de la fortune de l'industrielle.

Est-ce un mobile de crime ?

Rudolph Sidler posa lentement son croissant. Une miette se colla sur sa glotte et il se mit à tousser bruyamment, faisant se retourner les clients de l'hôtel. Qu'importe. Il ne lâcha pas son journal, atterré par sa lecture.

La fortune dépensée par la famille Arnotte pour l'hospitalisation de leur fille n'avait pas eu d'impact sur leur train de vie, constata-t-il en parcourant avidement l'article.

Il se sentait vaguement coupable de n'avoir pas maintenu le contact avec son ancienne patiente après qu'elle avait intégré l'Ecole polytechnique de Zurich, alors qu'il éprouvait à son égard une tendresse quasi paternelle. Mais il avait pris cette décision en conscience, sachant qu'il appartiendrait pour toujours, à ses yeux de jeune femme, à un passé douloureux dont il lui avait appris, espérait-il, à se libérer. L'ombre d'un doute s'insinua dans son esprit au fur et à mesure de sa lecture. Qui léguerait sa fortune à un homme rencontré quelques semaines auparavant ? S'était-il trompé sur sa rémission ?

Puis le bon sens reprit le dessus. Après tout, les journalistes se préoccupent surtout de sensationnalisme. Il y avait sans doute une explication parfaitement rationnelle là-dessous. Comment avaient-ils fait pour connaître aussi vite le contenu du testament, d'ailleurs ?

Quel cruel destin, pensa-t-il enfin. Mourir assassinée pour son argent, qu'y avait-il de plus sinistre ?

Il se demanda, comme souvent, si certaines personnes naissaient sous une mauvaise étoile. Il lui semblait que le sort s'acharnait sur certains, alors qu'il en épargnait d'autres, comme lui, les laissant traverser l'existence avec aisance.

Il se promit, une fois rentré chez lui, de suivre l'affaire dans la presse.

Anne

Je vais à la gendarmerie. Paola m'y conduit.

Nous y allons dans sa 4L bleu ciel avec des sièges en skaï. Paola soupire et ne parle pas. Elle regarde fixement la route, les mâchoires crispées, les bras tendus, mains serrées sur le volant. Elle marmonne, en espagnol, « *hijo de puta* » en boucle. Elle se gare un peu n'importe comment et fait le tour de la voiture pour m'aider à descendre. J'ai peur d'avoir laissé du sang sur son siège, malgré la serviette que j'ai collée dans ma culotte. Paola passe un bras sous le mien. J'ai mal quand je marche. J'ai fourré mon nin-nin dans une poche et j'y enfonce la main. Sa présence me rassure.

La gendarmerie de Saint-Erembert, c'est un pavé gris percé de fenêtres carrées qui ont presque toutes des barreaux. Pour y entrer, on sonne à la grille, puis à la porte. On est accueillies dans une pièce sombre, où deux gendarmes discutent derrière un bureau. Il y a des chaises en plastique. Sur l'une d'elles, un homme maigre et sale, le cheveu rare, gras, vêtu d'un costume marron lustré, se cure le nez, un sac en plastique près de lui. Il dégage une vague odeur de rance.

Je vois bien que je dérange. L'un des gendarmes est jeune, avec des cheveux blonds ondulés et des dents blanches, et il me détaille de haut en bas, un demi-sourire aux lèvres, un poing sur la hanche. Je sens du sang qui coule, j'ai peur que ma serviette déborde. L'autre gendarme est plus âgé. Il a une grosse moustache, les sourcils broussailleux.

— C'est pour quoi ? me demande-t-il.

Son ton est brusque. Il est furieux d'être coincé ici un dimanche et il n'a pas envie de perdre son temps. Il pense à tous ses collègues qui profitent de cette première belle journée d'été et qui sont sans doute à la plage pendant qu'il se tape une astreinte.

Je réponds dans un murmure. J'ai envie de déguerpir, de prendre mes jambes à mon cou, de m'enfuir et de retrouver l'asile chaleureux de mon lit.

— Je n'ai pas entendu, vous pouvez parler plus fort ?

— Une plainte.

Je répète ma réponse un peu plus fort et me retourne pour vérifier que l'homme assis ne peut pas entendre.

— Une plainte pour quoi ?

La voix du gendarme est nette, une voix d'autorité, celle d'un homme qui a l'habitude qu'on obtempère. Les mots ont du mal à passer la barrière de mes lèvres. Je sais ce qui m'est arrivé. Je peux le nommer. Pourquoi est-ce que je n'arrive pas à le dire ? Je me tourne vers Paola et je lui adresse une supplique muette. Ma bouche est obstinément fermée. Si je le dis, ça va devenir réel. Ça va devenir vraiment vrai, comme un monstre auquel j'accepterais de donner vie. Paola s'avance vers le comptoir et s'apprête à parler, mais le gendarme l'en empêche d'un simple geste de la main.

— Vous êtes la mère ? demande-t-il d'un ton rogue.

Pauvre chère Paola, avec son sarrau de travail acheté par correspondance chez Quelle et ses grosses mains ridées, rougies par les produits ménagers et la cuisine qu'elle nous fait avec amour. Elle secoue la tête avec déférence et fait un pas en arrière, comme je l'ai toujours vue faire avec Mère. Une bouffée d'émotion me serre le cœur et mes yeux se remplissent de larmes. Je n'ai pas le loisir de m'apitoyer sur le sort de Paola, parce que le jeune gendarme reprend brusquement :

— Vous avez une pièce d'identité ?

Paola fouille dans son sac noir, solide, pratique, et en extrait mon passeport. Il est corné parce qu'il a été beaucoup utilisé. Le gendarme le lui arrache des mains et commence à le feuilleter. URSS, Pologne, Etats-Unis, Canada, Kenya, Espagne, Suisse, mon passeport est envahi de coups de tampon et de dates qui montrent à quel point ma vie est intense et cosmopolite, mais aussi qu'il y a de l'argent, là-dedans. Le jeune gendarme dicte à l'autre, à voix claire et haute, mon nom de famille et mon prénom. Il demande si j'ai un rapport avec les Biscuiteries, je réponds que oui, c'est mon père. Le type derrière, sur sa chaise en plastique, s'est redressé. Il écoute, maintenant. Le gendarme prend un air entendu pendant que l'autre écrit, puis décroche son téléphone.

— J'ai une mineure, là, Robert, tu peux vérifier ?

Une nouvelle fois, mon nom est épelé. Je ne sais pas ce que Robert doit vérifier. J'ai mal au dos, j'ai mal aux épaules, j'ai mal au ventre, j'ai l'impression que tout se noue à l'intérieur de moi, comme si mon corps s'essorait lui-même, fort, pour extraire tout ce sang qui s'écoule. Je ne bouge pas. Le gendarme, le plus vieux, me dévisage, consulte mon passeport. Il raccroche après un « merci » sec.

— Alors, pourquoi tu veux porter plainte ?

Je sens une grosse boule remonter dans ma gorge, comme si les mots s'étaient agglomérés et qu'ils restaient coincés. Je crispe les mâchoires pour que mon menton ne tremble pas. J'ai du mal à respirer.

— Si tu ne parles pas, on ne peut rien pour toi, insiste le gendarme.

Paola essaie d'intervenir une nouvelle fois :

— Elle a été agressée. Vous n'auriez pas un coin tranquille ?

Elle a sur le visage une expression que je n'ai jamais vue. Fermée. Les yeux profondément enfoncés dans leurs orbites, le menton relevé, la bouche réduite à une ligne fine.

Le vieux gendarme adresse un geste discret à son collègue. Le jeune se redresse en soupirant.

— Bon, venez. Non, pas vous, dit-il à Paola sur un ton méprisant.

Je le suis le long d'un couloir gris, et il me fait entrer dans une toute petite pièce meublée d'un bureau et de trois chaises. Il me fait asseoir d'un côté et prend la chaise qui me fait face. Il écarte les jambes en tirant un peu sur son pantalon. Je ne peux pas m'empêcher de remarquer la bosse que forme son sexe et, lorsqu'il surprend mon coup d'œil, son sourire s'élargit.

— Alors, jolie fille, qu'est-ce qui t'est arrivé ?

J'ai tellement chaud que les paumes de mes mains ruissellent. Je les essuie sur ma jupe. Je dois être rouge écarlate.

— T’as un peu trop excité un gars et maintenant tu viens te plaindre ?

Je crois que ma culotte est trempée de sang. La sensation d’humidité entre mes cuisses me donne la nausée.

Le gendarme se relève avec précipitation.

— Oh là ! Tu vas pas gerber, dis donc ?

Il se baisse, attrape la corbeille à papier qui traîne dans un coin de la pièce et me la fourre sous le nez. Elle a dû déjà servir : il s’en dégage une puanteur de vomi. Mes haut-le-cœur se rapprochent. La transpiration coule dans mon dos, mon visage est comme du carton. Des gerbes d’acidité remontent dans mon œsophage, je hoquette, mais rien ne sort.

Seuls persistent cette brûlure et le goût du vomi ravalé.

— Si t’étais dans cette tenue, faut pas trop t’étonner non plus, continue le jeune gendarme.

Maintenant qu’il m’a donné sa poubelle, il est plus détendu. Il pose une cheville sur son genou et se balance en arrière sur sa chaise.

— J’ai pas que ça à faire, tu sais. Des pétasses qui se trimballent en soirée habillées en pute et qui s’étonnent ensuite d’avoir été prises un peu fort, on en voit tous les week-ends. Si tu voulais pas, fallait peut-être y penser, avant de t’habiller comme ça. En plus t’es mineure. C’est tes parents qui doivent porter plainte. On les appelle ? T’as bu ? T’as fumé ?

L’image de Mère, dérangée au beau milieu de son week-end thalasso avec les Garnier pour apprendre que sa fille se trouve dans une gendarmerie, qu’elle saigne de la chatte et du cul et qu’elle ne sait même pas qui lui a fait ça parce qu'elle était trop défoncée pour avoir des souvenirs cohérents, me monte immédiatement aux yeux. Et l'image est si dérangeante que je me mets à vomir, de longs jets d'une bile âcre et acide, qui achève de me brûler à l'intérieur.

9 h 01

Inès

— Madame Fauré ?

La voix était grave, chaleureuse. Inès essuya sa paume sur son jean et changea le téléphone de main.

— Je suis maître Guilbaud, notaire à Nantes. Pourriez-vous me confirmer que vous habitez bien 17, impasse des Mésanges, à Saint-Erembert ?

— Oui.

Soupçonneuse, Inès écarta un instant le combiné de son oreille. Le numéro de son interlocuteur s'inscrivait sur l'écran. Elle se leva avec difficulté, les pieds complètement engourdis, et essaya de faire fi de la douleur qu'elle ressentit lorsque le sang se remit à circuler dans ses veines. Elle traversa la pièce en marchant comme sur des braises et saisit une feuille de papier et un crayon pour noter le numéro. Remuant les orteils et les chevilles pour activer le flot de sang dans ses pieds, elle se laissa tomber sur une chaise derrière l'ordinateur.

— Pourriez-vous m'indiquer votre date de naissance, madame Fauré ?

— Pourquoi ces questions ?

En voilà un qui va m'annoncer que j'ai hérité d'un oncle au Cameroun, songea-t-elle en pianotant. Elle avait récemment vu un reportage sur des escroqueries sophistiquées qui faisaient miroiter un héritage inattendu aux victimes pour mieux les dépouiller. L'absence de trace d'accent étranger dans la voix de son interlocuteur et le fait qu'il s'agisse d'un numéro local l'avaient retenue de lui raccrocher au nez. Ça et les bonnes manières, évidemment.

Elle dénicha un annuaire inversé en quelques clics et eut bientôt sa réponse. Le numéro était bien celui d'un notaire, dont l'étude se situait en plein centre-ville de Nantes. Elle réfléchit un instant et répondit avec réticence.

— Pourriez-vous passer à mon cabinet dans la journée ? demanda Me Guilbaud.

Inès soupira.

Lorsqu'elle s'était réveillée ce matin, les photos d'Anne et de Paul-Antoine étaient toujours étalées sur la table basse du salon, les cartons crevés vomissant leur cargaison. Inès s'était assise par terre et avait entrepris de les trier pour Constance. Elle voulait se confronter à Paul-Antoine. Mais pas tout de suite. Parce qu'il lui fallait digérer le fait qu'Anne, la droite, la pieuse, la généreuse, l'honnête Anne, avait commis exactement le même péché que lui.

Aussi, lorsque le notaire proposa à Inès de se rendre à son étude, à Nantes, hésita-t-elle, partagée entre la volonté d'en finir avec ces photos et celle de leur échapper.

Sentant peut-être son indécision, l'homme fit une nouvelle proposition. Il pouvait passer à son domicile en rentrant chez lui – d'ailleurs ils étaient presque voisins, n'était-ce pas amusant ? Il comptait quitter son bureau « assez tôt ce soir » et pouvait être chez elle vers 18 heures. Est-ce que cela lui convenait ? Inès savait que c'était imprudent, pourtant elle accepta. Qu'est-ce qu'elle risquait, avec un notaire qui avait pignon sur rue ? Voilà qui allait la forcer à mettre de l'ordre dans les photos et lui changerait les idées.

9 h 11

Céleste

Si Céleste prenait toujours sa voiture, c'était pour ne pas être dépendante du moyen de transport des autres et ne pas devoir poireauter, tributaire du bon vouloir d'une personne qui avait d'autres priorités.

Mais comme conduire sa 911 lui paraissait difficilement compatible avec son harnachement, elle s'était résignée à monter dans le van de la BRI. Elle le regretta amèrement avant même d'avoir raccroché avec Ithri.

Est-ce qu'elle pouvait appeler un taxi ? Demander un service à Quémeneur était hors de question, et attendre que la perquisition prenne fin lui semblait inenvisageable.

Par SMS, Ithri lui indiqua qu'il était passé à « la Maison des Plaisirs », comme il l'avait surnommée, avant de venir travailler, mais qu'il avait fait chou blanc. Il proposait d'y retourner plus tard dans la journée.

C'est peut-être une infirmière qui s'occupe de tout ça, écrivit-il. Avec un mari pompier, allez savoir.

S'ensuivit une salve de smileys qui arrachèrent un sourire à Céleste. Elle s'apprêtait à prier Ithri de venir la chercher lorsque Jeanne lui proposa de la raccompagner pendant qu'elles feraient un point. Sur le moment, ce fut, plus que la gratitude, un sentiment de catastrophe imminente qui serra le cœur de Céleste. Pourtant, elle ne parvint pas à refuser. Et puis, tout plutôt que glander au fin fond de cette banlieue, à étouffer sous l'équipement.

Elle consulta son téléphone. Marie n'avait toujours pas appelé. Et, comme vingt-cinq ans plus tôt, Jeanne l'attendait, le poids de son corps reposant sur une seule jambe, une hanche en avant. Céleste sentit des papillons déployer leurs ailes au fond de son estomac. Elle entendit la voix de Marie lui expliquer doctement que « tout arrive pour une raison ». Partagée entre envie et réticence, elle rejoignit la magistrate.

— C'est inadmissible, ces fuites, la sermonna Jeanne avant même que Céleste ait claqué sa portière. Comment la presse a-t-elle pu avoir vent aussi rapidement de l'enquête et du contenu du testament ?

Autant pour les papillons, pensa Céleste, douchée par la sécheresse du ton comme par le sous-entendu. Elle fit comme si de rien n'était et répondit :

— Je suis d'accord. Une idée d'où ça peut venir ?

Jeanne, qui allait faire démarrer sa voiture en appuyant sur un bouton, interrompit son geste et adressa à Céleste un regard lourd. Elle n'avait jamais aimé qu'on la contredise.

Elle passa la marche arrière.

— Qui est au courant ?

— Un paquet de monde. Le mec du SAMU, la gouvernante et son mari, la copine Inès, les collègues, le légiste et ses assistants, le légataire et sa copine, le curé… Tous ceux qu'on a interrogés, plus ceux à qui ils ont parlé.

— Pas de sa mort, du testament.

— Pas grand monde : Quémeneur, Maksen, le notaire, la secrétaire du notaire…

Inexplicablement, Jeanne botta en touche.

— Essaie de faire profil bas tant qu'on n'a pas de certitudes. Où en êtes-vous de l'enquête ?

Docilement, Céleste résuma ce qu'ils avaient appris depuis le dernier rapport de Quémeneur à la substitute, en gardant le meilleur pour la fin :

— Maksen vient de m'avertir que la voiture du suspect a été flashée à proximité du domicile de notre victime le soir de sa mort.

Jeanne tapa de joie sur son volant.

— Yes ! s'exclama-t-elle. On a tout, là, non ? Le mobile, l'opportunité…

— Mais on ne sait pas encore de quoi elle est morte. Il faut attendre les résultats de la toxicologie.

— Ça m'est égal, Céleste. Je te dépose au commissariat et tu files me l'arrêter. Prends deux, trois flics avec toi et perquisitionne, je veux que tu me ramasses tout ce qui aurait pu tuer Arnotte.

La substitute leva les bras au plafond, lâchant le volant l'espace d'un instant. Ce n'était pas le moment, évidemment, et le bras de Céleste jaillit comme une patte d'araignée pour le saisir et rétablir la trajectoire de la voiture. Jeanne lui adressa un sourire penaud.

— Désolée. Une bonne nouvelle, ce n'est pas si courant.

Céleste ne posa pas de question. La main de Jeanne, qui s'était posée sur la sienne pour reprendre le volant, lui avait fait l'effet d'une caresse de soie incandescente et l'émotion qui s'insinuait en elle, comme de la fumée sous une porte close, insidieuse, insistante, la mit mal à l'aise. Pourtant, elle ne fit rien pour la repousser.

— J'abandonne les poursuites contre ton collègue, au fait, laissa tomber Jeanne dans un silence qui s'éternisait.

Céleste mit quelques secondes à comprendre qu'elle parlait d'Olivier Joubert, le policier dont elle venait de sauver la vie. Elle espérait qu'il s'en sorte et que l'intervention ait été suffisamment rapide. Il lui faisait l'effet d'être un bon flic, consciencieux, droit, et dont les circonstances de leur rencontre n'avaient pas révélé le meilleur.

Jeanne caressait machinalement de la paume son levier de vitesse. Il faisait chaud, dans la voiture. Céleste hésita à baisser sa vitre, parce que l'odeur de Jeanne risquait de se dissiper.

Son téléphone vibra et elle le sortit de sa poche.

Besoin de te parler ce soir xo xo xo M.

Marie. De quoi voulait-elle parler ? Alors qu'elle n'avait rien fait, un sentiment de culpabilité fondit sur Céleste. Qu'est-ce qui t'arrive ? se sermonna-t-elle tandis que la voiture dévalait le boulevard Jules-Verne. Elle cligna des yeux plusieurs fois pour reprendre pied dans la réalité, toucha son équipement de badass et se souvint qu'elle était – qu'elle avait été – une policière d'élite et que ses mains avaient tué. Elle appuya sur la commande de la vitre électrique et respira l'air pollué de la ville jusqu'à ce que Jeanne la dépose au commissariat.

Quatre heures plus tard, Céleste sonnait à la porte de Killian Troarec, accompagnée d'Ithri et de trois policiers en tenue. La petite équipe s'était d'abord présentée au siège des Transports de l'Ouest, où on les avait aimablement informés que M. Troarec travaillait chez lui ce jour-là.

— Bonjour, monsieur Troarec, dit Céleste. Nous sommes ici pour perquisitionner votre domicile.

Killian Troarec hésita, puis ouvrit et se recula pour laisser les policiers entrer. Un courant d'air balaya la pièce et la porte claqua, lui échappant des mains.

Otant de gros gants de jardinage, Troarec prit le document que lui tendait Céleste et le consulta avec attention. La feuille tremblait dans ses mains. Il interrompit sa lecture, posa les gants sur un guéridon près de l'entrée et reprit la feuille. En pure perte. Perplexe, il releva la tête :

— Je ne comprends pas, dit-il. Vous cherchez des traces de la présence de Mme Arnotte à mon domicile ? Et des… des somnifères ou du poison, c'est ça ?

Cette fois, on entendait le stress lui nouer la gorge. Il est temps que tu prennes la mesure de ce qui se passe, songea Céleste.

Elle acquiesça. Killian Troarec la dévisagea quelques secondes puis précisa aux policiers :

— Soyez aimables de ne pas tout mettre en l'air, s'il vous plaît. L'armoire à pharmacie est en haut de l'escalier. (Il soupira.) Allons au jardin, si vous permettez.

Perplexe, Céleste lui emboîta le pas. Lorsqu'ils débouchèrent dehors, après avoir traversé un couloir peint en crème et une véranda meublée de rotin, Troarec s'arrêta pour observer le ciel et respirer à pleins poumons.

Le jardin de curé où il les avait menés était une merveille du genre, et Céleste regretta un instant que Marie ne soit pas là parce que c'était ce qu'elle avait toujours désiré. Clos de murs, le jardin formait un carré. Une croix matérialisée par une mini-haie de buis séparait quatre espaces distincts. Le long des murs, des rosiers en fleur. Une poubelle verte trônait près d'un tabouret. Troarec s'y assit et, après avoir remis ses gants, examina les rosiers. Il choisit une tige, la caressa du doigt puis, d'un coup sec, la trancha au sécateur. Il récupéra la partie coupée, qu'il déposa dans la poubelle.

Ithri dansait d'un pied sur l'autre pendant que durait ce manège, son regard impatient naviguant de Killian Troarec à Céleste. Celle-ci observait attentivement leur suspect. Sur son territoire, les pieds nus enfoncés dans la terre des plates-bandes, la chemise entrouverte, les mains dans des gants de jardinage, il prenait vie. Ses gestes étaient rapides et assurés. Son torse se soulevait et s'abaissait à un rythme lent.

Que se passait-il dans son crâne, quelle tempête y faisait rage ? Etait-il furieux contre lui-même de s'être fait prendre ? Terrorisé à l'idée des années d'enfermement qui l'attendaient ? Préparait-il une explication à ce que les techniciens de l'identité judiciaire allaient dénicher ? Ou bien avait-il déjà tout nettoyé et s'interrogeait-il sur ce qui avait pu échapper à sa vigilance ?

Après avoir coupé quelques tiges, l'homme se tourna vers eux.

— Hortense m'a dit qu'elle vous avait vus et qu'elle vous avait donné toutes les explications qu'elle pouvait. Est-ce qu'il vous manque quelque chose ?

Sa voix était calme, son ton aimable, mais sa parole était lente, réticente. Les muscles de ses mollets se dessinèrent, tressaillant sous sa peau.

Du coin de l'œil, Céleste remarqua qu'Ithri s'était installé sur les marches menant au jardin, coupant la seule échappatoire possible. D'un pas volontairement nonchalant, elle s'avança le long des allées du jardinet. Elle n'avait pas besoin de faire semblant d'être détendue. Sa liberté à elle n'était pas en jeu.

— C'est vous qui avez créé ce jardin ?

— C'était une friche, quand je suis arrivé. Il a fallu tout désherber, et pas question d'utiliser de grosse machine ici, elle ne pourrait pas rentrer.

De la main, Troarec désigna l'espace clos par les trois murs et la maison. La façade de ce côté était aussi soignée que celle qui donnait sur la rue.

Céleste scruta la face burinée de l'homme, ses yeux enfoncés dans leurs orbites, la plénitude des lèvres, la fossette de son menton. Quelque chose chez elle ne pouvait le croire coupable d'avoir empoisonné Anne Arnotte. Pourtant, des preuves étaient là.

— Qu'avez-vous comme plantes ?

— Du persil, du thym, du romarin, de la menthe, de la coriandre qui dépérit dans son coin, du sceau de Salomon, des pieds-d'alouette, du raisin d'Amérique, du raisin blanc, du tamier, de la verveine citronnée, de la camomille…

— Et il y a des plantes toxiques là-dedans ?

— A dose plus ou moins forte, beaucoup de plantes médicinales sont toxiques. La grande chélidoine jaune, là-bas, est formidable contre les verrues, mais le suc de la plante attaque l'épiderme et les yeux. Le tamier, que vous voyez grimper à l'assaut des pierres, était surnommé « l'herbe aux femmes battues », parce qu'en cataplasme de racine cuite il fait disparaître les bleus. Mais si vous ingérez ses baies, vous risquez des troubles digestifs importants ; il peut être mortel chez les enfants.

— Ça ne vous inquiète pas ?

— Regardez autour de vous. Jardin cerné de murs, pas d'enfants, pas d'animaux. Je ne fais courir de risque à personne.

— Et vous utilisez ces plantes ?

— Qu'est-ce que vous croyez ?

Surpris par l'agressivité du ton, Ithri releva brusquement la tête. Troarec reprit, plus doucement :

— J'en utilise certaines pour la cuisine, des tisanes, des cataplasmes. D'autres, c'est juste parce que je les trouve jolies. N'oubliez pas de dire à vos collègues de venir prendre des échantillons.

Céleste salua la fanfaronnade d'un hochement de tête.

— Ce sera fait. (Elle laissa s'écouler quelques secondes, puis :) Vous vivez seul ?

L'homme opina sans mot dire. Il contempla les têtes fanées qui s'étaient amoncelées à ses pieds, posa par terre son sécateur et se baissa pour les ramasser.

— C'est grand pour un homme seul.

Il haussa les épaules, les mains pleines de fleurs flétries qu'il déversa dans un sac prévu à cet effet à deux pas d'Ithri.

— J'aime avoir de l'espace.

Céleste ressentit soudain comme une lassitude à l'idée de ce qu'elle avait à faire.

— Où êtes-vous allé, samedi soir, monsieur Troarec ?

— Hortense vous l'a dit. Nous avons passé la soirée à Saint-Erembert, puis nous sommes rentrés vers 4 heures du matin.

— Pourquoi ne pas avoir dit la vérité dès le départ ?

— Je n'ai rien dit de faux, se défendit Troarec.

— Vous ne m'avez pas dit que vous aviez participé à une partouze.

— Je sais de quoi ça a l'air. On vous juge sur votre activité sexuelle.

L'homme s'installa de nouveau près de ses rosiers, et saisit son sécateur.

— Vous n'avez pas quitté votre soirée ?

— Non. Nous sommes rentrés directement. Et, dimanche matin, je suis ressorti à pied acheter des croissants. Nous les avons mangés au lit. Vous voulez vérifier si vous ne trouvez pas de miettes ?

Il ponctua sa proposition par un clic vigoureux de sécateur. Une branche entière dégringola par terre, éraflant son genou.

— J'irai interroger le boulanger, répondit Céleste tranquillement.

— Qu'est-ce que vous cherchez exactement ? L'assassin de Mme Arnotte ? Je vous l'ai dit, je ne sais pas pourquoi elle m'a légué tout cet argent. Je n'étais même pas au courant qu'elle m'avait couché dans son testament !

— Seulement dans son testament ?

Debout près du sac dans lequel il venait de jeter ses déchets, l'homme resta interdit quelques secondes, puis reprit en bégayant :

— Co-comment ça, « seulement dans son testament » ? Vous croyez que je couchais avec elle ?

L'idée lui sembla tellement énorme qu'il s'esclaffa nerveusement et répéta :

— Vous croyez que je couchais avec elle ? Vous ne me connaissez pas, c'est sans doute pour ça que vous pouvez proférer des énormités pareilles !

— Qu'est-ce qui vous en aurait empêché ? demanda Céleste d'un ton acide. Elle était plutôt belle, bien conservée.

— Non…

Killian Troarec secoua la tête avec force. Il balbutia :

— Vous n'y êtes pas du tout.

— Alors, dites-moi ce qui vous en aurait empêché ?

Killian Troarec s'était rassis et avait repris son activité, un mètre plus loin, comme si étêter les roses fanées avait le pouvoir de l'apaiser. Pourtant, ses gestes étaient saccadés. Une tige lui résista. Il serra alors le sécateur à deux mains pour la couper, puis la contempla, pendouillant tristement, plus déchirée que tranchée.

— C'était un glaçon, laissa-t-il finalement tomber. Je ne veux pas manquer de respect à une morte, mais Mme Arnotte, c'était plutôt du genre à lâcher sa lime à ongles au moment où elle atteint l'orgasme. Si elle était capable de l'atteindre.

Killian Troarec était lancé, maintenant. Il était parvenu au point où vider son sac devient aussi urgent que purger un abcès. Céleste ne savait pas ce que ça pouvait dire de cet homme, si c'était un signe de culpabilité ou d'innocence. Elle avait vu cela se produire avec tout le monde, les forcenés comme les otages, les bourreaux comme les victimes.

— Je n'aime pas ce genre de femmes, madame la flic. Je ne me cache pas. J'aime les femmes. Je ne me suis jamais marié, je ne me marierai probablement jamais, parce que je ne veux pas me limiter à une femme. J'aime la diversité, j'aime le renouvellement. Mais j'aime les femmes qui s'assument, madame, celles qui savent dire qu'elles ont du désir et celles qui sont capables de le vivre. Je n'ai rien à reprocher physiquement à Mme Arnotte, mais, clairement, elle n'était pas mon type. Vous ne l'avez jamais rencontrée, j'imagine. C'était une maniaque du contrôle. Pas un cheveu qui dépasse. Pas un mot plus haut que l'autre. Blonde, grande, mince, intelligente, efficace et prospère. Et glacée, comme une couverture de magazine. Sans relief.

Ce qu'il disait avait du sens. Pourtant les faits le contredisaient.

— Vous semblez bien la connaître pour une simple « relation d'affaires », objecta-t-elle. Tout le monde la décrit comme une perfection. Gentille, généreuse, honnête.

— Je ne dis pas qu'elle était méchante ou malhonnête. Mme Arnotte calculait tout. Il n'y avait rien de spontané chez elle. Même son rire était calculé. Non, vraiment, si vous me connaissiez, vous ne pourriez pas imaginer que j'aie pu avoir une relation autre que professionnelle avec une femme comme elle.

Céleste avait très envie de le croire. Il lui plaisait même bien, ce bonhomme, avec son allure tranquille et son calme olympien.

— Dans ce cas, pourriez-vous m'expliquer ce que vous faisiez aux abords de chez Mlle Arnotte samedi soir dernier à 23 heures et comment vos empreintes digitales se sont retrouvées chez elle ?

— Vous n'avez pas entendu ? Je ne suis jamais allé chez elle et, samedi soir, j'étais avec Hortense. Y compris à 23 heures.

Killian Troarec était tout rouge. Il posa son sécateur par terre et ôta ses gants. Puis il se releva. Ses mains tremblaient. Il déglutit péniblement. Ses yeux arrivaient à la hauteur de ceux de Céleste, qui s'était rapprochée. Le soleil avait tourné et un rayon vint nimber son crâne d'une aura lumineuse. Ithri prenait des notes comme un fou à en juger par le rythme de sa frappe sur les touches, ce qui l'étonna parce qu'ils ne disaient rien.

Killian et Céleste se firent face plusieurs secondes. Elle vit de la peur dans ses yeux. Il respirait un peu plus vite, à présent. Dans le silence, le bruit de sa respiration était amplifié. Il la scrutait, essayait de la sonder. Est-ce qu'il se demandait s'il valait mieux tout dire ou continuer de nier ? De toute façon, quand le vin est tiré, il faut le boire.

— Killian Troarec, à compter d'aujourd'hui, 14 h 34, vous êtes placé en garde à vue. Vous êtes soupçonné d'être l'auteur du meurtre de Mlle Anne Arnotte, ce samedi…

Et bla bla bla.

Après que Killian Troarec eut été emmené au commissariat, Céleste et Ithri l'auditionnèrent. Il fallut d'abord attendre son avocat, un homme long et mince à la mine réjouie et à la démarche élastique, qui serra les mains de tout le monde.

— Maître Caillounet, se présenta-t-il.

Il nota soigneusement les noms des policiers – il s'y reprit à plusieurs fois avant d'orthographier correctement celui de Céleste, au point qu'elle lui arracha presque son carnet des mains pour inscrire son patronyme en lettres capitales bien nettes. Il redressa ses petites lunettes rondes sur son nez puis s'assit droit dans sa chaise.

— Nous n'avons pas besoin de nous faire la guerre, je pense, déclara-t-il d'un ton affable. Nous savons vous comme moi quelles sont les limites de la loi, donc efforçons-nous de travailler en bonne intelligence pour faire éclater la vérité.

Céleste leva les yeux au ciel.

Killian Troarec, qui s'était arraché les peaux autour des ongles pendant son transfert au commissariat, parut rassuré par la présence de l'avocat. Les mains à plat sur ses cuisses, il répondit sans trembler aux questions des policiers. Sans trembler et sans jamais faire varier son témoignage. L'après-midi au modélisme avec ses amis, et la soirée avec Hortense sans qu'elle le perde des yeux plus de quelques minutes dans une maison d'échangistes située à Saint-Erembert. Hortense et lui étaient ensuite rentrés à son domicile de Trentemoult vers 4 heures du matin et il n'avait pas quitté le village de tout le dimanche. Il n'avait jamais rencontré Mlle Arnotte ailleurs qu'à la biscuiterie, avait fait sa connaissance trois semaines ou un mois auparavant et n'avait pas la moindre idée de la façon dont ses empreintes avaient pu se retrouver chez elle. Le mardi précédent, il l'avait passé à la banque, auprès de laquelle il négociait un emprunt pour l'achat de nouveaux camions, ce serait facile à vérifier. Mlle Arnotte n'était jamais venue chez lui et sa femme de ménage était brune, les cheveux courts. La voisine devait se tromper.

Rien ne put le faire changer de version, aussi Céleste et Ithri, en désespoir de cause, décidèrent-ils de le laisser mariner en cellule.

Ils avaient de toute façon de la paperasse en retard et, comme deux bons petits soldats, s'y attelèrent, bien que de mauvaise grâce. Céleste détestait se retrouver derrière un bureau, où elle devait lutter contre des pensées plus envahissantes les unes que les autres. Marie ne répondait pas au téléphone, ce qui n'était pas inquiétant dans l'absolu – elle pouvait passer des heures sans vérifier ses messages – mais le devenait dans le contexte actuel, et encore plus si Céleste se référait à son dernier message. La saisie de ses procès-verbaux lui prit donc deux fois plus de temps que cela aurait dû.

La culpabilité de Troarec ne faisait pas de doute dans l'esprit des policiers, et tout ce qu'ils avaient à faire désormais était de monter un dossier propre. La garde à vue se terminait le lendemain mais ses aveux n'étaient pas nécessaires. Avec un peu de chance, les résultats toxicologiques montreraient qu'Anne Arnotte avait été empoisonnée avec une des plantes qui poussaient dans le jardin de Troarec, ce qui bouclerait la boucle : un mobile (l'argent), le moyen (les plantes toxiques) et des preuves (l'ADN de Troarec et la caméra du feu rouge). Trois jours pour résoudre sa première affaire à la police judiciaire… Céleste ne put retenir un sourire. Marie allait arrêter de faire la tête, tout redeviendrait comme avant. Elle allait même pouvoir s'offrir le luxe de rentrer un peu plus tôt à la maison.

Seul hic, l'alibi fourni par la petite amie de Troarec. Mettre en doute sa crédibilité alourdirait son dossier auprès du juge d'instruction qui allait être nommé. Sans idée précise d'où commencer, curieuse de savoir ce que la photo d'Hortense faisait chez Urvoa, Céleste obtint de Quémeneur – dont l'humeur à son égard s'était nettement améliorée depuis sa prouesse du matin (Olivier Joubert était désormais hors de danger, merci à elle, elle lui avait sauvé la vie, rien que ça) – qu'il lui confie le dossier mettant en cause Urvoa. Quelque chose la chiffonnait dans l'attitude de la jeune femme.

Le reste de la journée s'étira, de café en café, apportant son lot de déconvenues et d'indices.

L'analyse des ongles d'Anne Arnotte les laissa perplexes : les techniciens avaient retrouvé des molécules de TBT, un composé chimique biocide dont l'utilisation avait été tellement réglementée que son usage était devenu confidentiel. Ithri fit ses propres recherches et découvrit qu'il était toujours utilisé dans certaines synthèses de produits pharmaceutiques, dans la fabrication de certaines mousses de polyuréthane ou encore dans l'industrie de la pâte à papier.

Comme ces molécules de TBT étaient associées à des éléments de peinture, les techniciens avaient émis l'hypothèse que les ongles d'Anne Arnotte avaient raclé la coque d'un bateau qui n'avait pas été entretenu depuis plus de quarante ans, possiblement conservé au sec.

Ithri entreprit de rechercher si Anne Arnotte était propriétaire d'un bateau, d'une barque ou de quoi que ce soit susceptible d'avoir été couvert d'une peinture et d'un biocide au TBT. En vain.

En fin de journée, la légiste avait finalisé son rapport toxicologique et appela les deux policiers pour leur faire part de ses conclusions.

Céleste posa son téléphone sur la table et activa le haut-parleur.

— Allô. Vous m'entendez ?

La voix de Sara Belome était caverneuse, mais audible. Ithri alla refermer doucement la porte.

— Oui, je vous entends très bien. Vous êtes sur haut-parleur, docteure Belome. Je suis avec Ithri Maksen, que vous avez déjà rencontré. Nous vous écoutons.

La légiste se racla la gorge avant de demander :

— Vous savez ce qu'est la kétamine ? Special K ? Kéta ?

— Un anesthésiant pour chevaux ? Une drogue festive ?

— Oui. C'est ce qu'on appelle une drogue dissociative et anesthésiante. On y a eu beaucoup recours pendant la guerre du Vietnam comme anesthésique. On l'a également utilisée pour soulager les douleurs dites du « membre fantôme », que ressentent certains amputés. On l'emploie toujours en médecine d'urgence sur des champs de bataille, pour des amputations, ou pour soulager les fortes douleurs des grands brûlés. En usage récréatif, elle est plébiscitée pour son effet dissociatif, on a l'impression de sortir de son corps, ou hallucinogène.

— Est-ce que ça a pu tuer Mlle Arnotte ?

— Non. Ce qui a causé la mort d'Anne Arnotte est une substance différente, mais je voudrais rester sur la kétamine un instant, si vous n'y voyez pas d'inconvénient.

Les deux policiers échangèrent un coup d'œil étonné.

— Vous vous souvenez qu'on a découvert des traces de violences sexuelles sur votre victime…

— Oui, en effet.

— Ainsi que des lésions hépatiques et des voies urinaires.

Contrairement à son habitude, Sara Belome se tut un instant, ménageant ses effets.

— L'usage prolongé de la kétamine peut entraîner ce type de lésions.

— Mlle Arnotte serait une droguée, c'est ce que vous nous dites ?

— C'est possible. C'est compatible avec certaines lésions internes.

— Quels sont les effets de la kétamine ? A part la dissociation ?

— K-hole. Des absences, des trous noirs et un état de confusion, en particulier lorsqu'on l'associe à de l'alcool. Sans aller jusque-là, c'est une drogue qui entraîne une perte des fonctions musculaires combinée à un état de flottement. D'où le lien avec les violences sexuelles.

— Est-ce que la kétamine a pu être administrée à Anne Arnotte pour la violer ?

— Oui et non.

Céleste s'efforça de ne pas laisser transparaître son agacement lorsqu'elle demanda :

— Oui, ou non ?

— Techniquement, oui, c'est possible. Mais son goût est extrêmement amer. Il faudrait donc la mélanger avec une substance également très amère. Si on veut droguer quelqu'un avant de le violer, il y a des drogues qui passent inaperçues et qu'on peut se procurer tout aussi facilement. Je ne vais pas vous apprendre que les meurtriers ne choisissent pas toujours la facilité.

— L'inhalation ?

— Votre victime souffrait-elle d'asthme ou d'une maladie qui aurait nécessité des sprays nasaux ?

Céleste interrogea du regard Ithri, qui fit signe que non.

— Et l'injection ? Elle avait un point d'injection sur la cheville.

— C'est possible.

— Vous semblez réticente.

— Le flux sanguin dans les membres inférieurs, et les pieds en particulier, est plus lent. Les veines du pied sont très fines et très fragiles, c'est une injection compliquée. Encore une fois, il y a une solution plus simple. L'injection intramusculaire, par exemple. Mme Arnotte ne présente pas de marque indiquant qu'elle avait régulièrement recours à des injections. Or c'est surtout chez les toxicomanes qu'on trouve des injections dans les chevilles. Il faut être très expérimenté pour se piquer au niveau de la cheville. Les toxicomanes attendent généralement d'avoir les autres veines trop abîmées.

— Alors le point d'injection constaté à l'autopsie ?

— Je ne sais pas.

— Ça peut être de la kétamine ?

— C'est difficile à dire. Ce produit ne cause pas d'inflammation particulière. Ça peut, oui. Ça peut être autre chose, aussi.

Céleste respira lentement en contemplant le plafond. Ithri mit à profit cet intermède pour demander :

— Quelle est la durée des effets de la kétamine ?

— Ça dépend si elle est avalée, inhalée ou injectée. Approximativement, entre dix minutes pour une injection intramusculaire et jusqu'à quatre heures lorsqu'elle est ingérée. Si elle est injectée en intraveineuse, les effets surviennent immédiatement. Vingt minutes ou une demi-heure plus tard si elle est avalée. Si elle est sniffée, ça agit en cinq à dix minutes, et les effets durent une à deux heures. Ça dépend aussi de l'accoutumance du sujet et des quantités absorbées.

— Si je résume, récapitula Céleste, Mlle Arnotte a peut-être subi une injection de kétamine, à moins qu'elle l'ait sniffée ou respirée, ce qui aurait pu faciliter l'exercice de violences sexuelles sur sa personne, c'est bien ça ? Le violeur a choisi un moyen compliqué alors qu'il aurait pu faire plus simple, c'est ça ?

— Oui, c'est ça. Je dois ajouter que, dans ce cas, les violences sexuelles ont dû être périmortem, parce que la demi-vie de la kétamine n'est que de quelques heures et…

Céleste croisa le regard perdu d'Ithri.

— Excusez-moi, docteure Belome, mais je ne suis pas scientifique. Est-ce que vous voulez dire que la kétamine disparaît rapidement du corps ?

— Oui, c'est ça. C'est pourquoi il est si difficile de vous donner des réponses précises. Je voudrais ajouter en off que, à mon avis, la kétamine a été injectée à forte dose à votre victime.

— Pourquoi en off ?

— Il n'existe pas de référentiel officiel. Ça veut dire que je peux me tromper et que, devant un tribunal, je ne peux rien affirmer.

— OK.

— Ce qui m'incite à vous dire ça malgré le risque de me tromper, c'est que la mort a été causée par une autre substance.

— Laquelle ?

— L'aconitine.

Ithri se mit à chercher frénétiquement sur son ordinateur.

— C'est une substance qu'on trouve très facilement dans une plante appelée aconit, il en existe plusieurs espèces en France, dans la nature.

— Dans une plante ? Il faut extraire le poison ?

— C'est très facile. La totalité de la plante est toxique. Le seul fait de la toucher provoque des démangeaisons et des cloques.

— Ça se serait vu, si elle avait été intoxiquée par contact ?

— Oui, absolument. Mais il n'y a pas besoin d'extraire le poison. On peut l'ingérer. C'est la cause des empoisonnements par l'aconitine en Asie, d'ailleurs. En Europe, les intoxications accidentelles sont très rares. En revanche, la racine de l'aconit peut être confondue avec des brassicacées à racines renflées comestibles, comme le navet sauvage. Les feuilles peuvent être prises pour des apiacées comestibles, comme le cerfeuil, le céleri ou le cumin.

— Donc l'empoisonnement peut être accidentel ?

— Je vous rappelle qu'elle avait l'estomac vide, donc c'est peu probable, je dirais même impossible.

— Combien de temps mettent les symptômes à apparaître après l'ingestion ?

— Tout dépend de la dose, disons trente à quarante-cinq minutes. C'est une mort très douloureuse. Le sujet souffre de troubles digestifs (nausées, vomissements, diarrhées), d'une pâleur de la peau, il transpire alors qu'il est en hypothermie. La face et les extrémités sont progressivement paralysées, des troubles visuels apparaissent, et il perd la coordination de ses mouvements. Une tachycardie s'installe – le cœur s'emballe, et le sujet meurt d'un arrêt cardiaque. L'aconitine agit sur les canaux sodium voltage, dépendants des membranes cellulaires…

— Merci beaucoup, l'interrompit Céleste. Si je résume, il est possible que la mort de Mlle Arnotte soit due à l'ingestion accidentelle d'une microbouchée de faux navet sauvage, couplée à l'utilisation de Special K – de kétamine –, qui aurait été suivie de rapports sexuels violents, ou alors que Mlle Arnotte ait été assassinée par une personne qui l'aurait droguée, violée et empoisonnée, c'est bien ça ?

— C'est bien ça, malheureusement toutes les hypothèses sont ouvertes, même si l'ingestion accidentelle me semble peu crédible compte tenu de l'absence de bol alimentaire et des teneurs importantes d'aconitine dans le sang. Le bilan toxicologique est normal, par ailleurs.

— Si elle n'a pas mangé d'aconit ou qu'elle n'en a pas touché, comment est-ce qu'elle a pu mourir d'un empoisonnement à l'aconitine ? Il y a des médicaments qui en contiennent ?

— Oui, mais très peu, tous inscrits sur la liste A de la pharmacopée.

— On peut la synthétiser artificiellement ?

— C'est une structure chimique très complexe. Il faut estérifier deux groupements hydroxyles par l'acide benzoïque et l'acide acétique. C'est moins compliqué de l'extraire à partir des plantes, même si ce n'est pas à la portée du premier étudiant en chimie venu. Cela dit, on peut en acheter sans trop de difficulté sur Internet…

— Sur Internet ? Donc à peu près n'importe qui aurait pu s'en procurer ?

— Oui, mais c'est pareil dans la nature, fit remarquer la légiste.

Céleste réfléchit quelques secondes, puis demanda :

— Vous êtes formelle sur les causes de la mort ?

— Oui. Mme Arnotte présentait dans le sang une concentration d'aconitine très élevée à laquelle elle n'aurait pas pu survivre. Cela, plus l'estomac vide, me laisse à penser qu'il ne s'agit pas d'une ingestion accidentelle.

— Merci, docteure Belome, merci d'avoir pris la peine de nous téléphoner, j'apprécie beaucoup.

Céleste raccrocha, l'air perplexe, et regarda Ithri saisir à toute vitesse ses notes de l'entretien.

— Tu as examiné les photos de son jardin ? demanda-t-elle à son jeune collègue.

Le sourire d'Ithri répondait pour lui-même.

— Tu en as trouvé ?

Le sourire s'élargit. Une pierre de plus dans le camp de l'accusation.

— Même s'il n'y en avait pas eu, ça n'aurait rien prouvé, remarqua Céleste en se levant. On dirait que son compte est bon. Il faut qu'on le réinterroge. Mais on va attendre demain. Qu'il ait passé la nuit en cellule. Ensuite, on le présente au procureur. Appelle son avocat, dis-lui de venir à 9 heures. Et rentre chez toi, reprends des forces.

18 h

Inès

Lorsque la sonnette de l'entrée retentit, Inès avait terminé de trier et de ranger ses photos et avait même remis de l'ordre dans sa maison. Elle s'examina rapidement dans le miroir avant d'aller ouvrir. Cheveux ramassés en chignon, pull léger à col en V et jupe crayon, elle était l'incarnation de la femme au foyer moderne. Elle hésita un instant à enfiler des chaussures, puis décida de rester pieds nus. Après tout, elle était chez elle.

Au son de la voix de Me Guilbaud, elle avait compris qu'il n'était pas le vieil homme bossu aux cheveux blancs mousseux qui lui venait à l'esprit lorsqu'on évoquait un notaire. Elle n'était pas pour autant préparée à être confrontée à un homme aussi attirant. Depuis quand les notaires faisaient de la moto et portaient un perfecto ? Elle resta un instant interdite. L'entrevue allait peut-être être encore plus distrayante que prévu.

Le notaire entra dans la maison d'un pas dynamique. Il portait une sacoche en cuir d'agneau, qu'il déclara vouloir conserver.

— Peut-être pourrions-nous nous asseoir ?

Il refusa le café que lui proposait Inès – « Sinon je ne vais jamais réussir à dormir cette nuit » – mais accepta un verre d'eau.

Pénétrant dans le salon, il stoppa sur le seuil.

— Quel magnifique piano, murmura-t-il en traversant la pièce avant de se planter devant le quart de queue fermé. Est-ce vous qui en jouez ?

Inès sourit modestement. Son piano était son trésor. Il trônait au milieu de son immense salon, luisant à la lumière du jour, attirant inévitablement le regard.

— Oui, c'est moi.

— Et depuis longtemps ?

Subjugué, le notaire posa doucement sa serviette sur la table et se rapprocha de l'instrument. Inès n'aurait pas su décrire la couleur de ses yeux, bleu pailleté de noir ou bleu foncé. Etait-ce leur forme – en amande –, les dents blanches qui mordillaient la lèvre inférieure ou simplement la gentillesse de la requête ? Toujours est-il que, lorsque Me Guilbaud pria Inès de lui jouer un morceau (« J'ai toujours rêvé d'entendre jouer sur un piano à queue »), elle n'eut pas le cœur à refuser.

Les applaudissements du notaire lui firent chaud au cœur. Il y avait bien longtemps que personne ne l'avait écoutée ni applaudie, songea-t-elle avec tristesse.

— Vous êtes concertiste ? demanda le notaire.

Inès rit doucement. L'admiration qu'elle lisait dans ses yeux réveillait en elle une émotion oubliée, qu'elle préféra ne pas nommer.

— Non, plus depuis longtemps, mais je joue toujours.

— C'est époustouflant comme on dirait que vos doigts volent au-dessus du clavier. Comme des papillons.

Et quelle force ! J'envie votre mari de pouvoir profiter de votre talent tous les jours.

Inès esquissa un sourire un peu triste et se releva.

— Vous vouliez me montrer des documents…

Le notaire pencha la tête, considéra Inès en silence.

— Peut-être pouvons-nous nous asseoir…

Inès désigna la table de la salle à manger, proposa de nouveau un café, qu'il refusa, puis un whisky, qu'il accepta. Inès savait qu'il restait du Lagavulin rangé à côté des produits ménagers, une idée de Paul-Antoine pour les situations d'urgence. Se penchant en avant, elle allongea le bras sous l'évier de la cuisine pour attraper le goulot de la bouteille, cachée derrière les flacons d'eau de Javel et les pastilles pour lave-vaisselle. Lorsqu'elle se releva, elle épousseta sa jupe, passa la bouteille couverte de poussière sous l'eau et se lava les mains. Elle allait devoir rappeler à la femme de ménage de s'occuper de cet endroit. Elle pivota et retint un cri de surprise.

Me Guilbaud, accoté au chambranle, la fixait avec un drôle d'air, les mains dans les poches. Depuis quand était-il ici ? Qu'avait-il vu ? Inès tira instinctivement sur sa jupe. Elle ressentit une flambée brusque et inattendue dans le bas-ventre, le genre de sensation qu'elle n'avait pas éprouvée depuis des lustres. Elle était bien forcée de mettre un nom sur cette émotion : du désir. Elle eut soudain envie de toucher la barbe poivre et sel, d'embrasser ces lèvres épaisses, de se sentir nue, tenue, caressée, prise. Le rouge envahit ses joues. Au comble de la gêne, comme si le notaire pouvait deviner ses pensées, elle attrapa un torchon et essuya soigneusement la bouteille, avant de se rendre compte que son mouvement de torsion autour du goulot dévoilait son trouble plus qu'il ne le masquait. Elle jeta le torchon sur l'évier, et, un peu agacée, saisit deux verres à whisky de sa main libre. Me Guilbaud la suivit en silence et son regard dans son dos lui faisait l'effet d'une traînée de feu.

Qu'est-ce qui t'arrive, pauvre gourde ! pensa-t-elle.

Elle jeta subrepticement un coup d'œil au crucifix accroché près de la cheminée. Elle ouvrit la bouteille dans un bruit d'aluminium qu'on déchire, versa généreusement le liquide ambré dans leurs verres et s'assit sans cérémonie. Son sourire énigmatique accroché aux lèvres, Me Guilbaud l'imita. Elle poussa un verre en direction du notaire, qui le saisit et le leva.

— Je propose qu'on boive à Mme Arnotte, puisque c'est elle qui nous réunit, dit-il.

Il remua le verre, admira le whisky et en but une gorgée. Inès l'imita, et crut défaillir. Elle n'avait pas bu d'alcool fort depuis au moins vingt ans et elle eut l'impression d'avoir avalé une gorgée d'essence. Mais chaude. Avec un goût de tourbe.

Me Guilbaud sortit de sa sacoche un protège-documents dont il tira deux feuilles.

— Je peux vous lire l'intégralité de l'acte, si vous voulez.

Inès secoua la tête, le verre toujours à la main. Elle savait que l'alcool allait lui monter à la tête à toute vitesse. Elle décida soudain que ça n'avait pas d'importance. Que c'était peut-être justement ce qu'il lui fallait. Boire un coup. Se laisser aller. Oublier ses manières. Pour ce qu'elles lui avaient servi jusqu'ici ! Se sentir désirée. Désirer. Ou bien cela entrait-il dans la catégorie des péchés mortels ? Elle fixa de nouveau le crucifix. S'Il savait pour ça, Il savait pour le reste aussi. Il comprendrait. Elle avala une nouvelle rasade de whisky. Ça brûlait moins au bout d'un moment.

— Pour faire simple, reprit le notaire, Mme Arnotte a fait une donation à votre intention avant sa mort. J'ai besoin que vous l'acceptiez.

Des larmes montèrent brusquement aux yeux d'Inès. Ça arrivait tout le temps, en ce moment. Elle serra à deux mains son verre à whisky, un verre massif en cristal de Bohême. Le liquide à l'intérieur brillait comme un soleil. Elle reprit une gorgée pour masquer sa confusion et essayer de donner du sens à ce que l'homme venait de lui dire. Elle pencha la tête sur le côté. Me Guilbaud posa la main sur la sienne. Elle était fraîche. Il lui sourit avec compassion.

— Elle vous a légué sa petite maison du Croisic. Et un appartement loué à La Baule, pour payer l'entretien. La location couvrira tous les frais des deux biens, l'eau, l'électricité, les impôts. Elle parlait beaucoup de vous. Avec beaucoup d'affection.

Beaucoup d'affection ? Mais quelle était la réalité de cette amitié ? Avec ce qu'Anne lui avait caché ?

— Elle vous aimait tellement… Elle m'a dit que vous n'aviez pas été épargnée et que vous auriez peut-être besoin d'un refuge, un jour, quand elle ne serait plus là.

La main du notaire sur la sienne était réelle, tangible.

— Vous étiez si importante pour elle. Comme une petite sœur…

Inès avait les yeux qui piquaient, la gorge nouée. Les grandes sœurs ne trahissent pas. Elles ne mentent pas.

Elle sentit des larmes qui roulaient sur ses joues pendant que Xavier lui racontait ce qu'Anne disait d'elle. Me Guilbaud rapprocha sa chaise. Il passa le bras autour des épaules d'Inès, et elle se retrouva soudain le visage enfoui dans le creux de l'épaule de cet inconnu, dans sa chemise en coton piqué qui sentait l'*Eau de Rochas* et la prairie au soleil. Il ne bougea pas. Il ne lui caressa pas le dos. Il la tint, simplement, et Inès réalisa qu'elle était fatiguée, fatiguée de porter seule le poids de sa vie.

La sonnerie insistante de l'entrée mit fin à leur étreinte.

Inès arracha un mouchoir dans une boîte posée sur une console et se tamponna les yeux. Elle se sentait un peu mieux d'avoir pu pleurer dans les bras de quelqu'un, fussent-ils ceux d'un inconnu. Elle s'examina brièvement dans le miroir de l'entrée. Son chignon n'était plus aussi net ; des mèches de cheveux s'en étaient échappées et formaient un halo doré autour de son visage. Elle ouvrit la porte.

C'était Paul-Antoine, un gros bouquet de lis, comme elle les adorait, dans les bras. Cette vision lui arracha un hoquet de surprise et un mouvement de recul.

Au même moment, elle entendit le notaire derrière elle.

Dans le miroir, elle le vit se lisser les cheveux et rajuster sa tenue. Lèvres pleines et yeux bleus, il enfila son blouson de cuir avec nonchalance.

Le regard de Paul-Antoine s'était éteint et Inès comprit en un éclair ce qui se passait dans l'esprit de son mari, qui voyait cet homme attirant se rajuster dans le vestibule de sa femme. Les yeux assombris de

Paul-Antoine et ses mâchoires crispées… elle fut saisie de l'envie instinctive de se justifier. « C'est le notaire d'Anne qui vient de m'annoncer qu'elle m'a donné une maison et un appartement. On a bu du whisky et j'ai pleuré dans ses bras. » Mais elle ne le fit pas. Elle n'avait pas à se justifier, après tout. Il était parti. Il avait déchiré l'accord qui les liait, abjuré ses vœux de mariage. Elle leva le menton.

— Ah ! Paul-Antoine, dit-elle enfin d'une voix plus assurée qu'elle ne l'était en réalité.

Les yeux de Paul-Antoine revinrent se poser sur elle. Il lui tendit le bouquet de lis en la contemplant avec tendresse.

— Pardonne-moi de surgir à l'improviste. J'étais… j'étais chez ma mère et elle m'a dit qu'elle t'avait demandé des photos, alors j'ai proposé de… eh bien, j'ai proposé de venir les récupérer.

Inès soupçonna Constance d'avoir manigancé cette rencontre, rouée comme elle l'était. Puis elle se retourna, se demandant pourquoi Me Guilbaud, qui s'était jusque-là déplacé comme un chat, faisait tant de bruit. Paul-Antoine, même s'il faisait tout pour ne pas le montrer, était tendu. Elle entendit les aimants de la sacoche claquer, les verres tinter sur la pierre de l'évier, des pas lourds se rapprocher d'elle. Elle sentit confusément qu'il se jouait là une partie qu'elle ne comprenait pas.

Elle prit des mains de Paul-Antoine le bouquet de lis.

— Merci. Entre, je vais chercher les photos, elles sont prêtes. Me Guilbaud s'en va, justement.

Elle pivota sur ses talons et se trouva coincée entre le notaire et son mari, qui se toisaient. Le notaire paraissait parfaitement à son aise, un sourire carnassier naissant sur ses lèvres pleines. Paul-Antoine, lui, semblait furieux.

— Merci, maître, dit-elle en tendant la main au notaire.

La réaction de Paul-Antoine la prit de court.

— Sale ordure, comment oses-tu ? proféra-t-il.

Il avança, repoussa violemment Guilbaud qui, surpris par l'attaque, recula de quelques pas puis se mit en position de combat. Les deux hommes se firent face, poings levés comme des boxeurs sur un ring. Inès voulut croire à une plaisanterie, mais le notaire jeta un bras en avant pour décocher à Paul-Antoine un direct. Celui-ci l'esquiva et répliqua par un contre qui déséquilibra Guilbaud. Furieux, ce dernier fonça sur Paul-Antoine, le bourrant de coups. Les deux hommes s'empoignèrent en une furieuse mêlée, se cognant contre les murs, les meubles. Le vase de l'entrée, qui reposait sur une console délicate, vola en éclats, répandant ses fleurs et l'eau sur le tapis.

Un instant sidérée, Inès cria :

— Vous êtes dingues ! Paul-Antoine !

Aucun des deux n'était habitué à se battre, manifestement, si bien que les coups n'atteignaient jamais leur cible. Jusqu'à ce que Me Guilbaud réussisse à envoyer un uppercut qui fit valser la tête de Paul-Antoine vers l'arrière. Celui-ci avait saisi le col de chemise du notaire, qui céda avec un bruit de tissu qu'on déchire.

Inès bondit entre les deux hommes. Paul-Antoine était pétrifié, et Guilbaud en profita pour lui asséner un dernier coup qui atteignit Inès à la tempe. Elle poussa un cri de colère et, folle de rage, griffa le visage du notaire. Puis elle ouvrit la porte à la volée.

— Tu la touches et je te tue, proféra Paul-Antoine. Ne t'approche jamais d'elle, tu entends. Ou, sinon, tu es fini. Tu sais de quoi je parle. Ne t'approche plus jamais d'elle.

Inès contempla avec stupeur le notaire qui, perdant de sa superbe, se contenta de quitter le plus rapidement possible la maison. Elle le regarda disparaître au bout de l'allée et se tourna vers Paul-Antoine.

Il avait l'air piteux, les yeux braqués sur le sol. Inès hésita sur la conduite à tenir. Pardonner ? Le jeter dehors ? Pouvait-elle lui en vouloir de faire irruption comme ça et mettre à la porte un… eh bien, techniquement, Me Guilbaud était un invité, n'est-ce pas ? Elle lança un coup d'œil au crucifix, cherchant de l'aide.

— Je comprends que tu sois furieuse, reconnut Paul-Antoine d'une voix sourde. Je comprends que tu m'en veuilles. Je ne veux pas me trouver d'excuse.

« Mais je te demande de me pardonner », minauda intérieurement Inès, singeant son mari. C'était trop facile, pensa-t-elle. Il ne suffit pas de demander pardon pour être pardonné.

Paul-Antoine avait laissé tomber le col du notaire et lui faisait face, bras ballants. Inès soutint son regard. Hasard ou non, un éclat de lumière accrocha un bref instant l'alliance de son mari. Elle ferma les yeux comme si cela pouvait supprimer l'image de son époux penché au-dessus du corps de cette femme. Il l'a désirée, ne put-elle s'empêcher de penser. Il est entré dans son corps, il a éprouvé du plaisir avec elle, en elle. Inès n'avait pas vraiment le choix, n'est-ce pas ? Elle avait promis. Pour le meilleur et pour le pire.

— Va-t'en, répondit-elle d'une voix dure.

Elle crispait les poings, raide comme un manche de parapluie. Elle voulait qu'il parte, tout de suite. Les arguments sensés d'Anne lui revenaient à la mémoire. Son amie morte avait raison, pas son cœur affolé et solitaire.

— C'est ta décision, dit Paul-Antoine, qui ne capitulait jamais qu'en apparence. Mais que fais-tu des principes que tu défends avec tellement d'ardeur ? Que l'échec est d'abord un apprentissage ? Qu'on ne peut pas réduire un homme à ses défauts ? Qu'on peut tout pardonner ?

Inès enfonça ses ongles dans les paumes de ses mains. Elle avait dit ça, c'était vrai. Elle y croyait dur comme fer. Avant. Elle sentit des larmes lui monter aux yeux et elle eut beau serrer les paupières du plus fort de ses forces, les larmes se mirent quand même à couler. Elle était épuisée. Elle avait été trahie par tous ceux qu'elle aimait et on lui demandait de se montrer bonne et grande, et compatissante, et généreuse, alors que tout ce qu'elle voulait, c'était oublier.

Elle tressaillit lorsque Paul-Antoine saisit sa main. Il lui déplia le poing, en caressa le dos de deux doigts.

— Rien ne pourra jamais faire disparaître ma faute. Et j'en porterai le poids jusqu'à la fin de mes jours. Que tu le croies ou pas, tu es la femme de ma vie. Ma compagne. Je regrette profondément d'avoir cédé, de ne pas avoir su résister. Mais cela n'effacera pas le fait que je t'aime. Cela n'effacera pas le fait que j'aspire à vieillir auprès de toi. Je donnerais tout pour ne pas t'avoir infligé cette souffrance.

Inès, les yeux fermés, laissa Paul-Antoine s'approcher d'elle, l'enlacer. Ça ne change rien, murmurait une petite voix en elle. Dieu ne nous envoie pas d'épreuve que nous ne sachions surmonter, lui chuchotait une autre voix. La familiarité de l'étreinte la bouleversa. Paul-Antoine sentait le Paul-Antoine d'avant. Il avait les gestes de Paul-Antoine, le corps de Paul-Antoine, et leurs lèvres se trouvèrent sans se chercher, les mains d'Inès surent où se glisser, quoi caresser. Elle gémit quand il glissa les siennes sous son pull. Ils se cognèrent contre le mur, titubèrent jusqu'au salon, s'effondrèrent sur le canapé. Il n'y avait ni lenteur ni langueur dans leurs mouvements. Juste une faim mille fois assouvie et mille fois ranimée. Une sensation d'urgence. C'était arrivé des centaines de fois, et pourtant Inès cria lorsque son mari plongea dans son ventre.

19 h 07

Jeanne

Rentrer chez soi pour reprendre des forces, ce n'est pas ce qui attendait Jeanne. Xavier venait de l'appeler. Il était blessé, il avait besoin qu'elle rentre. Tout de suite. Elle planta là sa greffière, qui fêtait son départ à la retraite et allait bientôt découvrir sa nouvelle trottinette électrique. Heureusement, elle n'était pas d'astreinte.

Le soleil de fin de journée l'éblouit lorsqu'elle surgit à l'air libre. Elle s'installa dans sa voiture, fouilla d'une main dans son sac, et y dénicha ses lunettes de soleil. Une mouche voletait en se tapant contre la vitre. Jeanne surveillait du coin de l'œil l'insecte qui s'obstinait à vouloir quitter sa cage de verre. Il n'avait qu'à voler à contrevent jusqu'à la vitre entrouverte. La liberté était à sa portée, mais ce stupide insecte n'était pas capable de la voir.

Les notes de guitare de *Smells Like Teen Spirit* emplirent l'habitacle. Ses vingt ans. Céleste.

Elle remonta la longue enfilade de la rue de Strasbourg en priant pour que les feux rouges ne s'enchaînent pas.

Elle se concentra aussi fort qu'elle le put pour naviguer entre les voitures. Son estomac vide la brûlait.

Elle n'avait pas pensé à Céleste depuis tellement d'années qu'elle en perdait le compte. Et voilà qu'elle faisait irruption dans sa vie, balafrée comme un vieux soldat revenu du front, plus éclatante, plus Céleste que jamais. La sauveuse du monde. Si le jeu avait existé à leur époque, Céleste aurait été surnommée « Lara Croft ». La version blonde. Elle avait envie de lui téléphoner, de trouver une excuse pour lui donner rendez-vous.

Elle avait de la chance, la circulation était fluide.

Enfin, de la chance…

Si.

C'était de la chance.

Plus vite elle arriverait, plus vite ça passerait. Xavier souffrait d'épouvantables attaques de panique contre lesquelles il était démuni, et seule Jeanne pouvait l'apaiser. Elle s'en voulut de s'être laissé entraîner dans une discussion avec Leclos de Verdier. Sans cela, elle aurait été en route depuis un moment lorsque Xavier l'avait appelée.

Contrairement à elle, qui avait vécu son enfance dans un foyer aimant et aisé, Xavier était né dans une famille à la fois défavorisée et dysfonctionnelle. Il lui avait fallu beaucoup de courage pour surmonter ce handicap, et c'est à la force du poignet et grâce à son intelligence qu'il s'était hissé si haut dans l'échelle sociale locale. Jeanne le soutenait de tout son cœur. Il réussissait déjà remarquablement bien, financièrement parlant.

Avec de tels antécédents, il avait du mal à trouver un équilibre. C'est là que sa femme intervenait. Comme tampon entre lui et le monde extérieur. C'était un rôle ingrat, qui demandait une grande solidité intérieure, mais elle s'en sortait bien, la plupart du temps. Sans elle, qui sait ce que Xavier serait devenu…

Elle tourna dans la rue où ils habitaient avec plus de détermination que lorsqu'elle avait pris le volant. L'acidité de son estomac lui tordit le ventre et lui envahit la gorge. Elle n'avait pas assez mangé aujourd'hui, se dit-elle. Elle parqua soigneusement sa Volvo de son côté du garage, s'appliquant pour se garer à l'emplacement marqué par des repères au sol. Le garage était suffisamment large pour leurs deux voitures, et surtout il était très profond. Xavier pouvait y stationner sa moto, qui trônait sur un rectangle de carrelage plus clair, comme un écrin. Elle remarqua immédiatement que le deux-roues était garé de travers. Le casque simplement posé sur le siège et les clés encore sur le contact. Elle hésita avant de les saisir.

Ses talons claquant sur le béton ciré, elle fit une courte pause avant d'ouvrir la porte qui menait dans la maison.

« Ça sent bon », allait-elle dire.

Mais ça ne sentait rien.

Jeanne posa son sac à main et se débarrassa de son trench. Elle ôta ses escarpins et les aligna à côté de son sac, avant de s'engager dans la cuisine. Vide.

Une giclée d'adrénaline lui fouetta le sang. Rien n'était normal. Elle longea le couloir en jetant un coup d'œil dans les chambres d'amis et le bureau.

Le cliquetis d'un clavier d'ordinateur lui fournit la réponse. Ses paumes devinrent moites. Xavier était installé derrière sa table de travail, presque dans le noir, le visage éclairé par l'écran. Il y avait une photo d'eux sur le coin du meuble, prise lors d'un vernissage et orientée pour qu'on la voie depuis le seuil. Xavier regardait vers la gauche, avec ce sourire si craquant, les cheveux et la barbe impeccablement taillés. Il portait une chemise noire qui soulignait son bronzage. Elle, de profil, tout sourire, avait les yeux rivés sur son homme. Ses cheveux coulaient dans son dos comme du métal en fusion. Ils avaient l'air heureux.

Ils *étaient* heureux.

Elle frappa sur le montant de la porte pour signaler sa présence.

Xavier releva la tête, fiévreux, deux griffures barrant son visage. Le parallèle avec les balafres de Céleste aurait pu être risible si l'heure avait été à rire. Il leva la main pour la dissuader de s'avancer, avant même qu'elle ouvre la bouche. Ses lèvres, serrées, formaient comme une lézarde sur son visage.

— J'en ai pour une minute, siffla-t-il entre ses dents.

Elle opina avec prudence.

— OK, je vais me changer.

— Non, reste, j'en ai *vraiment* pour une minute.

Il martela rapidement les touches de son clavier, s'arrêta, relut, le doigt sur l'écran et articulant des mots silencieux. Puis il appuya sur la touche entrée et, presque simultanément, d'un geste un peu théâtral, recula son siège à roulettes. Il s'arrêta avant que la chaise ne heurte le mur derrière lui, puis se leva. Il s'approcha d'elle, lui sourit en la prenant par les épaules et l'embrassa, très doucement.

Ce fut comme si le cœur de Jeanne dégringolait dans sa poitrine pour exploser en minuscules morceaux tranchants. Elle cherchait frénétiquement ce qu'elle avait pu dire ou faire. Elle ne voyait pas. Sauf par la pensée, elle n'avait contrevenu à rien. Le problème avait-il eu lieu hier ? Avant-hier ? Avec lui, on ne savait jamais.

Le visage à deux centimètres du sien, Xavier lui demanda, d'une voix doucereuse :

— Tu étais avec qui ? J'ai regardé l'appli de géolocalisation et tu n'étais pas au tribunal, tu étais dans un café.

Les paupières battant l'air comme pour s'envoler, Jeanne sentit que son esprit se figeait. Elle ne parvenait même pas à se souvenir de ce qu'elle avait fait aujourd'hui.

— Alors, avec qui tu étais ? répéta-t-il d'une voix un peu plus forte.

Xavier la secoua. Le visage crispé dans une attitude de dégoût, les yeux réduits à deux simples fentes, la bouche entrouverte comme pour la mordre, il avait sa tête de « Tu vas voir ce que tu vas prendre ».

— Avec qui tu étais ?

Intérieurement, ce fut comme si Jeanne s'armait. Son esprit se barricadait, comme on se prépare à l'arrivée d'un typhon en calfeutrant les ouvertures de sa maison, et lui aménageait un refuge où rien ni personne ne pourrait l'atteindre.

Xavier poussa sa femme contre le mur avec un « han » rageur. Jeta son poing vers elle, l'évita au dernier moment, avec un rictus.

— Avec qui tu étais, sale pute ?

Cette fois, la gifle atteignit Jeanne de plein fouet, faisant pivoter sa tête. Elle leva les bras, dit :

— Ecoute.

L'image de Céleste lui traversa fugacement l'esprit. Elle ne se serait pas laissé faire, elle. Elle ne *s'était* pas laissé faire, d'ailleurs.

— Non, je n'écoute pas. On était d'accord. Tu peux te faire sauter seulement si je suis là et que j'ai quelqu'un à baiser. C'est qui, ce connard avec qui tu es allée au café ?

Jeanne était bien en peine de répondre. Elle se protégea le visage et fit le dos rond. Elle était forte. Elle devait laisser passer l'orage. Il ne savait pas ce qu'il faisait. Elle ne devait pas jeter d'huile sur le feu. Comme une mère attend que son petit garçon ait fini sa crise. Elle pouvait supporter ce coup sur le crâne. Elle pouvait supporter ce coup sur le flanc. Elle pouvait même supporter ce coup de pied sur la cuisse, qu'il lui assena avec toute la violence dont il était capable. Même si ça la faisait tomber. Elle savait qu'il allait se fatiguer. Elle se roula en boule. Maintenant qu'elle était à terre, il lui envoya quelques coups de pied dans le ventre, qu'elle amortit du bras. Il se pencha, lui releva la tête en lui attrapant les cheveux, vociférant.

— Tu es ma femme. Ma. Femme.

Elle avait l'impression que le cuir chevelu allait se décoller de son crâne. Comme chaque fois. Mais, toujours, la peau résistait. Elle devait avoir confiance.

— Je n'ai pas… je ne suis pas… balbutia-t-elle péniblement.

— « Je n'ai pas je ne suis pas », singea-t-il méchamment, la chevelure de sa femme toujours solidement emprisonnée dans son poing. Ta gueule. Tu mens. T'étais dans un café.

Xavier ponctuait chaque phrase d'une secousse. Jeanne commençait à sentir des fourmillements dans son cou. A tâtons, elle chercha un appui, en espérant ne pas provoquer son mari.

— Départ en retraite, parvint-elle à articuler.

— Quoi, qu'est-ce que t'as dit, salope ?

— Départ en retraite. Ma greffière.

Xavier lâcha ses cheveux et Jeanne retomba par terre, sa tête heurtant le parquet. Heureusement, ce n'est pas du carrelage, pensa-t-elle.

Elle resta allongée, tel un chien exténué attendant la mort. Xavier avait dû passer une mauvaise journée. Il perdait la maîtrise de lui-même, parfois, mais ce n'était pas un mauvais garçon.

Les yeux fermés, elle entendit ses pas lourds quitter la pièce. Elle attendit une minute au moins sans bouger, puis se releva doucement. Elle fut prise de nausées et, priant pour ne pas vomir sur le parquet en chêne hors de prix, se traîna jusqu'à la poubelle. Les haut-le-cœur arrivaient par vagues. Elle n'avait rien à régurgiter, de toute façon, et une bile amère lui brûlait l'œsophage. Elle s'agrippa plus fort aux rebords de la poubelle, écarta les papiers pour pouvoir cracher sans faire d'éclaboussures.

Et c'est alors qu'elle la vit.

5

Jeudi 30 mai

7 h 35

Docteur Sidler

MORT D'ANNE ARNOTTE

Une ex-star du porno condamnée pour agression sexuelle entendue par la police.

Selon nos informations exclusives, la police enquêterait sur la mort de l'industrielle retrouvée lundi matin à son domicile nantais. Le parquet s'est refusé à toute confirmation de l'ouverture d'une information judiciaire pour homicide volontaire, mais notre rédaction peut affirmer que l'homme entendu hier dans le cadre de l'enquête a mené outre-Atlantique une carrière de star du porno, sous le surnom de « George Clownay ». Il est aujourd'hui un dirigeant respecté de la banlieue nantaise, mais son lourd passé parle pour lui. Condamné à de la prison avec sursis pour agression sexuelle à vingt et un ans, il a quitté la France pour embrasser une carrière d'acteur dans l'industrie pornographique aux Etats-Unis.

Selon nos informations, l'autopsie du corps de Mlle Arnotte ferait état de violences de nature sexuelle.

Consultez nos extraits vidéo exclusifs - attention, ces images bien que floutées sont très crues et peuvent heurter les personnes sensibles.

Stupéfait, Rudolph Sidler lut deux fois le paragraphe qui apparaissait à côté d'une photo d'Anne Arnotte, souriante et détendue. Avait-il vraiment envie de connaître la suite ? Le doigt au-dessus de sa tablette, il hésita à continuer. Françoise virevoltait autour de lui, s'affairant à la préparation de son propre petit déjeuner. Le temps de décider, il reposa son iPad et but une gorgée de jus de fruits. Il repoussa son bol de Bircher muesli et renonça à prendre une brioche dans la corbeille. Il n'avait pas tellement faim, tout compte fait.

Il regarda autour de lui, s'imprégna de l'atmosphère paisible de sa maison et du tintement familier de la cuiller de Françoise contre son bol. Ça sentait le café récemment passé et le lapsang souchong, le chêne qui recouvrait les murs et l'herbe fraîchement coupée. L'air était si sec et pur qu'il en devenait presque croustillant.

La tablette s'éteignit soudainement. Le docteur Sidler tendit la main pour la rallumer, puis la laissa retomber sur la table. Françoise vint s'asseoir en face de lui, posa sa tasse de thé et son bol de céréales. Il l'observa qui retirait sa serviette de son rond et la dépliait sur ses genoux.

Rudolph Sidler n'était assurément pas une mauviette. Jusqu'à l'âge de soixante-cinq ans, il avait servi dans l'armée suisse en qualité d'officier, plusieurs semaines par an, et n'ignorait pas grand-chose en matière de pornographie. Mais une chose était d'observer d'un œil détaché des pratiques qu'il ne pouvait, en qualité de psychiatre, ni condamner ni encourager, une autre était de devoir se représenter Anne Arnotte dans cette position délicate. Ne nions pas l'évidence, se dit-il. L'objectif de ce journal, en affichant à la fois une photographie de Mlle Arnotte et une vidéo de cet homme en plein acte sexuel, était de forcer l'esprit à relier les deux. Il se demanda si assouvir sa curiosité l'aiderait également à résoudre son dilemme : parler ou non aux autorités.

Rudolph Sidler n'avait pas de goût pour les énigmes policières, mais il explorait les méandres de l'esprit humain depuis longtemps maintenant, et l'idée que l'homicide de son ex-patiente ait un lien avec son passé ne cessait de le tarabuster depuis la veille.

L'intrusion d'un délinquant sexuel ancien acteur pornographique ne pouvait, bien entendu, que renforcer cette impression.

— Un souci, mon chéri ? demanda Françoise tout en portant à sa bouche une cuiller de muesli noyé dans le yaourt.

Rudolph Sidler expliqua son dilemme à sa femme, qui était toujours de si bon conseil. Bien sûr, Françoise réprouvait la pornographie sous toutes ses formes. Elle reposa sa cuiller près de son bol et joignit ses mains pour y appuyer son menton. Elle observa attentivement son mari en silence.

— Si tu te poses la question, tu as déjà ta réponse, non ? fit-elle judicieusement remarquer.

Rudolph Sidler hocha la tête. Il irait faire son devoir de citoyen dès la fin de son petit déjeuner.

8 h 30

Ithri

Ça parlait fort dans le bureau de Quémeneur quand Ithri se présenta au service, l'esprit farci de tout ce qu'il avait à faire. Il avait mal dormi, incapable de trouver le sommeil tant les questions se bousculaient dans son esprit. Comment relier Troarec et Anne Arnotte ? Comment le faire craquer ? Alors que les preuves de sa présence s'accumulaient, pourquoi s'obstinait-il à nier ?

Il consulta machinalement l'heure sur l'écran de son téléphone. Il avait beau être en avance, il avait tout de même été battu par le commissaire et Céleste, qui donnaient tous les deux de la voix. Il posa son sac d'ordinateur et se dirigea vers le bureau de Quémeneur. Céleste était en train de se faire passer un savon à propos d'un article dans le journal. Il frappa tranquillement à la porte. Les cris cessèrent, puis Quémeneur l'autorisa à entrer.

— Ah ! Maksen, c'est parfait que vous soyez là. Vous allez peut-être me dire pourquoi j'apprends non par mes policiers mais par *La Source de l'Ouest* quel métier votre suspect a exercé avant d'atterrir ici ?

— Désolé, fit Ithri, je ne comprends pas. Que se passe-t-il ?

Quémeneur et Céleste se lancèrent un regard, puis Céleste, saisissant le journal du matin sur la table, expliqua posément :

— Cet article parle de la condamnation de Troarec et dit qu'il était hardeur aux Etats-Unis. Tu es au courant ?

— Hardeur ? Comme acteur porno ? Non, j'en aurais parlé, sinon.

Maksen prit le journal des mains de Céleste et lut en diagonale.

— Vous êtes allés regarder sur le site ? demanda-t-il.

Céleste se tourna vers Quémeneur.

— C'est bien lui, affirma le commissaire.

— Comment ils l'ont su ?

Céleste leva une main vers Quémeneur, puis la laissa retomber sans rien ajouter. Il y avait comme un panneau lumineux qui clignotait au-dessus de sa tête : « Vous voyez, je vous l'avais dit. » Ithri développa sa question :

— Je veux dire, comment est-ce qu'ils ont découvert ça aussi vite ? Vous pensez bien que j'ai cherché ses antécédents. Comment ça se fait qu'un journaliste qui n'a même pas disposé d'une demi-journée ait dégoté ça à cette vitesse ? Vous ne trouvez pas ça bizarre ?

Quémeneur haussa les épaules.

— Allez savoir, il y a peut-être un spécialiste du porno américain à *La Source de l'Ouest*, lança-t-il sur un ton radouci. Ce que je constate, reprit-il plus fermement, c'est qu'on s'est fait griller et qu'on passe pour des cons.

Ithri sourit aigrement.

— Ce n'est pas comme si on avait une réputation à défendre, répondit-il avec insolence. Et puis ça fera des questions à poser à Troarec.

9 h

Céleste

L'air buté, renfrogné, les traits tirés par la nuit passée en compagnie d'ivrognes beuglants et de voleurs à la tire, Killian Troarec avait l'air d'un gamin qui arrive chez le dentiste, sent l'odeur bizarre, entend le bruit assourdi de la fraise et sait qu'il va passer un mauvais moment. Seulement, cette fois, il n'y aurait pas d'anesthésie pour apaiser la douleur.

Comme les cellules, la salle d'interrogatoire, étroite et dépouillée, avait été spécialement dessinée pour empêcher le gardé à vue d'avoir le moindre repère. C'était une bulle hors du temps, une bulle froide et sinistre où la lumière était artificielle, basse et indirecte.

Même au nez des policiers, qui pouvaient en sortir comme ils le voulaient, l'endroit puait la sueur, la peur et l'angoisse de ceux qui s'y étaient succédé. La détresse suintait des murs. Y laisser quelqu'un avait le même effet qu'une marinade. Ça attendrissait la viande.

Dressée de toute sa haute taille, les renflements de ses cicatrices amplifiés par la lumière verdâtre, les yeux brillants, Céleste tapa du plat de la main sur la table tandis qu'Ithri, sagement assis en retrait, scrutait Troarec d'un air compatissant. Pour une fois, il avait abandonné son ordinateur, laissant à la vidéo le soin d'immortaliser ce moment. Me Caillounet, les jambes croisées, sursauta quand elle déclara d'un ton sec :

— Monsieur Troarec, les preuves s'accumulent contre vous. Il va être temps de nous dire ce que vous avez réellement fait dans la soirée du 25 mai dernier.

Pas de réponse.

— Votre voiture a été flashée à proximité du lieu du crime quelques minutes avant la mort d'Anne Arnotte. Vos empreintes et votre ADN ont été retrouvés sur place. Mme Arnotte a changé son testament à votre bénéfice. Elle a été vue se rendant à votre domicile. Votre implication est évidente. Pourquoi ne le reconnaissez-vous pas ?

Les épaules rondes et l'air défait, Killian Troarec n'esquissa pas un geste et ne dit pas un mot.

— Monsieur Troarec, qu'avez-vous à répondre à ça ?

Comprenant peut-être que son silence ne l'aiderait pas à sortir de ce guêpier, Troarec répondit d'une voix plaintive :

— Je n'y étais pas. Ce n'était pas moi. Vous avez dû faire une erreur.

— Monsieur Troarec, vous ne vous aidez pas. Votre avocat a dû vous le dire. Vous êtes votre pire ennemi.

Soumis au feu roulant des questions posées sur un ton de plus en plus agressif, Killian Troarec se contenta de baisser la tête, sans dévier de ses dénégations.

Son ton geignard et son air buté faisaient penser à un enfant de cinq ans qui nie l'évidence malgré son menton couvert de confiture.

— J'en ai assez de ces mensonges, lâcha soudainement Céleste, son visage à dix centimètres de celui de Troarec.

Troarec se tassa sur sa chaise.

— Je ne comprends pas pourquoi vous vous acharnez sur moi, protesta-t-il. Vous ne devriez pas trouver des témoins, plutôt ? Vous m'avez dit que vous interrogeriez la responsable. Vous l'avez trouvée ? Vous ne voyez pas que c'est faux ? Que je n'ai pas tué Mme Arnotte ?

— Et le viol ?

— Quoi, le viol ? balbutia Troarec.

— Anne Arnotte a été violée avant d'être assassinée. Je parie que c'est votre ADN qu'on va retrouver sur elle. C'était bon ?

L'avocat se leva à demi, prêt à s'interposer.

— Certainement pas, maître. Vous avez le droit d'assister à l'interrogatoire, mais pas d'intervenir, aboya Céleste.

Elle semblait possédée. Ses yeux paraissaient jaillir de ses orbites, ses cicatrices ressortaient, violacées, sur sa peau blanche. Les veines de son cou saillaient. Cela faisait plus de dix ans qu'elle jouait le rôle du méchant flic et son numéro était bien au point. Ses balafres lui donnaient un air encore plus menaçant.

Troarec eut un nouveau mouvement de recul.

— Je n'ai violé personne. Je n'ai jamais violé personne, dit-il tout bas.

Il venait de lui fournir l'ouverture qu'elle attendait.

— Et Nathalie Collonges ?

— Quoi, Nathalie Collonges ?

— Elle aussi, elle était consentante ?

Troarec eut l'air perdu quelques secondes puis une expression de consternation se peignit sur son visage.

— C'étaient ses parents, répondit-il, au supplice. Elle était d'accord, on a fait l'amour et ses parents l'ont découvert. Ils ont porté plainte, ils l'ont forcée à dire qu'elle ne voulait pas. Mais je vous jure...

— Tu as été condamné, Troarec. Tu vois, c'est toujours sur ton bulletin numéro 1. Agression sexuelle sur mineure.

Céleste donna un coup sur la table, puis se redressa brusquement et se mit à arpenter la pièce devant Troarec. Elle faisait de grands gestes pour donner plus de poids à ses paroles.

Troarec se ratatina encore et Céleste se dit que son petit cinéma fonctionnait. Il comprenait enfin que les preuves que la police avait rassemblées, autant que celles qui n'existaient pas – comme un téléphone qui n'aurait pas bougé de la soirée dans la Maison des Plaisirs ou quelqu'un, n'importe qui, confirmant que Troarec avait bien passé la nuit là-bas –, parlaient toutes contre lui. Ithri avait attendu qu'ils quittent le bureau du commissaire pour glisser à Céleste que Lollipops, la mystérieuse organisatrice de la soirée échangiste, avait répondu à son e-mail. Elle confirmait bien que Troarec et Hortense avaient participé à la soirée, mais elle était incapable d'affirmer qu'ils ne s'étaient pas absentés de sa villa.

Céleste commença donc à raconter une histoire, celle d'Anne Arnotte, chef d'entreprise prospère, séduite par un de ses fournisseurs, qui engageait avec elle une liaison secrète et la manipulait afin qu'elle modifie son testament à son profit à lui. Jusqu'à ce qu'il la viole, puis l'empoisonne.

Troarec, comme assommé par l'avalanche de faits et de conjectures, protesta faiblement. Lorsque Céleste reprit son récit sur sa liaison supposée avec Anne Arnotte, il leva le visage et, d'une voix épuisée, piailla :

— Je vous l'ai dit… c'est impossible.

C'était le moment que Céleste attendait pour abattre ses nouvelles cartes. Elle pivota sur ses talons et revint à grands pas, puis fit claquer ses mains sur la table devant Troarec, qui sursauta.

— Et les actrices que tu as baisées devant la caméra pendant toutes ces années ?

La plus grande stupeur se dessina sur les traits de l'entrepreneur.

Céleste ne bougea pas, les yeux plantés dans ceux du suspect. Elle laissait le silence faire son œuvre. Killian Troarec rompit bientôt le contact visuel.

Elle sentit un petit frisson de victoire traverser son corps.

Las. Lorsque Troarec reprit la parole, ce fut pour dire, d'une voix chancelante et à peine audible :

— Ça n'a rien à voir. C'étaient des professionnelles. C'était du boulot. Ce n'est pas la même chose. Je couchais avec elles pour faire des films. Pas pour le plaisir. Enfin, vous comprenez.

La fin de sa phrase se perdit dans un murmure. Ses yeux brillaient, son nez était rouge. L'odeur âcre de sa transpiration se répandit dans la petite salle.

— C'est pour le plaisir que tu l'as violée, Anne Arnotte ? Ou pour le boulot ? Tu as couché avec elle pour qu'elle te signe ce putain de testament, c'est ça ?

Tu lui as donné un petit cadeau de départ, un dernier coup de queue ?

Céleste continuait de tonner, mais elle sentait bien que c'était peine perdue. Il était temps de s'effacer. Elle comptait sur la formation et le bon sens d'Ithri et dans un dernier élan, rapprochant son visage de celui de Troarec jusqu'à sentir l'odeur de son haleine, elle lui dit :

— Je vais t'avoir, Troarec. Tu as violé et tué Anne Arnotte, et tu vas payer pour ça, espèce de sale menteur, violeur, assassin.

Puis elle se redressa si vite que Troarec, bien qu'avachi, sursauta, et elle quitta la salle en claquant la porte si fort que les murs vibrèrent.

9 h 07

Magali

— C'est toi qui es à l'origine de tout ce merdier ?

Magali bondit pour fermer la porte du bureau de Me Guilbaud avant de revenir à son poste, un sourire contraint plaqué sur le visage. Heureusement, la salle d'attente était presque vide. La vieille Mme Dupré, qui prenait son notaire pour son confident personnel, leva la tête d'un air interrogatif, mais Dieu merci elle n'entendait presque rien. Et c'était tant mieux. Parce que, de l'autre côté de la porte, les cris avaient repris.

Magali se demanda si elle devait prévenir la police. Le prêtre avait dit qu'il était un ami de Me Guilbaud. Magali porta instinctivement les doigts à sa bouche, puis recula sa main lorsque l'acrylique de ses faux ongles heurta ses dents. Elle tendit l'oreille. Malgré l'épaisseur des murs et les portes insonorisées, elle entendait, étouffés, les bruits d'une violente dispute. Seules des bribes de phrase lui parvenaient, sans qu'elle en comprenne le sens : « … pour rien », « … nocent… été en… ature », « … sais… passé ».

Désertant son poste derrière le comptoir d'accueil, elle se rapprocha de la porte, surveillant du coin de l'œil Mme Dupré. La vieille dame était revenue à ses magazines, imperméable au vacarme étouffé. Magali jeta un coup d'œil à la pendule suspendue au-dessus de l'accueil. Le rendez-vous suivant n'était ni vieux ni malentendant. Elle espérait que la dispute allait rapidement prendre fin. Un bruit sourd retentit, puis le fracas de quelque chose qui se brise. Cette fois-ci, Mme Dupré reposa son journal sur ses genoux et se retourna. Magali lui sourit.

La jeune femme prit une grande inspiration et frappa à la porte du bureau de Me Guilbaud. En réponse, quelque chose vint s'écraser contre le battant et de l'eau commença à se répandre sous la porte. De nouveau, un coup sourd contre le mur. A la fois résolue et le cœur battant la chamade, Magali ouvrit. Si le prêtre était en train d'étrangler son employeur, ce dernier lui saurait gré d'être entrée sans être invitée, se convainquit-elle.

Le spectacle qu'elle trouva était tellement différent de ce qu'elle avait imaginé qu'elle eut honte de ses pensées. Me Guilbaud plaquait le prêtre contre le mur et le tenait par le cou dans ce qui ressemblait – eh bien, il faut l'avouer – à une tentative d'étranglement. Le notaire était écarlate et résistait aux coups que le curé s'efforçait de lui donner pour se libérer. Le visage du prêtre aussi était rouge. Son pull était trempé et, dans ses cheveux, des pétales de fleurs témoignaient de ce que le vase avait dû approcher son visage d'une manière fort peu conventionnelle. Le prêtre s'agrippait aux bras du notaire. Il avait des mains étranges, très blanches, presque translucides, remarqua Magali avec un peu de dégoût.

Elle poussa un cri strident, ce qui eut pour effet de faire lâcher prise à son employeur. Le prêtre glissa le long du mur et se retrouva assis sur ses talons, toussant et crachant, et tirant sur ses manches. Me Guilbaud se recula en titubant et se laissa tomber dans le canapé de son bureau. Secoué de sanglots, il se prit la tête entre les mains.

— Qu'est-ce que tu m'as fait faire ? gémit-il. Qu'est-ce que tu m'as fait faire ?

Interloquée, Magali contempla le prêtre. Qu'avait-il pu dire ou faire pour mettre son patron dans cet état ?

L'assistante sociale en elle prit le dessus sur la réceptionniste. D'un pas assuré, elle s'avança dans la pièce et ouvrit un placard qui renfermait des verres. Elle en prit un, puis le remplit avec la bouteille d'eau posée près du canapé. Enfin, elle s'assit près de son employeur et le lui tendit. Les notes citronnées de son parfum l'enveloppèrent un instant. Il but à longs traits. Magali pouvait voir ses yeux rougis par les pleurs. Un bleu apparaissait sur sa tempe, là où, sans doute, son agresseur l'avait frappé.

Magali reporta un regard courroucé sur ce dernier. Qu'est-ce qui lui avait pris de venir agresser Me Guilbaud dans son bureau ? Le prêtre se relevait. Il défroissa son pantalon et lissa son pull. Son col romain pendouillait, ce qui lui donnait un air débraillé avec lequel le notaire, malgré ses cheveux en bataille et son absence de cravate, ne parviendrait jamais à rivaliser.

Les yeux lançant des éclairs, le prêtre quitta la pièce de sa démarche claudicante. La porte de l'étude se referma avec un claquement sec.

Magali se sentait galvanisée par la situation. Laissant son patron accablé sur son canapé, elle se dirigea prestement vers la réception. Le rendez-vous suivant de Me Guilbaud était arrivé. Et Mme Dupré qui n'avait même pas pu voir le notaire ! Avec un sourire de circonstance, Magali désigna la salle d'attente, installa son client et retourna d'où elle venait. Là, elle se saisit de la poubelle à papier, ramassa les fleurs et les débris du vase puis, armée d'un rouleau d'essuie-tout dégoté dans la kitchenette personnelle de son employeur, entreprit d'éponger l'eau. Elle déplaça une lampe à pied pour masquer la tache sur le mur, remit de l'ordre sur la table. Me Guilbaud était toujours hébété. Magali s'assit près de lui et, très lentement, posa une main sur son épaule.

— M. Doré est arrivé, dit-elle.

Xavier tourna le visage vers elle. Elle n'avait jamais vu d'aussi près ses yeux bleus et remarqua, pour la première fois, un grain de beauté sur sa paupière droite.

— Quand je pense à tout ce que j'ai fait pour lui pendant toutes ces années. Comment je lui ai maintenu la tête hors de l'eau. Comment j'ai toujours été là nuit et jour depuis l'enfance. Il m'a poussé à bout, Magali. Je sais que je n'aurais pas dû réagir comme ça. Je sais qu'il est malade, même s'il refuse de se soigner. Et c'est un prêtre. Et il est handicapé. Mais lorsqu'il a commencé à raconter des horreurs sur Anne… Anne, qui vient juste de mourir… J'ai pété les plombs, vous comprenez ?

A cette évocation, les yeux du notaire se remplirent de larmes. Magali ne saisissait pas tout ce qu'il disait, mais elle compatissait. Pauvre Me Guilbaud. Prendre soin de ses amis et se trouver pris à partie en retour. Elle comprenait qu'il n'avait pas eu le choix. Qu'un homme honorable devienne furieux lorsqu'on insulte la mémoire d'une vieille amie était quelque chose qu'elle respectait. Elle caressa timidement l'épaule de son employeur pour l'assurer de son soutien et se leva.

— Voulez-vous que je demande à M. Doré de revenir ? Je peux évoquer le décès brutal d'un de vos proches. Il y a aussi Mme Dupré.

Le notaire soupira.

— Non, Magali. *The show must go on*. Laissez-moi deux minutes et je vais les recevoir. Commencez par M. Doré, s'il vous plaît.

Magali acquiesça et se retira en silence.

9 h 17

Lucas

Le père Lucas quitta furibond le bureau de Xavier. Boitant bas, il remonta la rue Beauregard, bifurqua rue de la Paix, puis tourna à droite pour longer la rue de la Marne. Il était dans le vieux quartier du Bouffay, celui de la fin de son adolescence, le quartier qu'il avait hanté avec Anne et Xavier lorsqu'ils étaient unis comme les doigts de la main. S'il continuait tout droit, il aboutirait à la cathédrale. S'il la dépassait, il parviendrait rue Sully. Il n'aurait plus qu'à descendre en direction de l'Erdre pour atteindre la porte cochère du numéro 4. Combien de fois s'étaient-ils retrouvés sur l'esplanade devant sa rue ? Elle les attendait, silhouette gracile perchée sur des talons aiguilles, les cheveux ébouriffés par le vent d'ouest qui soufflait tous les jours. Elle lui rappelait les grues du Jardin des plantes, leur élégance innée et leur allure gauche, aussi, un peu empruntée ; comme si elles ne pouvaient se résoudre à vivre avec ces pattes si longues, ce cou si fin, ces plumes si soyeuses, cadeau magique. C'est ce souvenir-là qu'il voulait chérir. Celui du temps de l'insouciance, de l'innocence aussi, d'une certaine façon.

La fatigue le prit par surprise alors qu'il dépassait les Galeries Lafayette. Les tables du café du Pilori l'appelèrent brusquement. Il se laissa tomber sur l'une des chaises paillées, le souffle court. La douleur se réveilla dans son membre fantôme. Comme si on le broyait, comme si on réduisait ses os en purée, qu'on lui déchiquetait les muscles. Il releva sa jambe de pantalon et saisit sa prothèse à deux mains. Cela fonctionnait parfois, à croire que son cerveau avait besoin de se persuader de la réalité de sa perte.

Il manquait d'air, alors il comprima plus fort la prothèse, sentit sous ses doigts le métal de la tige, froid, dur. Il ferma les paupières. Comment allait-il faire ? Des larmes lui montèrent aux yeux et il lâcha sa prothèse. La douleur physique, même irréelle, valait mieux que le vide qui lui rongeait le cœur. Il pensa à Xavier. Il aurait dû mieux se contenir, mais la colère avait été la plus forte. Alimentée par l'arrogance de ce type. Son outrecuidance. Et son manque à lui. Un gouffre. Un abîme de manque.

Xavier continuait de profiter d'Anne, même morte. « Une source proche de l'enquête », « un proche de la victime ». Qui pensait-il abuser ?

Le père Lucas se prit la tête entre les mains. Il ne pouvait pas nier que derrière sa colère, derrière son dégoût profond pour Xavier, il y avait une question perturbante à laquelle il était incapable de répondre. Pourquoi Anne avait-elle continué à le voir ? Pourquoi ne l'avait-elle jamais dénoncé ? Pourquoi ne l'avait-elle pas rayé de son existence ? Est-ce qu'il la tenait, elle aussi ?

Le prêtre serra les poings. Lorsque la serveuse arriva pour prendre sa commande, il faillit céder à la tentation de lui demander n'importe quoi, une vodka tonic, un verre de sauvignon, un rhum arrangé, de l'alcool à brûler. Mais il en connaissait les conséquences.

Il avait été lâche si souvent.

Il avait été lâche si longtemps.

Et, maintenant, Anne était morte, de la pire des façons. Seule, assassinée par un être qui ne s'intéressait qu'à son argent, alors que le véritable trésor des Arnotte, c'était elle.

Il prit sur lui et commanda un petit crème et un croissant.

13 h 30

Céleste

Céleste et Ithri arrivèrent devant le bureau de Jeanne Destouches, un Killian Troarec accablé entre eux deux, qui n'avait pas varié dans sa version, s'entêtant à nier l'évidence, au grand dam des policiers.

La frustration rendait Céleste morose, et Ithri fébrile. Il n'avait pas lâché son smartphone depuis le commissariat, tapotant frénétiquement l'écran. La policière l'aurait bien prié d'arrêter mais craignait d'avoir à subir, à la place, un pianotement de doigts sur n'importe quelle surface creuse ou, pire, un pied battant rythmiquement une mesure imaginaire.

Elle regarda autour d'elle. Le couloir était étroit et animé, ce qui les obligeait régulièrement à se plaquer contre le mur. Deux policiers en tenue encadrant une femme menottée et larmoyante sortirent du bureau de la substitute du procureur, laissant la porte entrouverte. Céleste et Ithri échangèrent un coup d'œil interrogatif. Killian Troarec, lui, était trop effondré pour seulement relever la tête.

Céleste s'adossa au mur en faisant porter son poids sur sa jambe blessée, une façon de combattre le mal par le mal. Elle consulta sa montre. C'était long. Ithri soupira et glissa son iPhone dans sa poche de pantalon. Son pied prit le relais, martelant le sol.

Appuyé au mur, Killian Troarec remua les chevilles. Probablement des fourmillements. Pour l'occasion, on avait remis des lacets à ses chaussures de sport. Par automatisme plutôt que consciemment, Céleste rangea prestement son téléphone pour avoir les mains libres et se redressa.

Killian Troarec ne montrait pas de velléité d'évasion, pourtant. Céleste observa ses rides profondes, ses traits tirés, ses épaules voûtées. Il avait l'air résigné, brisé. Il avait l'air d'un coupable bien qu'il clamât le contraire.

Croisant le regard de Céleste, Ithri parcourut les quelques mètres qui les séparaient d'un pas tranquille. Il lui tendit son téléphone.

— Regardez ça, chuchota-t-il.

« La Madone et le hardeur », titrait *Libération*.

Pourquoi Anne Arnotte, riche chef d'entreprise de la région nantaise, surnommée « la Madone des Biscuits », a-t-elle modifié son testament au profit d'un homme qu'elle aurait rencontré seulement trois semaines auparavant ?

Céleste fit défiler le texte.

Le quotidien régional *La Source de l'Ouest* a révélé ce matin que l'entrepreneuse, connue pour ses galas de bienfaisance et sa piété, aurait modifié son testament une dizaine de jours avant sa mort, survenue lundi matin dans des circonstances non encore élucidées. Elle léguerait la quasi-totalité de sa fortune, qui est considérable, à une relation d'affaires actuellement entendue par la police. Cet homme aurait mené une carrière d'acteur du porno aux Etats-Unis avant de revenir s'établir en France et d'exercer une profession plus honorable. La Madone aurait-elle cédé aux avances du tentateur avant de succomber, littéralement, à ses charmes ?

C'est une enquêtrice controversée, la capitaine Céleste Ibarbengoetxea, qui a été chargée de l'affaire. Ex-membre actif de la BRI, elle s'est illustrée lorsque, séquestrée, violée et brûlée au chalumeau dans une cave de la Seine-Saint-Denis, elle s'est libérée en étranglant à mains nues son agresseur.

La solidarité féminine aura sans doute permis la résolution rapide de cette triste affaire.

Céleste rendit le téléphone sans relever l'erreur.

Ils titrent tous sur ça, comprit-elle de la réponse que lui donna son coéquipier, articulée exagérément, mais murmurée pour que leur gardé à vue n'entende pas. Ce n'était pas étonnant. L'argent, le sexe et la mort qui s'invitaient en province, à quelques jours du week-end, ça sentait l'aubaine pour les journalistes parisiens, qui devaient se languir de leurs dernières vacances dans les embruns. Céleste dévisagea Killian Troarec avec pitié. Comment peut-on se mettre dans des situations pareilles ? se demanda-t-elle. Risquer l'enfermement pendant des années pour quoi ? Quelques billets ? Une belle voiture ? Une nouvelle maison ? Des maîtresses à foison ? Est-ce que ça en valait la peine ?

Il n'avait pourtant pas donné l'impression d'être ce genre de type, se dit-elle, mais plutôt le genre à profiter de ce qu'il a.

Par la porte entrouverte, elle entendit la substitute leur crier d'entrer.

S'il devenait le centre d'attention d'un cirque médiatique, il serait presque plus tranquille en prison, songea-t-elle. Et elle ferait peut-être bien de l'accompagner.

Céleste sourit malgré elle et se surprit à redresser le dos en franchissant le seuil. Assise derrière une grande table recouverte de dossiers solidement ficelés, Jeanne semblait minuscule, le visage comme un poing ressortant d'une tenue sombre et austère, col montant et manches longues à poignets. Cette fois, ses cheveux étaient détachés et leurs reflets chauds accrochaient la lumière.

La policière se planta devant le bureau et s'inclina.

— Madame la substitute…

— Bonjour, capitaine, répondit simplement Jeanne avec un léger sourire.

Elle esquissa le geste de lui tendre la main, mais laissa retomber son bras avec une brève grimace.

Céleste entendit Ithri entrer derrière elle. Posant le dossier de police sur la table, elle résuma les faits, utilisant les termes professionnels et convenus qui sonnaient durement à ses oreilles. Les yeux de Jeanne étaient rivés aux siens et elle devait déployer des trésors de concentration. Son esprit enregistrait tout de même les minuscules évolutions du visage de la femme dont elle avait été amoureuse, les ridules aux coins des yeux, les sourcils impeccables, le maquillage délicat des paupières et ces cils si longs qu'on les croyait faux.

— Je vous amène M. Killian Troarec pour déférement. Nous avons des éléments l'impliquant dans le meurtre et le viol de Mlle Arnotte, le situant sur les lieux à l'heure du crime.

Elle baissa la voix pour que seule Jeanne puisse l'entendre :

— Tu verras, dans le dossier, que nous avons découvert sur Mlle Arnotte et dans son lit des poils pubiens et des cheveux dont l'ADN correspond à celui de M. Troarec.

Jeanne, qui prenait des notes, releva la tête.

— Oh, je l'ignorais.

— Nous avons eu les résultats il y a une heure, reconnut Céleste.

— Autre chose que j'ignore ?

— Mlle Arnotte est décédée des suites d'un empoisonnement à l'aconitine, substance toxique provenant d'une plante qui a été identifiée dans le jardin de M. Troarec. A part sa petite amie, personne n'a été en mesure de lui fournir un alibi.

— M. Troarec a-t-il avoué ?

Jeanne jeta un bref coup d'œil derrière Céleste puis replongea ses yeux dans les siens. C'était comme un pétillement. La policière sentit les paumes de ses mains devenir moites.

— Non, M. Troarec n'a pas avoué, reconnut-elle.

Les chaises avaient fini de racler le sol derrière elle, signe que le reste de l'assistance s'était assis. Céleste prit donc place sur un siège. La substitute ouvrit le dossier et compulsa quelques documents d'un air concentré, jouant à faire tourner un gros Montblanc entre ses doigts. Lorsqu'elles se connaissaient, pensa Céleste, c'est à un Bic orange qu'elle avait recours.

Brusquement consciente de la fixité de son regard, Céleste s'appuya contre le dossier en plastique de sa chaise. Ithri, à sa droite, consultait son portable en faisant défiler l'écran d'un doigt, tandis que Troarec, entravé, contemplait ses chaussures, le visage baissé. Le policier en tenue qui l'accompagnait examinait ses ongles.

Presque malgré elle, l'attention de Céleste revint se poser sur Jeanne. La substitute prenait des notes en lisant un procès-verbal d'audition. Elle n'avait pas de lunettes, constata-t-elle. A leur âge, presque tout le monde en portait pour lire, mais pas Jeanne.

On frappa et la porte s'ouvrit avant que Jeanne réponde.

— Désolé de vous interrompre, s'excusa une voix caverneuse. Madame la substitute, votre mari veut vous parler, il dit que c'est extrêmement urgent, je peux vous le passer sur la 2 ? Il n'en a pas pour longtemps. Il a vraiment insisté, il me dit que ça doit faire dix fois qu'il appelle un peu partout sans réussir à vous joindre.

Céleste s'efforça de geler l'expression de son visage aussi parfaitement que le reste de son corps s'était figé, par réflexe. Elle était elle-même mariée, et bien mariée. Elle examina ses mains posées à plat sur ses cuisses. Des mains de femme, fines, les ongles faits, des bagues. Des mains qui avaient tant vécu, depuis leurs vingt ans. Restait-il seulement quelque chose de celle qu'elle était alors ? Elle crispa et détendit ses poings, comme pour éprouver sa propre réalité, décontenancée par son trouble.

Jeanne inspira profondément, le visage plongé dans ses dossiers.

— Madame la substitute ? relança l'homme à la porte.

— Je suis en audition, Jérôme. Dites-lui que je rappellerai plus tard.

Jeanne releva la tête et croisa les bras. Elle s'adressa au suspect d'une voix lasse.

— Vous êtes M. Troarec ?

Pas de réaction du gardé à vue. Mais, de là où elle était assise, Céleste observa le sang refluer lentement du visage de Jeanne. Celle-ci baissa la tête sur ses notes, cherchant quelque chose, puis observa le calendrier mural situé sur sa gauche.

— Vous êtes M. Troarec ? répéta-t-elle d'un ton un peu plus ferme.

Toujours pas de réaction du suspect.

Une troisième fois, la magistrate demanda au gardé à vue s'il était bien Killian Troarec, cette fois en tapotant sur la table avec son stylo, pour obtenir son attention. Troarec leva à peine le visage.

— Je suis bien Killian Troarec, marmonna-t-il de son étrange élocution.

Jeanne resta silencieuse, les lèvres blanches. Un ange passa, ce qu'Ithri mit à profit pour sortir son ordinateur. Céleste remua pour essayer d'établir un contact visuel avec Jeanne, en vain, et déroula mentalement le fil des événements jusqu'au moment où la substitute avait interrogé Troarec, sans parvenir à mettre le doigt sur ce qui avait pu cafouiller.

Jeanne se racla la gorge plusieurs fois, puis elle se leva et, s'adressant à Céleste sans la regarder, dit :

— Capitaine, vous pouvez me suivre dans le couloir, s'il vous plaît ?

9 h 45

Inès

Inès se réveilla un peu patraque après une nuit passée à chasser les ombres. Snow s'était acharné sur son estomac. Elle avait laissé faire au début, puis Paul-Antoine avait sorti le chat de leur chambre.

Oui. Paul-Antoine était resté. Après avoir fait l'amour dans l'entrée et le salon – parce que c'était de l'amour, n'est-ce pas, même après qu'il avait tout saccagé dans son cœur, c'était encore de l'amour –, ils avaient migré jusque dans leur chambre et recommencé. Pourquoi avait-il fallu attendre tout ce temps et une maîtresse rousse au cul de reine pour bénéficier d'un traitement pareil, c'était un mystère sur lequel Inès préférait ne pas s'appesantir pour le moment.

Puis Paul-Antoine leur avait fait livrer un monceau de makis, de sushis et de sashimis qu'ils avaient mangés au lit, se donnant mutuellement la becquée comme deux oisillons qu'ils avaient cessé d'être depuis belle lurette. Ils avaient au moins fait semblant, et même ce cinéma avait réconforté Inès. Ils s'étaient endormis dans des draps souillés de leurs sécrétions respectives, parsemés de miettes minuscules de nori et tachés de wasabi et de sauce soja. Ça en valait la peine. Enfin, elle le supposait.

Elle avait la tête à la fois légère et embrumée. La sauce soja et le riz lui avaient rendu la bouche pâteuse. Ou était-ce le sperme ? Elle ne savait pas. Elle se redressa dans son lit. Paul-Antoine était étalé sur le ventre, le visage tourné vers elle. Les muscles de son dos dessinaient un paysage étrange, coupé en deux par le sillon de sa colonne vertébrale. Il avait la peau du dos souple et soyeuse qui appelait la caresse. Elle leva la main et la maintint juste au-dessus. Elle sentait sa chaleur. Elle sentait son corps respirer. Ce n'était pas un rêve, ce n'était pas un fantasme, c'était la vie réelle et son mari était de retour dans leur lit. Elle laissa son attention glisser au creux de ses reins, rebondir sur ses fesses rondes, s'arrêter aux cuisses. Elle pouvait. Elle pouvait baisser la main, toucher cette peau qui n'attendait que d'être touchée, passer sa main sur le dos, les fesses, entre les jambes. Elle pouvait faire tout ça, elle le savait – tout pouvait recommencer, comme si tout ce qui était arrivé n'était qu'une page à déchirer dans l'histoire de sa vie. Elle pouvait pardonner, être une bonne chrétienne, une bonne épouse. Et, pourtant, alors qu'elle pouvait avoir de nouveau tout ce à quoi elle aspirait, elle hésita. Elle pensa à Anne, à sa discipline, à ses pas comptés, à ses règles inflexibles. Et à ses mensonges, qu'elle ne comprenait pas.

Inès n'avait pas pu s'empêcher de remettre le sujet sur le tapis pendant qu'ils étaient occupés à changer les draps entre deux parties de jambes en l'air.

« On a passé des années ensemble, à l'école, en vacances, même nos parents se fréquentaient, et, du jour au lendemain, c'était terminé. Elle était partie en Suisse, et ensuite plus personne ne parlait d'elle. »

Inès avait regardé son mari déplier la housse et saisir d'une main experte deux des coins de la couette.

« Tu as dû dire ou faire quelque chose… Enfin, on ne passe pas de “on est les meilleurs amis” à “on ne se parle plus” en l'espace d'une journée, tout de même ! s'était-elle exclamée. Surtout des adultes. »

Paul-Antoine avait fourré la couette dans la housse, attrapant les extrémités à l'extérieur.

« C'est pourtant ce qui s'est passé, avait-il fini par dire en secouant la couette. Mère a croisé le père d'Anne, qui lui a dit que sa fille était partie en Suisse avec Mme Arnotte et qu'ils n'iraient pas en vacances à La Baule comme tous les ans. »

Paul-Antoine avait hoché la tête. Son visage s'était fermé, avec cet air qu'Inès n'aimait pas du tout.

« Mère était furieuse. Tout le monde a cru que Mme Arnotte avait quitté son époux parce qu'il… parce qu'il avait dépassé les bornes, mais elle est revenue presque tout de suite.

— Sans Anne.

— Sans Anne, avait opiné Paul-Antoine. J'avais renoncé à participer à un convoyage vers les Antilles et je me suis retrouvé tout seul comme un imbécile, avec Mère qui faisait la tête et Père qui passait son temps à dormir.

— Parle-moi d'Anne, avait dit Inès et, dans sa bouche, cela sonnait plus comme un ordre que comme une prière.

— Anne était une fille solaire. Tout le monde l'adorait. Elle était drôle, intrépide comme un garçon, toujours prête à faire les quatre cents coups. Elle était en permanence entourée d'une cour d'admirateurs qui se seraient fait hacher vivants pour lui plaire. »

Inès s'était balancée de droite et de gauche.

« Ce n'est pas vraiment l'Anne que je connais. Tu es sûr que nous parlons de la même personne ? »

Paul-Antoine avait hoché la tête avec un sourire.

« J'allais souvent chez elle. Elle avait toujours des idées amusantes. Construire un tipi dans le jardin, une maison dans les arbres, partir à la pêche à marée basse, aller à vélo jusqu'aux marais salants et manger du sel…

— Personne ne vous empêchait de faire des bêtises ?

— Oh si, bien sûr. Anne était régulièrement punie. Mais elle trouvait toujours un moyen de s'échapper. Ses parents travaillaient beaucoup, ils n'étaient pas souvent là et la gouvernante était plutôt sympa.

— Nadia ? »

Paul-Antoine avait eu un rire bref, comme un aboiement.

« Non, pas Nadia. Paola. C'était une Italienne, une vraie mamma, qui faisait plein de gâteaux et de biscuits.

— Et elle punissait Anne ?

— C'est Mme Arnotte qui punissait Anne. »

Paul-Antoine s'était interrompu pour regarder autour de lui, cherchant des yeux une taie d'oreiller. Il s'était penché, l'avait dépliée et avait saisi un oreiller avant de poursuivre.

« La mère d'Anne était une grande bourgeoise conservatrice, très vieille école, très stricte. Elle avait des idées arrêtées sur à peu près tout et en particulier sur qui sa fille devait être et comment elle devait se tenir en toute circonstance. Mais Anne n'était ni sage, ni modeste, ni calme, ni obéissante, ni conformiste, ni féminine. C'était une explosion de vie à chaque instant. Je n'étais pas conscient de tout ça, évidemment, à cette époque. Ce que je voyais, c'est qu'Anne se comportait différemment en présence de ses parents et en leur absence. Je ne voyais pas plus loin que le bout de mon nez, et les aventures qu'elle me proposait étaient tellement excitantes… J'ai rêvé d'être son prince charmant, à un point presque obsessionnel. Ce qui m'a sauvé, contrairement aux autres, c'est d'avoir une autre passion.

— La voile, avait marmonné Inès en se penchant pour imiter son mari et faire entrer un oreiller dans sa taie.

— Exactement, la voile. Je me suis mis à un peu moins suivre Anne, à cause des compétitions. Et pour continuer à faire sport-études, je devais avoir de bonnes notes, et travailler. C'était en… »

Paul-Antoine avait réfléchi. Nu, debout, un poing sur une hanche et un oreiller de la couleur de ses yeux dans l'autre main, il ne pouvait que séduire. Quand avait-elle cessé de le regarder ? s'était brusquement demandé Inès. Quand est-ce que le corps de son mari avait cessé d'être un objet de désir pour ne plus être qu'un moyen de plaisir ? Cette conversation sur Anne la déprimait plus qu'elle n'aurait voulu se l'avouer. Elle connaissait si peu cette femme qui avait été, pourtant, sa meilleure amie. Quels autres secrets lui avait-elle cachés ? Qui était la vraie Anne ?

« En 1986 ou 1987. C'était l'année de la terminale d'Anne, j'avais sauté une classe et elle avait redoublé, si bien que nous nous sommes retrouvés au même niveau. J'avais rencontré la mère de Charlène et nous avons commencé à sortir ensemble à peu près à la même époque. J'ai "retrouvé" Anne, en quelque sorte.

— Et elle avait changé ? avait demandé Inès.

— Non, pas du tout », avait répondu Paul-Antoine.

Il s'était redressé et avait fixé sa femme, avec un grand sourire, son sourire-jusqu'aux-yeux qui lui creusait des rides heureuses. Inès avait senti quelque chose bouger au creux de son ventre, quelque chose se réveiller de nouveau, et c'était inexplicablement doux et douloureux à la fois.

« Non seulement elle n'avait pas changé, avait continué Paul-Antoine, mais ça avait plutôt l'air d'avoir empiré. Elle buvait beaucoup. Peut-être… peut-être pire… »

Paul-Antoine avait pincé les lèvres dans une imperceptible grimace, mais n'avait pas terminé sa phrase.

« De la drogue ? »

Inès avait baissé le ton en prononçant ce dernier mot, tant cela lui avait semblé énorme, incongru, incompréhensible. Pas Anne.

« Non, non, c'est impossible. Je ne te crois pas. Anne ne buvait jamais plus d'un verre de champagne, et encore, la plupart du temps, elle ne le terminait pas. Et elle était intraitable sur le sujet des drogues. »

Paul-Antoine n'avait pas commenté. Il avait donné quelques petits coups sur un oreiller qui n'en avait pas besoin et était resté là, bras ballants, inoccupé. Inès s'était baissée et avait ramassé avec lenteur ceux de son côté du lit, les disposant comme son mari venait de le faire.

« Je ne sais pas exactement ce qui se passait, Inès. Je voyais Anne au lycée, mais pas le week-end. Et Anne avait un comportement… qui m'effrayait, je crois. Je la regardais comme on regarde un incendie. Elle était tellement intense, tellement fascinante, mais, en même temps, elle me donnait envie de partir en courant.

— Je ne comprends pas. Ce n'est pas du tout celle que j'ai connue. Anne était calme, pondérée, réfléchie… »

Inès s'était assise sur le rebord du lit. Au fond d'elle, elle savait, évidemment, que ça ne pouvait qu'être la même personne. Elle s'était sentie glacée. Pouvait-on changer à ce point ?

Du bout des doigts, Inès avait caressé la housse de couette, dans un geste à la fois lascif et innocent. Paul-Antoine avait fait le tour du lit pour s'asseoir près d'elle. Ses doigts avaient glissé sur le tissu entre eux, avaient rencontré sa peau.

« Demande à Lucas, avait-il dit.

— Lucas ? Mais il n'en saura pas plus que moi. Il faudrait trouver quelqu'un qui l'ait bien connue à cette époque et maintenant… Les deux garçons des photos, tu les croises toujours à Saint-Erembert ? »

Les lèvres de Paul-Antoine avaient esquissé un drôle de mouvement vers l'avant qui épaississait encore sa bouche, lui donnant un air incroyablement sexy.

« Mais… Lucas faisait partie de ce groupe… Les photos que tu m'as montrées, c'est nous, Anne, Lucas, Xavier le notaire et moi. »

La stupéfaction d'Inès avait été supplantée par des décharges électriques qui s'étaient répandues dans tout son corps, alimentées par les doigts de Paul-Antoine. Ils avaient abandonné le sujet, puis pensé à autre chose.

Inès roula sur le côté du lit et se redressa. Elle se leva avec difficulté, un peu endolorie. Elle se sentait poisseuse. Traînant des pieds, elle attrapa dans la penderie de quoi s'habiller et sortit sans bruit de la chambre. Snow se frotta à ses jambes en ronronnant.

Elle prit une douche rapide dans la salle de bains de la chambre d'amis, et l'eau chaude lui fit du bien. Dix minutes plus tard, attablée devant une tasse de café, elle éprouvait pourtant toujours un sentiment de malaise. Ni le Nutella ni la baguette ne vinrent à bout du sentiment lancinant qu'elle ne faisait pas ce qu'il fallait. Les coudes sur la table, au mépris des règles de savoir-vivre, Inès avait très envie de se laisser aller, mais à quoi ? A l'espoir ? Au désespoir ? Il lui semblait que tout, dans sa vie, n'était que mensonge. Mensonge d'Anne, mensonges de Paul-Antoine et même mensonge du père Lucas. Comment avaient-ils pu passer sous silence qu'ils se connaissaient tous, adolescents ? Comment avait-elle pu être aveugle au point de ne pas le remarquer ?

Au sentiment de trahison s'ajoutait une sensation plus diffuse, celle de n'avoir pas su, pas vu, pas pu, celle de ne pas avoir été à la hauteur et d'avoir été prise pour une imbécile.

Etouffant un sanglot, mais déterminée à ne pas s'apitoyer sur son sort, Inès prit une décision qui la dérouta elle-même. Elle allait disparaître pendant quelques jours, s'extraire de cet environnement de mensonges, et, pour ce faire, elle irait dans la petite maison donnée par Anne. Sa maison. Et elle allait l'arranger à son goût.

Pour franchir un obstacle, lui avait dit un jour un prof d'équitation, il ne faut pas le fixer, mais regarder au-delà. C'est ce qu'elle allait faire. Pleine d'une détermination nouvelle, elle récupéra sur la table de la salle à manger les clés laissées par le notaire.

14 h 27

Jeanne

— Il est impossible que ce type ait tué Anne Arnotte dans la plage horaire que tu indiques.

Jeanne avait l'estomac noué. Elle se sentait déchirée. Elle savait pertinemment ce qu'elle devait faire, mais elle en était incapable, voilà tout. Les mains sur les hanches, elle scruta Céleste. La femme qu'elle était devenue lui plaisait toujours, encore plus, peut-être. Elle ne la ramenait pas trop, n'était pas venue pleurer sur son épaule et se plaindre des problèmes qu'elle venait d'avoir avec la police judiciaire. Pierre lui avait dit qu'il était impressionné, même s'il n'était pas question qu'il l'avoue. Arrêter Joubert là où tant d'autres auraient détourné les yeux, lui avoir tenu tête et avoir flingué son arrivée dans le groupe, ne pas moufter en se laissant envoyer sur une mission clairement en dessous de ses compétences, sans moyens humains, et puis l'accumulation de toutes ces données en si peu de temps. Certes, avait reconnu Pierre, le petit Ithri était moins falot et mou qu'il n'en avait l'air. « J'oublie encore de